# 세월이 내게
# 가르쳐 준 것들

# 세월이 내게 가르쳐 준 것들

김우식의 일흔일곱 굽이 인생 수업

김우식 지음

웅진윙스

# 인생 수업에서
# 세월이 내게 가르쳐 준 것들

"이제 남은 날들을 어떻게 살아야 되겠습니까?"

일흔 살 생일을 맞던 날 새벽, 평소처럼 서재에서 기도를 드리던 나는 하나님에게 이렇게 여쭈었습니다. 돌이켜 보면 스물두어 살 무렵에도 이 물음을 붙들고 씨름한 적이 있습니다. 앞으로 어떻게 살 것인가를 고민하느라 매서운 추위도 잊은 채 신촌에서 종로까지 하염없이 걸었던 기억이 지금도 생생합니다. 걷다 보면 밤이 오고 헤매다 보면 별이 지던 그때, 내가 찾아낸 대답은 어설프고 막연하지만 젊음에 어울리는 답이었습니다.

인생의 숱한 세월을 보내고 일흔의 문턱에 이르자, 이제는 황혼기에 어울리는 답을 찾아야 할 때가 되었다 생각했던 것입니다. 이제껏 살아온 삶을 돌아봄으로써 말입니다. 살다 보니 그렇습니다.

삶이 우리를 향해 던지는 물음은 늘 한결같은데, 우리의 대답은 해가 거듭되면서 조금씩 달라집니다. 자연이 그러하듯 우리 또한 자라고, 성장하고, 익어 가기 때문일 테지요. 며칠간을 씨름한 끝에 다음과 같은 답을 얻었습니다. 앞으로 생을 마칠 때까지 끊임없이 매진할 세 가지 원칙입니다.

배우고 익힌다.
깨닫고 이룬다.
나누고 떠난다.

학생들을 가르치며 반평생을 강단에서 보냈지만, 인생이라는 수업 앞에서 나는 한낱 어린 학생일 뿐입니다. 그러니 맨 앞줄에 앉아 수업을 경청하는 학생의 마음으로, 죽는 날까지 열심히 배우고 익힐 일입니다. 또 거기서 멈추지 말고 작은 것이라도 깨닫고 이룰 일입니다. 깨달았다고 해서 그것이 내 것이라 주장할 수는 없는 법. 인생 수업에서 세월이 내게 가르쳐 준 것들은 더불어 수업을 듣는 학생들과 나누고, 빈손으로, 가벼운 마음으로, 왔던 곳으로 조용히 돌아가야 하겠지요.

올해로 일흔일곱이 된 내가 창의공학연구원 및 창의성아카데미, 과학문화융합포럼, 신사리더스포럼, 한꿈학교, 사랑의 닛시운동 등 여러 조직과 모임을 운영하고 참여하며 바쁜 나날을 보낼 수 있는 건 황혼기에 이른 내가 삶의 모토로 삼은 세 가지 원칙 덕분입니다. 나는 이 원칙을 거울삼아 나날의 일상을 비춰 봅니다. 또한 내 생각과 마음을 바르게 가다듬기도 합니다. 더불어 때때로 나 자신에게 이렇게 묻습니다. '최선을 다해 배우고 있는가? 무엇을 깨닫고 이루고 있는가? 또 무엇을 사람들과 나누고 있는가?'

『세월이 내게 가르쳐 준 것들』은 일흔일곱 굽이를 돌며 내가 배우고 느끼고 깨달은 것들을 사랑하는 내 가족들 그리고 뜻을 같이하는 여러 사람들과 나누고자 하는 마음에서 엮어 보았습니다. 내가 그러했듯 인생 여정에서 정답 없는 물음에 부딪친 이들에게 이 책이 조금이라도 참고가 된다면 참으로 다행이겠습니다. 책이 나오기까지 연세대 이정옥 선생의 정성 어린 도움이 참으로 컸습니다. 또한 책의 편집을 맡았던 편집자 김장환 선생에게도 이 지면을 빌어 감사의 마음을 전합니다. 끝으로 늘 자랑스럽게 여기는 웅진그룹의 윤석금 회장에게 깊은 감사를 보냅니다.


초여름의 상쾌함이 깃드는 새벽,
방배동에서
김 우 식

차 례

**제5장** _____ 한쪽 가슴은 비워야 산다

# 제1장

# 모든 시작은
# 서툰 대로
# 아름답다

그러니 실패한다고 두려워하지 말아라.
실패할수록 성공에 좀 더 가까워지는 것이다.

# 내 삶 속의
# 나침반 하나

세상이 나를 어떻게 볼지 모르겠지만
내가 보기에 나는 해변에서 노니는 어린 소년에 불과했다.
– 아이작 뉴턴

누구나 그렇겠지만, 내게도 오래된 좌우명이 하나 있
습니다. 격랑을 헤쳐 온 수십 년 세월 동안에도 나를 흔들림 없이
바로잡아 준 든든한 기둥 같은 것 말입니다. 때때로 삶은 시련을
안겨 주더군요. 혼자 감당하기에 버거운 일도 있었고, 예기치 못한
장애도 만났습니다. 덫에 걸려든 건 아닌지 의심스러운 순간도 있
었고, 지금 내가 걷고 있는 이 길이 옳은 길인지 확신이 서지 않는
날도 많았습니다. 왜 안 그랬겠습니까? 고백컨대 지나온 대부분의
날들이 그러했습니다.

그런 순간마다 그 좌우명을 떠올렸습니다. 한 그루 거목 같은 그
좌우명에 기대어 잠시 쉼을 얻곤 했습니다. 그리고 다시 그것을 거
울삼아 찬찬히 나를 비추어 보곤 했습니다. 흔들리는 내 모습이 시

나브로 잦아들 때까지. 그러다 보면 한 걸음 더 나아갈 힘을 얻곤 했습니다.

열한 살 무렵이었을 겁니다. 오남매 중 막내였던 나는 꽤 늦은 나이까지 부모님과 한 방에서 잤습니다. 어느 새벽 설핏 잠에서 깨어 몸을 뒤척이는데 부모님이 소리를 낮추어 대화하시는 소리가 들려왔습니다. 가만 들어 보니 나를 두고 말씀을 나누시는 것이었습니다. 이불 속에서 잠든 듯 몸을 웅크린 채 귀만 쫑긋 세우고 있었습니다. 내용인즉 이런 것이었습니다.

어머니께서 용하다는 점쟁이를 찾아가셨더랍니다. 참혹한 전쟁도 겪고 먹고살기도 어려웠던 터라 자식들 앞날이 걱정스러우셨던 탓이겠지요. 헌데 그 점쟁이가 나를 두고 이렇게 말하더라는 것이었습니다.

"그 막내아들 놈, 그 놈 백두산에 태극기를 꽂을 놈일세. 잘 키워 보시게."

순간, 머리를 한 방 세게 얻어맞은 느낌이었습니다. 사실이야 어떻든 그 말을 듣는 순간부터 나는 언젠가 '백두산에 태극기를 꽂아야' 하는 그런 사람이 되어야만 했습니다. 비록 시골 점쟁이의 말이었지만, 그 새벽 어머니의 그 조심스런 목소리를 듣는 순간, 내게는 그 말이 평생을 두고 이루어야 할 과제처럼 여겨졌던 게지요.

그 후로 그 말은 내 삶의 좌우명이 되었습니다. 한국전쟁으로 큰 형이 실종되었을 때, 건성늑막염에 걸렸을 때, 사랑하는 사람을 잃었을 때, 온갖 유혹과 시험이 나를 흔들던 그 모든 순간마다 나는 '백두산에 태극기를 꽂을 놈'이라는 어머니의 목소리를 떠올리고 있었습니다. 백두산에 태극기를 어떻게 꽂는지도 모르면서, 태극기를 들고 백두산을 향해 나아가며 무엇인가 큰일을 해내야 한다는 마음을 품게 되었습니다.

일흔을 훌쩍 넘긴 지금도 이따금 생각해 봅니다. '하늘에 계신 어머니는 만족한 얼굴로 나를 내려다보고 계실까? 당신의 기대에 내가 부응했다고 생각하실까?' 그리고 스스로를 돌아봅니다. '내 삶에 있어 백두산은 무엇이며, 태극기는 또 무엇이었는가? 지금껏 부지런히 살아오긴 했는데 과연 나는 죽기 전에 백두산에서 휘날리는 나의 태극기를 볼 수 있을까?'

죽는 날까지 태극기를 볼 수 없으리라는 사실을 깨달은 건 얼마 전의 일입니다. 그때부터 유치환 시인의 「깃발」이라는 시가 자꾸 눈에 밟힙니다.

이것은 소리 없는 아우성
저 푸른 해원海原을 향하여 흔드는
영원한 노스탤지어의 손수건

어쩌면 나는 저 너머 높은 곳 어딘가에 나부끼고 있을 깃발의 환영을 보고 여기까지 달려왔는지도 모릅니다. 조금만 더 달리면, 조금만 더 손을 뻗으면 닿을 수 있을 것 같았던 그것은 결국 삶을 부르는 하나의 손짓, 생을 욕동欲動시키는 아름답고 고마운 신기루였는지도 모릅니다.

이제는 앞이 아니라 곁에 있는 것들을 살펴야겠다는 생각이 듭니다. 태극기의 환영은 저 앞에서 그저 나부끼게 두고, 그동안 앞만 보고 달리느라 지나쳐 온 것들에 눈길을 주어야겠습니다. 그리 많이 남지 않은 내 인생의 남은 길을 차분히 걸어가면서 길가의 소소한 풍경에 인사를 건네고, 그 안에 서 있는 사람들을 좀 더 살뜰히 보살펴야겠습니다.

문득 어느 박람회장에서 한 아이가 외쳤던 말이 떠오릅니다. "엄마, 이곳엔 여기저기 전부 깃발들이야. 깃발들이 다 모였어!" 그렇습니다. 크고 작은 깃발은 언제나 도처에서 나부끼고 있습니다. 태극기는 백두산에서만 휘날려야 하는 것이 아니며, 백두산 역시 반드시 북쪽 끝에 있는 것이어야만 하는 것도 아니라 믿습니다. 내가 정성을 기울여 깃발을 꽂는다면 그곳이 곧 백두산이요, 기름진 땅이 될 수 있을 테니까요.

지금도 나는 종종 꿈을 꿉니다. 매일 아침 깃발을 손에 쥔 채 뛰는 가슴을 안고 출발선 앞에 선 소년으로 돌아가는 꿈 말입니다.

그리고 저 푸른 해원을 지나, 마침내 어머니를 만나면 어려서 그랬듯이 "잘 다녀왔습니다" 하고 인사하면서 어머니에게 그 깃발을 건네는 그런 꿈을…….

# 참으로 작은,
# 그러나 세월이 지나도
# 잊히지 않는 것

이 세상 최고의 교육 기관은 어머니의 무릎이다.
– 제임스 러셀 로웰

어머니는 종종 몸이 편찮으셨습니다. 학교를 파하고 집으로 돌아오면 어머니는 머리에 띠를 동여맨 채 아랫목에 누워 계시곤 하셨습니다. 그렇듯 자주 아랫목 차지를 하고 계신 어머니를 볼 때면 어떻게든 기쁘게 해 드리고 싶었습니다.

그래서 온 식구들이 밥상에 둘러앉아 식사를 할 때면 여기저기서 주워들은 재미난 이야기를 늘어놓았습니다. 어머니와 가족들에게 웃음을 선사하고 싶었기 때문입니다. 또 학교에서는 좋은 성적을 받거나 선생님께 칭찬을 들으려고 애를 쓰기도 했습니다. 시험에서 100점이라도 맞는 날에는 크게 빨간색 동그라미가 쳐진 시험지를 들고 날 듯이 집으로 뛰어와 어머니에게 자랑스레 보여 드리곤 했습니다. 그러면 어머니는 자리에서 일어나 흐뭇한 미소를 지으시며 머리를 쓰다듬어 주시곤 했습니다. 이따금 상을 주실 때도 있었지요. "닭장에 한번 가 보거라. 닭이 알을 낳았을 거야. 따뜻할 때 얼른 하나 꺼내 먹거라."

당시 귀한 음식은 뭐니 뭐니 해도 계란이었습니다. 계란 반찬이 밥상에 오르면 형과 나는 좀 더 큰 덩어리를 자기 밥그릇에 가져가려고 눈치 싸움을 했습니다. 새우젓을 넣어 짭조름하니 노랗게 익힌 계란찜이 아버지 앞에 놓이는 날엔 군침을 삼키며 아버지가 어서 한 술 뜨시기만을 기다리기도 했습니다. 두어 숟갈이면 다 퍼먹을 것 같은, 김이 모락모락 나는 뚝배기 안의 계란찜이 어찌나 맛있어 보이던지⋯⋯. 계란 반찬은 집에서뿐만 아니라 도시락 반찬으로도 단연코 으뜸이었습니다. 가끔 누이가 지단을 부치거나 계란말이를 해서 도시락 반찬으로 싸주면 친구들이 한꺼번에 덤벼드는 통에 순식간에 사라지기 일쑤였으니까요. 물론 그런 날에는 남은 밥을 새우젓이랑 먹어야 했지요.

그러니 암탉이 갓 낳은 계란을 갖다 먹으라는 건 큰 상인 셈입니다. 살면서 이런저런 상을 받아 보았지만 그때 어머니가 주신 계란만큼 흡족한 상이 또 있었나 싶습니다.


초등학교 1학년 때였습니다. 하루는 담임 선생님께서 드롭스 한 상자를 들고 교실로 들어오셨습니다.

"다들 눈을 감고 책상 위로 손바닥을 올려놓아라. 너희들에게 사탕을 두 알씩 나눠 줄 거다. 미국에서 건너온 귀한 사탕이니 싸우지 말고, 친구 것을 빼앗지도 말고, 아껴서 먹도록 해라."

당시는 미국의 구호물자가 학교에 전달되면 학생들에게 껌이나 사탕 등이 두세 개씩 보급되곤 하던 때였습니다. 참으로 가난하던 시절의 얘기이지요.

아이들은 사탕을 받자마자 대부분 얼른 제 입속으로 집어넣었습니다. 그러나 나는 사탕 두 알을 슬그머니 종이에 싸서 주머니 안에 넣어 두었습니다. 쉬는 시간에 아이들과 뛰어놀고 교실 청소를 하느라 분주히 움직이다 보니 주머니에 있던 사탕도 그 안에서 요동을 치고 있었을 겁니다. 집으로 돌아오는 길에 친구들과 장난을 치고 달음박질도 하며 땀을 흘리다 보면 사탕이 얇은 종이 밖으로 삐져나와 주머니 안의 온갖 먼지와 함께 엉켰을 테지요.

"어머니, 학교 다녀왔습니다."

나는 대문으로 들어서자마자 어머니에게 인사를 하고는 주머니에서 사탕을 꺼내 물로 깨끗이 헹군 다음 아랫목에 누워 계신 어머니에게 갖다 드렸습니다.

"이게 뭐냐."

"미국에서 온 사탕이래요. 학교에서 나누어 줬어요."

"그럼 너나 먹지 왜 가져왔어."

"저는 학교에서 먹었어요. 어머니 드세요."

"……."

얼마 후 담임 선생님이 나를 따로 부르셨습니다. 선생님은 길에서 우연히 어머니를 만나 사탕 잘 먹었다는 얘기를 들으셨다며, 서랍에서 사탕을 한 알 꺼내 내 입속에 넣어 주셨습니다. 더불어 사탕 한 알을 손에 쥐어 주셨습니다. 그때 부끄럽기도 하면서 한편으로는 어찌나 기분이 좋던지…….

지금 생각해 보면 계란이나 사탕은 참으로 작고 사소하기 그지없는 것들입니다. 그러나 그런 것들을 주고받으면서 따끈하게 덥혀진 마음의 자리는 세월이 지나도 식지 않습니다. 그것이 바로 정情이겠지요.

명절 때가 되어 어머니의 무덤에 찾아가 잘 계시냐고 안부 인사를 여쭐 때면, 생전에 머리맡에 사탕 한 움큼이 든 단지를 놓아두고 오물오물 드시던 모습이 떠오릅니다. 어느덧 머리가 희끗희끗한 막내아들은 어머니의 무덤 앞에 앉아, 당신께서 상으로 주신 생계란 한 알을 구멍 내어 마시던 그 시절로 되돌아가곤 합니다. 때때로 자고 있는 내 이마를 쓰다듬어 주시며 나지막한 목소리로 "아이고 내 새끼……" 하고 사랑을 전하시던 어머니의 따뜻하고도 도타운 손길……. 머리에 희끗하게 서리가 내려도 어머니는 언제나 그립습니다.

# 추억은
# 강하고 향기롭다

등 뒤로 불어오는 바람, 눈앞에 빛나는 태양,
옆에서 함께 가는 친구보다 더 좋은 것은 없으리.
– 에런 더글러스 트림블

 

얼마 전 영등포의 한 식당에서 친구들을 만났습니다.
한동네에서 자란 초등학교 친구들과의 오래된 모임입니다. 만날
때마다 즐겁고 정겹습니다. 어린 시절의 추억을 안주 삼아 술잔을
기울이며 이런저런 살아가는 이야기를 나누다 보면 시간이 가는 줄
도 잊습니다.

그토록 짓궂던 개구쟁이들이 어느덧 머리가 벗겨지고 깊은 주름
이 파인 걸 보며 새삼 시간의 흐름을 느끼기도 하고, 세상을 떠난
친구들의 빈자리가 하나둘씩 늘어 갈 때마다 가슴 한편이 헛헛해지
기도 합니다. 누가 언제 떠날지 모르기에, 어쩌면 오늘 이 자리가
함께 술잔을 기울이는 마지막 날일지도 모르기에, 친구들과 함께
나눈 수십 년의 우정이 더욱 소중하게 느껴집니다.

태어난 곳은 공주이지만, 내가 자란 곳은 강경입니다. 충청남도 논산시에 위치한 강경읍은 지금이야 자그마한 시골 동네에 불과하지만, 한때는 대구, 원산과 더불어 우리나라 3대 시장으로 손꼽히던 곳입니다. 금강의 하류에 자리 잡은 덕에 군산에서 올라오는 고깃배나 큰 화물선이 그곳까지 들어왔지요. 조기 철이라도 되면 숱하게 밀려드는 고깃배로 인해 강경 전역이 들썩이곤 했습니다. 지금도 강경이라는 두 글자를 떠올리면 그때 맡았던 짭조름한 새우젓 냄새와 정겨운 생선 비린내가 나는 듯합니다.

당시 우리 가족은 아버지께서 고등학교 서무과장으로 근무하셨던 터라 학교 근처에서 살았습니다. 집 근처에는 금강으로 흘러드는 샛강이 있고, 강을 따라 수십 리에 걸쳐 먼 곳까지 이어지는 긴 강둑이 있었습니다. 봄이 되면 넓디넓은 둑 전체가 푸르른 클로버로 뒤덮였습니다. 볕이라도 좋은 날이면 나는 이웃집 양을 끌고 클로버 들판으로 나갔습니다. 이웃에 사시던 수학 선생님이 기르는 양이었는데, 가끔 양 돌보는 일을 내게 맡기곤 하셨습니다.

양이 한가롭게 풀을 뜯는 동안 나는 풀밭에 앉아 하늘의 구름을 바라보며 상상의 나래를 펼치곤 했습니다. '저 구름 위에는 누가 있나. 뭉게뭉게 빚어지고 사라지는 이런저런 형상들이 참 신기하구나. 저 하늘 너머에는 내가 모르는 또 다른 세계가 있을 테지. 거기서 보면 나는 점보다도 작을 테고. 지구는 참으로 크고 신비로운 곳이다…….' 그런 생각에 젖어 있노라면 철커덩철커덩 호남선 열차가 지나가는 소리가 간간이 들려오곤 했습니다. 해질녘이면 하늘의 아름다움은 절정을 이루었습니다. 어느덧 붉게 물든 노을을 등에 지고 양을 끌고 집으로 돌아오던 길이 지금도 눈앞에 선하게 떠오릅니다.

나는 혼자만의 시간을 즐기기도 했지만 친구들과 어울리는 것 또한 마다하지 않았습니다. 학창시절 내내 급장(반장)을 맡았고, 동네에서는 친구들과 어울려 짓궂은 장난질도 곧잘 치곤 했지요. 주머니에 먹을 것을 챙겨 와서 친구들과 나눠 먹기도 하고, 방공호를 아지트 삼아 이런저런 전쟁놀이도 즐겨 했습니다.

초등학교 4학년 무렵이었을까요. 한번은 예의 그 아지트에 모여서 '뭘 하고 놀까' 궁리를 하다가, 당돌한 생각을 떠올렸습니다. 한껏 모험심에 부푼 개구쟁이들이 먼 곳까지 배를 타고 가 보기로 작당을 한 것입니다. 이에 일명 '뱃사공'이라고 불리던 녀석이 아버지 몰래 작은 배 한 척을 금강 한쪽에 대놓으면, 다들 거기서 모이기로 했습니다. 우리들은 머리를 맞대고 각자 준비물들을 정했습니다. 한 친구는 풍로(화로)를, 또 다른 친구들은 각자 밀가루와 호박, 숯, 프라이팬 따위를 맡았습니다. 나는 참기름을 준비하기로 했습니다. 그 순간의 두근거림이라니요.

마침내 배가 미끄러지듯 출발했습니다. 처음에는 신이 나서 환호성을 지르며 한껏 들떠 있었습니다. 기쁨도 잠시, 물결에 실려 떠내려가는가 싶더니 뱃속에서 꼬르륵 소리가 들렸습니다. 누군가 강물을 떠다 밀가루를 풀어 반죽을 만들기 시작했습니다. 한편에서는 서툰 솜씨로 호박을 썰기도 했고, 또 다른 친구들은 가져온 풍로에 불을 붙였습니다. 프라이팬이 적당히 달궈지자 기름을 두르고 부침개를 부쳤습니다.

"치르르르르……."

고소한 냄새가 진동하기 시작했습니다. 말이 호박부침이지 사실 간도 안 된 엉터리 밀가루 지짐이지요. 하지만 풍로에 빙 둘러 앉아 꼴딱꼴딱 군침을 삼키고 있는 허기진 일곱 명의 소년들에게 그처럼 식욕을 자극하는 요리는 없었을 겁니다. 부치기가 무섭게 사라지고, 또 너무나 더디 익어서 안타깝고, 아무리 먹어도 허기는 가시지 않고……. 그때 그 부침개만큼 맛있는 부침개가 또 있었던가 싶습니다.

그렇게 얼마를 흘러갔을까요. 강 한복판에서 순조롭게 배가 나아가고 있는데 갑자기 하늘이 어두워지더니 빗방울이 떨어지기 시작했습니다. 거기에 바람까지 점점 세지더니 출렁이던 물결이 거칠게 배를 흔들어대자 이리저리 배가 휘청거렸습니다. 우리는 덜컥 겁이 났지요. 배가 한쪽으로 기울 때마다 강물이 배 안으로 넘쳐 들어오고. 비바람은 점점 더 거세지고, 노 젓는 녀석은 배가 물살에 휩쓸려 제멋대로 간다며 두 발을 동동 굴러댔습니다. 우리는 비에 흠뻑 젖은 채 요동치는 배 위에서 이리저리 쏠리며 이러다가 죽고 말 거라고, 서로 부둥켜안고 엉엉 울음을 쏟아내고야 말았습니다.

하늘이 노래지면서 이렇게 죽는구나 싶었을 때, 배가 어딘가에 '쿵' 하고 부딪치더군요. 이때 한 친구가 빗속에서 던진 밧줄이 돌무더기 쪽에 걸리면서 간신히 배가 멈추어 섰습니다.

겨우 돌무더기를 기어오르니 참외밭이었습니다. 다들 물에 빠진 생쥐 꼴을 하고도 애가 타서인지 어찌나 갈증이 심했던지 손에 닿는 대로 참외를 따서 양손에 쥐고 우걱우걱 정신없이 먹어댔습니다. 비가 와서 그런지 다행히도 지나가는 사람이 아무도 없었습니다. 낯선 동네 밭의 물에 젖은 참외가 어찌나 맛있던지요. 비에 젖은 그 참외가 그토록 기세등등했던 모험의 초라한 끝이었습니다.

나는 동글하니 희고 예쁜 참외 하나를 따서 들고 터덜터덜 집을 향해 걸었습니다. 얼마나 떠내려 왔는지 저녁때가 다 되어서야 집에 도착했습니다. 종일 어디를 쏘다녔냐고 묻는 어머니 얼굴이 어찌나 반가운지 나도 모르게 눈시울이 붉어졌습니다. 대답 대신 뽀얀 참외를 건네며 빙그레 웃고 말았습니다. 그리고 그날 밤은 뒤척임도 없이 깊이 잠들었습니다.

영등포에 모인 날, 우리는 어린 시절의 치기 어린 모험을 회상하며 한참을 웃었습니다. 웃으면서 먼저 저세상으로 떠난 친구들을 추억하며 서글픈 농담을 주고받기도 했습니다. 긴 세월을 이어

온 우정과 짓궂으면서도 정감 어린 추억들. 밤이 깊어갈수록 우리들의 이야기는 점점 더 깊어지고, 세상사에 치여 복잡했던 마음이 친구들과 더불어 푸근해지는 걸 느꼈습니다. 한낱 시골의 배고픈 조무래기들에 지나지 않았던 시절, 클로버로 뒤덮인 강둑에 앉아 바라보던 파란 하늘, 부침개와 참외만으로도 마냥 즐거웠던 날들……. 그리하여 이야기가 한껏 고조될 무렵이면 마음은 어느덧 한 줄기 샛강이 되어 저 너머 금강 안으로 흘러들었습니다. 추억은 진하고 힘이 센 모양입니다.

# 그리움을 담아
# 띄우는 엽서

시는 인류의 모국어다.
― J. G. 하만

　　창밖 우면산에 안개 한 자락이 드리워진 푸른 새벽, 나는 책상 앞에 앉아 엽서 한 장을 꺼냅니다. 며칠 전부터 자꾸만 캐나다 밴쿠버에 계시는 작은누이 생각이 떠나지 않아서입니다. 궁금한 소식이야 전화 한 통화면 풀리겠지만, 그것만으로는 부족한 날도 있지요. 그런 때는 이렇듯 엽서 한 장 꺼내 놓고 잠시 그리운 옛 추억에 잠기기도 합니다. 한참을 그렇게 있다가 한 글자도 적지 않은 깨끗한 엽서를 다시 서랍 속에 넣어 둘 때까지 말입니다.

　　그러고 보니 오래 전 강경 시골집에서도 그랬습니다. 평상에 앉아 감나무 위로 둥실 떠오른 보름달을 바라보고 있노라면, 아릿한 애수 같은 것이 가슴속에 차올라 몇 글자 적어 보고픈 마음이 간절했었습니다. 그러나 마음만 웅성일 뿐 종이 위엔 끝내 아무것도 적을 수 없었습니다. 시詩란 것이 그러한 것인 모양이지요. 가슴속으로 흘러들기만 할 뿐 도통 종이 위로 글자의 길을 내어 주지 않습니다. 아마 오늘도 나는 누이에게 엽서를 쓰지 못할 것입니다.

누이란 참 묘한 존재입니다. 때로는 어머니 같으면서 어머니보다 친근하고, 때로는 연인 같으면서 연인하고는 또 다릅니다. 더러는 친구 같으면서 친구보다 넉넉하지요. 내게는 그런 누이가 두 분이나 있습니다. 살면서 누이가 있어 다행이라는 생각을 얼마나 많이 했는지⋯⋯. 어머니 돌아가신 다음에는 더더욱 그렇습니다. 그런 누이들이 이제 여든을 훌쩍 넘겼습니다.

작은누이는 밴쿠버에 자리 잡기 전에 미국 펜실베이니아 주의 필라델피아에 사셨습니다. 우리 아이들이 초등학교와 유치원에 다닐 무렵, 펜실베이니아에 위치한 리하이대학교에서 일 년간 객원교수로 연구할 수 있는 기회가 주어졌습니다. 나는 아내와 아이들을 데리고 온 가족이 함께 미국으로 갔습니다. 그보다 십 년 전에 아내와 갓난아이였던 큰딸을 한국에 두고 혼자 미국에서 공부했던 일이 내내 마음에 걸렸던 때문이었습니다.

아무려나 그때 우리 가족은 펜실베이니아에서 참으로 행복한 때를 보냈습니다. 돌이켜 보면 그때처럼 걱정 없이 좋기만 하던 시절이 있었던가 싶을 정도로 말입니다. 손재주가 좋은 아내는 값싼 천을 떠다가 아이들 옷을 예쁘게 만들어 입혔습니다. 빤한 월급으로 살림을 하려면 좋은 옷을 사 입힐 여유가 없어서도 그랬겠지만, 아내는 그 일을 즐기는 듯 보였습니다. 아이들은 날이면 날마다 햄버거와 프렌치프라이 타령을 해댔습니다. 그때는 맥도널드에 가는 게 최고의 외식이었던 셈이지요.

한번은 밤 열 시가 넘었는데 작은딸이 피자를 먹어야겠다고 고집을 부리는 통에 피자집을 찾아 헤매고 다닌 적도 있었습니다. 그 녀석이 차 안에서 사탕을 먹다 삼켜 목에 걸리는 바람에 그 밤에 어찌나 놀랐던지……. 등불을 환히 밝히고 타운하우스 뒤뜰에서 이웃 주민들과 음식을 나누어 먹었던 추수감사절, 으스스한 유령 호박이 여기저기 걸려 있던 할로윈, 아이들의 캐럴 소리가 온 집안에 울려 퍼지던 크리스마스……. 그 시절의 추억은 돌아볼수록 새롭고, 아기자기한 행복 그 자체였던 셈입니다.

그럼에도 불구하고 그 시절 우리 가족이 가장 손꼽아 기다렸던 순간은 누이네 집에 가려고 자동차 시동을 거는 그 순간이었습니다. 토요일이 되면 나는 차에 아내와 세 꼬마를 태우고 누이네 집을 향해 달렸습니다. 대개는 누이네 집에서 하룻밤 자고 다음 날 돌아오는 일정이었지요. 누이는 늘 우리 가족을 따뜻하게 맞아 주고 맛있는 음식이 잔뜩 차려져 있는 즐거운 식탁으로 이끌었습니다. 대화가 끊이지 않아서 만찬은 종종 늦은 시간까지 계속 이어졌습니다.

이따금 우리 가족과 누이네 가족이 함께 여행을 가기도 했습니다. 나이아가라 폭포로 여행을 갔을 때 누이는 웃고 떠들며 뛰노는 아이들을 바라보며 말했습니다.

"참 좋은 시절이구나. 아이들에게도, 우리에게도……."

부모님이 살아계셨을 때 작은누이는 갈현동에 보금자리를 마련하고 연로하신 부모님을 모셨습니다. 어렸을 때부터 효녀로 소문이 자자하던 누이였으니까요. 나는 결혼하기 전까지 누이네 집에서 지냈고, 나중에 그곳에서 누이와 함께 부모님의 임종을 맞기도 했습니다. 대학에 다닐 때도 나는 누이네 집에 신세를 졌습니다. 당시 덕수국민학교 교사였던 누이는 관훈동에 방 두 칸짜리 전셋집을 얻어 살고 있었습니다. 나는 방 한 칸을 차지하고 누이에게 용돈을 받아 가며 학교를 다녔습니다.

그 밖에도 나를 보살핀 누이의 손길은 이루 헤아릴 수가 없습니다. 백수 생활을 할 때 백조다방의 외상값을 갚아 준 이도 누이요, 내가 서울로 올라오기 전에 책이며 선물을 강경으로 보내 준 이도 누이였습니다. 누이들은 계란말이를 부쳐 내 도시락을 싸 주거나, 좀 더 거슬러 올라가 온 가족이 둘러앉아 밥을 먹을 때면 자기 몫으로 주어진 김 한 장을 반으로 잘라 꼭 내 밥그릇 위에 얹어 주기도 했던…….

갓 중학생이 되었을 때였을 겁니다. 한번은 대전에 간 적 있었습니다. 강경에서 벗어나 큰 도시의 공기를 쐬고 싶어서였지요. 어머니에게 말하면 가지 말라 하실 것 같아서 친구 두 녀석과 함께 기차표도 없이 대전행 기차에 몸을 실었습니다. 그때만 해도 적당히 융통성을 발휘하면 표 없이도 기차를 탈 수 있던 시절이었지요. 셋 다 대전은 처음이어서 한껏 들떴던 기억이 새롭습니다.

친구들과 대전역 근처에서 국수와 국화빵으로 허기를 달래고 발길 닿는 대로 돌아다니고 있는데, 길거리에서 파는 꽃무늬 편지지가 눈에 들어왔습니다. 문득 작은누이가 편지 쓰는 걸 좋아하는 게 떠올랐습니다. 나는 없는 주머니를 털어 가장 예쁜 꽃무늬 편지지를 샀습니다. 그리고 그걸 동그랗게 말아 품속에 넣고 다시 무임승차로 강경으로 돌아왔습니다.

하루 종일 어디에 다녀왔냐고 다그치시는 어머니에게 사실대로 말도 못하고 우물쭈물하는 순간, 품속에 말아 넣은 편지지가 툭, 하고 떨어지고 말았습니다. 결국 그 편지지 때문에 대전 다녀온 일이 들통 나는 바람에 한참을 야단맞아야 했지요. 하지만 누이가 편지지를 받고 좋아하는 모습을 보니 호되게 야단을 맞은 끝에도 어찌나 기분이 좋았는지 모릅니다. 그때 누이는 누구에게 그렇게 편지를 썼을까 지금도 모를 일입니다.

어느덧 우면산에 드리운 안개가 걷히고 서서히 날이 밝아 옵니다. 아무래도 올가을에는 누이를 보러 캐나다에 한번 가야겠다고 생각하며 엽서를 서랍 속에 도로 집어넣으려다가, 다시 꺼냅니다. 내 마음을 꼭 빼닮은 글귀가 반드시 내 안에서 나와야 하는 건 아닐

터. 나는 펜을 들고 엽서에 김소월의 시 한 편을 옮겨 적습니다. 강변에 살던 그 시절을 떠올리며 그리움을 꾹꾹 눌러 담아서…….

엄마야 누나야 강변 살자
뜰에는 반짝이는 금모래 빛
뒷문 밖에는 갈잎의 노래
엄마야 누나야 강변 살자

# 아버지의 눈물,
# 아버지의 사랑

한 명의 아버지가 백 명의 스승보다 낫다.
– 조지 허버트

아버지의 사랑은 어머니의 사랑에 비해 잘 드러나지 않는다고 합니다. 표현이 더디고 서툴러서일까요. 아버지가 되고 보니 나 역시 마찬가지입니다. 내 얼굴을 쏙 빼닮은 큰딸과 유독 장난기가 많은 작은딸, 아내가 몸이 아파 하마터면 세상에 태어나지 못했을 막내아들까지, 자식들에 대한 내 마음은 아내의 지극정성과 그리 다르지 않건만 표현만큼은 지금도 쉽지 않은 게 사실입니다.

어느 일요일 아침, 여느 때처럼 교회에서 예배를 드리다가 성가대석에 서 있는 큰딸이 돋보기안경을 쓰고 찬송 부르는 모습이 눈에 들어왔습니다. 손녀딸이 큰딸과 나란히 성가대석에 설 정도로 아이들까지 다 키워 놓았으니 그럴 만도 합니다. 그래도 내가 보기엔 한창 때인데, '저 녀석이 벌써 노안이 오나' 싶어 내내 마음이 편치 않았습니다. 다음 날 나는 눈 건강에 좋다는 영양제를 사서 큰딸에게 건네며 눈 좀 아끼라고 잔소리를 늘어놓고 말았습니다. 아내처럼 다정한 말투로 조곤조곤 말했으면 좋았으련만 그런 게 몸에 배지 않았던 게지요.

미국에 사는 작은딸 집에 방문했을 때도 마찬가지였습니다. 하루는 새벽같이 일찍 일어나 청소를 했습니다. 손주 녀석이 어질러 놓은 장난감과 만화책을 치우고, 딸이 미처 치우지 못한 설거지를 하고, 바닥까지 꼼꼼히 닦았습니다. 작은딸이 어릴 때 천식을 앓아 그렇게 속을 태우더니, 손주 녀석이 또 제 어미를 닮았는지 천식을 앓고 있지 뭡니까. 자식 때문에 밤잠 못자며 고생하는 딸아이를 보고 있자니 내가 해 줄 것이 없어 가슴이 답답하던 터에, 딸아이가 조금이라도 더 잠을 자도록 조용히 걸레질이라도 하는 수밖에요.

또 막내아들이 내가 고위 공직에 있었다는 것 때문에 터무니없는 모함을 당했을 때는 분노와 함께 혼자 속앓이를 하느라 체중이 부쩍 줄기도 했습니다. 아들을 위해 내가 할 수 있는 일이 있다면 무엇이든 하겠다는 심정이었지요. 그럴 수만 있다면 차라리 아들 녀석 대신 내가 모함을 받는 게 낫겠다 싶었습니다. 그러나 당시 내가 할 수 있는 건 기도하며 꾹꾹 인내하는 일이 전부였습니다. 겪어 보지 않고서야 어찌 알 수 있겠습니까.

내가 아버지의 깊은 사랑을 처음으로 느낀 건 중학생이 되어서 였습니다. 막내였던 까닭이었을까요? 어머니나 누이들과는 정이 깊었지만, 아버지에게 느끼는 정은 그와는 좀 달랐습니다. 다소 추상적이라고 할까요. 아마 대부분의 아들들이 그럴 테지만 말입니다. 아버지가 가족을 위해 애쓰신다는 걸 잘 알지만, 그 노고와 사랑이 생생하게 피부에 와 닿지는 않았던 듯합니다. 아마도 나처럼 표현이 서툴고 때도 잘 맞추지 못하는 여느 아버지들과 같으셔서였 겠지요. 한편으로 아쉽지만 어쩔 수 없고, 또 그래서 어느 순간 깨달으면 그만큼 울림이 큰지도 모르겠습니다.

한국전쟁 끝난 후 얼마 지나지 않아 아버지는 근무하던 학교에서 퇴직을 하셨습니다. 평생을 공무원으로 일하셨던 아버지는 퇴직 후 작은 텃밭을 가꾸며 시간을 보내셨지요. 원래 조용한 성품이셨지만, 퇴직과 더불어 부쩍 말수도 줄어드셨습니다. 늘 몸져 누워 계셨던 어머니가 일어난 건 그때부터였습니다. 어머니는 집 안에 있는 물건들을 하나씩 팔아 쌀이며 생필품으로 바꿔 오셨고, 초등학교 교사로 일하는 큰누이와 함께 생계를 꾸려 가셨습니다.

당시 나는 중학생이었고 몸이 꽤나 허약했습니다. 나는 창백한 얼굴로 학교까지 5킬로미터가 넘는 거리를 매일 걸어 다녔습니다. 책가방도 무거운데, 삽까지 들고 가야 했지요. 갈대숲이 우거진 강가에 자리한 우리 학교는 생긴 지 얼마 되지 않아서 제대로 꼴을 갖추지 못한 상태였습니다. 덩그러니 건물만 지어져 있을 뿐 운동장도 없었고 길도 제대로 닦이지 않았지요. 보다 못한 교장 선생님께서 손수 팔을 걷어붙이셨던 것입니다.

학생들은 오전에는 수업을 받고, 오후에는 삽이며 호미를 들고 나가 논을 메우는 일에 동원되었습니다. 우리는 논을 메워 운동장을 만들고, 땅을 파서 연못을 만들었습니다. 교문 앞으로 난 울퉁불퉁한 길을 반듯하게 닦는 일도 우리들의 몫이었습니다. 뙤약볕 아래서 오후 내내 삽질을 하다 보면 금세 배가 꺼지고 땀이 줄줄 흘러내렸지요. 힘들어서 도망가고 싶을 때가 한두 번이 아니었습니다. 하지만 교장 선생님께서 앞장서서 일하시는데 차마 그럴 수는 없었습니다. 더구나 나는 모범을 보여야 할 반장이었거든요.

수업과 노동을 마치고 집으로 돌아오는 길은 꽤 멀었습니다. 축 늘어진 몸으로 삽을 질질 끌며 집에 오면 일단 수돗물을 벌컥벌컥 들이켰습니다. 그 다음엔 무거운 가방을 벗어 던지고 감나무 밑에 놓인 평상에 벌렁 드러눕곤 했습니다. 어지러워서 눈을 감고 있다가 졸기도 하고 파아란 하늘을 멍하니 바라보고 있노라면 어느덧 밥때가 되곤 했습니다.

그렇게 일 년쯤 지났을까요. 바짝바짝 여위어 가던 어느 날, 여느 때처럼 집에 오자마자 평상에 드러누워 설핏 잠이 들었는데 아버지께서 나를 흔들어 깨우시는 겁니다.

"일어나. 일어나라, 우식아. 어서 일어나서 이것 좀 먹어 봐."

아버지는 삶은 완두콩이 담긴 종지를 손에 든 채 내 옆에 앉아 계셨습니다. 눈을 떠야 하는데, 피곤한 터라 눈이 잘 떠지지 않았습니다. 아버지는 내 머리를 끌어당겨 당신 무릎을 베어 주며 자꾸만 나를 쓰다듬으셨습니다.

"일어나라 우식아, 그만 정신 차리고 이것 좀 먹어. 요새 네 얼굴이 말이 아니야. 너 이대로 가면 큰일 난다. 이러다가 죽어. 콩에 자양분이 얼마나 많다고. 이거 먹고 기운 내야지."

그 완두콩은 아버지가 손수 텃밭에서 기르셨던 것이었습니다. 어머니나 누이들이었다면 설탕이라도 좀 뿌리셨겠지만, 집안일에 서툰 아버지는 그저 맹물에 삶은 퍽퍽한 완두콩을 들고 내가 오기를 기다리셨던 것입니다.

일어나라고 재촉하는 아버지의 목소리가 더는 안 들리는가 싶더니, 갑자기 이마 위로 뜨거운 것이 툭, 하고 떨어졌습니다. 나는 깜짝 놀라 눈을 떴습니다. 아버지의 눈물이었습니다. 가장 노릇을 제대로 하지 못해서, 애는 아픈데 먹일 것이 마땅찮아서, 못내 서러우셨던 아버지가 연신 내 머리를 쓰다듬으며 소리 없이 울고 계셨던 것입니다.

나는 어찌할 바 몰라 자리에서 벌떡 일어나 주섬주섬 완두콩을 먹기 시작했습니다. 목은 막히는데, 그게 퍽퍽한 완두콩 때문인지 아니면 아버지의 눈물 때문인지 알 수 없었지만, 아무 말도 하지 못한 채 맛없는 완두콩을 꾸역꾸역 먹어댔습니다. 그렇게 아버지의 눈물을 닮은 완두콩을 목이 아프도록 삼켰습니다.

그 후로 완두콩을 볼 때마다 아버지가 떠오릅니다. 완두콩 속에 든 자양분은 아버지의 사랑이었을 테지요. 내가 맡은 중책의 무게에 시달릴 때, 감당하기 어려운 일을 당했을 때, 견디기 힘든 순간에, 나는 아버지의 무덤이 있는 모란공원을 찾습니다. 아버지의 무덤 앞에 앉아 "아버지, 나 힘들어요. 나 그만 둘까 봐요." 하며 넋두리를 하다 보면, 저 천마산 꼭대기에서 그만한 일로 약해지면 되겠느냐고 부드럽게 나무라시는 아버지의 목소리가 귀에 들리는 듯합니다. 그리고 그때처럼 내 이름을 부르며 일어나라고, 일어나라고 나를 흔들어 깨우시던 아버지의 음성이 마음속에 메아리치곤 합니다. 그것이 결국은 일흔 중반이 훨씬 넘은 오늘의 나를 있게 한 또 하나의 큰 사랑이요 힘이었습니다.

# 저마다의 인생 밑그림을
# 그리는 일

푸른 꿈을 가져라. 그리고 기획하라.
그러면 당신의 꿈은 이미 반은 이루어진 것이다.

요즘 아이들을 보면 안쓰럽기만 합니다. 너무 공부
에 시달리는 게 아닌가 싶어서요. 학교에, 학원에, 과외에, 여기저
기서 해야 할 공부가 넘쳐납니다. 뿐만 아니라 아이에 대한 부모의
관심도 넘치고 생활에 필요한 것들도 넘칩니다. 굳이 과유불급過猶
不及의 일침을 떠올리지 않아도, 감당하기 힘든 공부와 도를 넘어선
관심이 자칫 더 넓게, 더 높게, 더 깊게 볼 수 있는 아이들의 시야
를 막고 있는 건 아닌가 염려스러울 따름입니다.

이런 얘기를 하는 것 자체가 나이 든 티를 내는 것이겠지만, 내
가 자랄 때는 모든 게 부족했습니다. 대부분의 사람들이 끼니를 때
우기 급급한 삶을 살았으니까요. 그저 주리지만 않으면 다행이었
습니다. 먹을거리가 그러했으니 옷가지나 생필품은 두말할 나위가

있겠습니까. 그나마 여유가 좀 있다는 편에 속했던 나만 해도 큰누이의 결혼식에 입고 갈 옷이 마땅찮아 빨랫줄에 널려 있던 작은누이의 하얀 체육복 바지를 입었으니 말입니다.

그렇지만 부족하다고 해서 부정적인 면만 있는 건 아니었습니다. 당시의 아이들은 하늘 아래 자유로운 영혼으로 자연 속에서 마음껏 뛰놀 수 있었으니까요. 나 역시 그렇게 자랐습니다. 배부르지는 않아도 자연을 벗 삼아 놀고 배우면서 나름 인내심도 생기고 마음도 넉넉해졌다 자부합니다. 좋게 말하자면, 없었기에 오히려 더 풍성해지는 삶이었습니다.

다행히도 내게는 서울에서 교사 생활을 하는 작은누이가 있었습니다. 큰누이의 결혼식 복장으로 빌려 입었던 하얀 체육복의 주인공 말입니다. 누이는 막내동생을 위하여 월급을 받으면 꼬박꼬박 책을 챙겨 보내 주었습니다. 누이가 보내 준 책들 중에는 이순신이나 강감찬, 한석봉 등 위인의 일대기를 그린 만화도 있었고, 세계 고전문학도 꽤 많았습니다. 또 무명의 필자들이 쓴 자기계발서도 있었고, 더러는 『학원』 같은 청소년 잡지도 끼어 있었지요. 누이가 부쳐 준 책이 도착하면 나는 설레는 마음으로 책장을 넘기곤 했습니다. 때로는 등잔불 아래서 밤늦도록 책을 읽기도 했고, 다 읽어 버리면 아쉬울까 아껴 읽으려고 애써 남겨 둔 적도 있었습니다.

그때 읽었던 책 중에 기억에 남는 책은 철강왕 앤드류 카네기에 관한 책이었습니다. 당시 내가 봤던 책은 다이제스트 판으로 만든 카네기의 자서전으로, 제목이 『인생 처세술』이었던 걸로 기억합니다. 무더위가 기승을 부리던 8월의 어느 날, 나는 집 근처에 있는 커다란 포플러 나무 아래 돗자리를 폈습니다. 그리고 거기 누워 카네기의 책을 읽기 시작했지요. 그늘 아래 가만히 누워 있어도 땀이 흐르는 무더운 날이었습니다. 하늘의 구름은 속세의 더위와는 상관없다는 듯 유유자적 제 길을 가고, 온 동네 매미들은 귀가 아플 정도로 맴맴 울어대는데, 카네기의 인생 이야기는 어찌나 흥미있던지…….

나는 자세를 바꾸어 포플러 나무에 등을 대고 앉아 계속해서 책을 읽었습니다. 어떠한 환경에 놓이더라도 매한가지로 성실하고, 시련 속에서 스스로를 단련시키는 카네기의 굳센 의지가 꿈 많던 시절에 참으로 멋지게 느껴졌습니다. 사람들이 원하는 것을 그들 자신보다 먼저 헤아리는 예리함과 어렵게 노력해서 얻은 것을 아낌없이 나눌 줄 아는 통 큰 배포도 마음에 들었습니다. 많이 배우지는 못했지만, 그는 인재를 찾아내어 자기 사람으로 만들 줄 아는 인물이었습니다. 그야말로 사람 부자였던 셈이지요. 카네기는 살아생전에 다음과 같은 묘비명을 미리 준비해 두었다고 합니다.

"자기보다 뛰어난 사람들을 주변에 모을 줄 알았던 자, 여기 잠들었노라."

그 책을 덮었을 때 가슴 속에 물음표 하나가 떠올랐습니다. '나는 과연 어떤 사람이 될 것인가?' 그것은 훗날 내가 선택해야 할 직업에 관한 물음이 아니었습니다. 내가 만들어 가야 할 미래의 나 자신, 특정한 인격과 소양을 갖춘 한 인간 유형에 대한 고민의 출발점이었습니다.

그때부터 나는 미래의 자화상을 위한 밑그림을 조금씩 그려 나갔습니다. 그렸다 지우고, 다시 그렸다 지우기를 반복하며 상상하는 미래의 내 모습은 여전히 희미했지만, 어렴풋하게나마 사람들을 이끌고 보살피는 어떤 지도자의 형상을 하고 있었습니다. 지금 돌아보면 얼굴이 붉어질 만큼 유치했지만 말입니다. 어찌 됐든 까까머리 중학생의 몽상 속에서 만들어진 설익은 형상은 시간이 지나면서 조금씩 윤곽이 또렷해지고 속도 단단히 익어 갔습니다. 때때로 나는 미래의 자화상을 거울삼아 오늘의 내 모습을 비추어 보았습니다. 앞으로 어떤 것을 얼마만큼 더 채워야 하는지 점검해 보기 위해서 말이지요.

고등학교 2학년, 여름방학이 시작되자마자 쌀 한 말과 책 열 권 정도를 짊어지고 계룡산의 갑사甲寺로 무작정 떠난 것도 같은 이유에서였습니다. 내가 바라는 모습이 되려면 적어도 이 정도의 책은 정독해야 한다는 생각이 들었기 때문입니다. 한참을 걸어올라 대웅전 앞에 다다르자 스님 두 분께서 맞아 주셨습니다. 땀을 닦으며 꾸벅 인사를 하니, 그중 한 분이 물으셨습니다.

"누구를 찾아왔는가?"

질문에는 아랑곳없이 이렇게 여쭈었습니다.

"스님, 저 청이 하나 있습니다."

"청이라고? 어떤 청이냐."

"저는 강경상업고등학교에 다니는 학생입니다. 제가 쌀을 한 말 가져왔는데 이걸 드릴 터이니 절에 좀 묵을 수 있겠는지요?"

"왜 절에 묵으려 하느냐."

"책을 좀 읽고 싶어서 그럽니다. 스님들께 방해되지 않도록 조용히 책만 읽다 가겠습니다."

스님은 보일 듯 말 듯한 미소를 지어 보이시고는 자그만 방 하나를 내어 주셨습니다. 그러시고는 '가져왔으니 받겠다만 다음부터는 쌀을 가져오지 않아도 된다'고 하시며, 이렇게 말씀하셨습니다.

"원하는 만큼 묵다 가거라. 계곡 물이 차니 세수는 거기 가서 하거라."

그해 여름, 나는 여유로운 마음으로 책을 읽었습니다. 이른 새벽 불공을 드리기 전에 일어났습니다. 나물 반찬에 보리밥으로 공양을 하고, 산책을 하며 하루를 시작했습니다. 그러면서 이따금 계곡 물에 발을 담그며 열심히 책을 읽었습니다. 물소리, 바람소리를 들으며 톨스토이의 『부활』을 읽었고, 풀 냄새, 나무 냄새를 맡으며 헤밍웨이의 『노인과 바다』를 읽었습니다. 『명심보감』은 한 구절 한 구절 소리 내어 읽었고, 이름은 기억나지 않지만 어떤 철학책은 통 이해가 되지 않아 머리만 벅벅 긁기도 했습니다. 밤이 되어 자리에 누우면 풀벌레 우는 소리가 귓전을 간질였습니다. 어떤 밤에는 부모님 얼굴, 누이들 얼굴이 떠오르기도 했습니다. 그렇게 책 속에서 미래의 내 모습을 찾으려는 모험은 여름방학 내내 이어졌습니다.

시간이 흘러 대학생이 되고 어른이 되어서도 미래의 자화상에 대한 고민은 끊이지 않았습니다. '나는 지금 내가 그린 자화상을 향해 가고 있는가. 이 길이 뜻을 품고 사람을 품는 지도자가 되는 길인가. 카네기에게 배운 성실과 자성自省, 관용이라는 인생 처세술을 잘 실천하고 있는가.'

카네기는 내 청춘에 큰 영향을 미쳤습니다. 그러나 살다 보니 인생 처세술은 책으로 배워 익힌 것과는 많이 달랐습니다. 한 권의 요약본을 읽고 터득할 수 있는 요령은 아니었다는 뜻입니다. 숱한 지식과 경험을 쌓고, 뼈아픈 고뇌와 성찰을 거듭하는 동안 자기 안에서 닳고 추려진 것들이 자기 삶을 위한 고유한 처세술로 만들어집니다. 그것은 젊었을 때는 잘 보이지 않지만 나이가 들면 서서히 그 사람의 얼굴에 자연스레 드러납니다. 그리고 결국, 그 사람의 얼굴로 남는다는 걸 깨닫게 되었습니다.

내가 익힌 인생 처세술 중의 하나를 꼽으라면 '진실'을 들 수 있겠습니다. 진실은 건실한 인간관계를 구축하기 위한 주춧돌입니다. 진실을 바탕으로 신뢰를 쌓고, 먼저 베풀면서 덕을 쌓고, 또 내가 베푼 것은 잊고 내가 받은 것은 기억하면서 살다 보면, 좋은 사람들이 주변에 모여들기 마련입니다.

얼마 전에 읽은 책에 한 철학자가 나오더군요. 그는 "남들이 뭐라고 하든 말든 나는 내 주관대로 산다. 누군가 나를 욕한다면 그건 그의 주관이 나와 다르기 때문이다."라고 피력하고 있었습니다. 그의 말에 전적으로 동의할 수는 없지만 그 또한 하나의 인생 처세술인 건 분명합니다. 우리의 삶이 각자 다르듯 저마다의 인생 처세술 또한 다른 것일 테지요. 그것이 무엇이든 자신을 자신답게 하는 인생 처세술을 익힐 필요는 있을 듯합니다. 그것으로 한 번뿐인 삶을 후회하지 않고 살아가기 위한 길잡이로 삼을 수 있을 테니까 말이지요.

**제2장**

아픔도
힘이 된다

깊은 인간관계를 맺으려거든 일단 밥을 같이 먹어라.
편하게 밥을 먹는 사이가 되는 것,
그것이 인간관계의 시작이다.

# 전쟁이라는
# 아픔 속에서의 깨달음

평화로 가는 길은 없다. 평화가 길이다.
- 마하트마 간디

"제왕은 무엇을 중시해야 하는가"

그 옛날 당 태종은 재상 위징에게 물었답니다. 이에 위징은 '세 가지 거울'을 중시해야 한다고 답했답니다. 삼경훈三鏡訓, 즉 동경銅鏡, 사경史鏡, 인경人鏡이 그것입니다. 동경은 왕이 자신의 모습을 살피는 거울이고, 사경은 역대 왕조의 흥망을 되짚어 보는 거울이며, 인경은 나라에 귀감이 될 인재를 등용하는 거울입니다. 이에 당 태종은 이 세 가지 거울을 바탕으로 정관의 치를 이루었다고 합니다.

그러나 이 삼경이 비단 제왕에게만 필요한 거울은 아닐 터. 위징이 말한 세 가지 거울은 오늘을 살아가는 우리에게도 적용되는 교훈입니다. 먼저 동경, 우리는 매일 아침 거울을 보듯 나 자신의 겉과 속을 살펴야 합니다. 육체적으로나 마음으로 바른 모습을 하고 있는지, 자신의 추한 실상을 바른 모습이라 착각하는 건 아닌지 꼼꼼히 들여다보아야 한다는 말입니다. 거울에 자신을 비춰 보며 '나는 누구인가' 스스로에게 질문을 던지는 일은 평생을 두고 해야 할 우리 삶의 과제이기도 합니다.

다음으로 사경은 역사라는 크고 장구한 거울입니다. 우리는 거기에 한 인간으로서의 나를 비춰 보며 내가 속한 사회에 그리고 나아가 인류에 얼마나 가치 있고 보람된 일을 하고 있는지 살펴야 합니다.

마지막으로 인경, 나를 반사해서 비춰 볼 수 있는 인간적인 모델이 필요합니다. 내가 닮고 싶은 사람을 머릿속에 넣어 두고 내가 그에게 얼마나 가까이 갔는지, 어떤 점을 보완하고 또 채워야 하는지 점검해야 합니다. 나는 사람들에게 종종 누구를 '인경'으로 삼고 있는지 묻곤 합니다. 인경은 그들의 미래 모습을 가늠해 볼 수 있는 척도가 될 것이기 때문입니다.

무엇보다 중요한 것은 거울 세 개의 균형일 터입니다. 동경에 너무 집중하면 그리스 신화의 나르키소스처럼 지나친 자기애에 빠질 수 있습니다. 사경이 없는 사람은 우물 안 개구리가 되기 십상입니다. 또 인경에만 집중하면 아집에 빠져 상대방의 다름을 받아들이지 못하는 폐단이 있을 수 있습니다.

내게는 나만의 '사경'이 하나 있습니다. 역사 속의 나를 발견하게 해 준 계기가 된 사건이었지요. 바로 한국전쟁이 그것입니다. 한국전쟁이 발발하기 전까지, 그저 나는 아버지의 막내아들이었고, 강경의 숱한 꼬마들 중 하나일 뿐이었습니다. 나의 정체성은 누구의 가족, 누구의 친구, 누구의 제자, 어느 학급의 반장 등 인정을 기반으로 이루어진 작은 집단에 뿌리내리고 있었습니다. 그러나 전쟁은 그 뿌리를 뒤흔들었고, 내가 사는 세계를 지배하는 어떤 거대한 힘, 우리가 역사라고 부르는 그 힘이 나를 관통하고 있다는 것을 어렴풋하게나마 깨닫게 했습니다.

1950년 6월 25일, 한국전쟁이 발발하고 며칠 지나서 마을 사람들은 서둘러 피난길에 올랐습니다. 북한군의 탱크가 내려오지 못하도록 우리 집 근처의 다리를 곧 폭파할 거라는 소문이 돌더군요. 사람들은 수군거렸습니다.

"빨갱이들이 쳐들어와서 다 죽인다는구먼."

"한강다리는 벌써 폭파했대요."

"벌써 숱하게들 죽어 나갔다는데……."

이내 경찰이 차를 타고 마을 곳곳을 돌며 마이크를 들고 큰 소리로 외쳤습니다.

"오늘 안으로 피난을 가시오! 다리가 끊기기 전에 속히 이곳을 떠나시오!"

어머니와 누이들은 분주하게 움직였습니다. 가져갈 물건들을 챙기고, 웬만한 가재도구는 모두 벽장이나 다락방 속에 집어넣었지요. 얼굴이 상기된 아버지는 갖가지 짐을 자전거에 싣고, 집안 곳곳에 판자를 대고 못질을 했습니다. 만약의 약탈에 대비하기 위해서였겠지요. 다른 식구들이 정신없이 피난 준비를 하는 동안 나는 큰누이에게 돈을 타서 집 앞에 있는 구멍가게로 달려갔습니다. 당시 열한 살이었던 나는 전쟁이나 피난에 대한 개념이 전혀 없었습니다. 다만 평온하던 일상이 갑자기 소란스러워지면서 활기를 띠는 것이 그저 신기하고, 다 같이 어디론가 떠난다는 말에 소풍이라도 가는 기분이었습니다.

"자 이제 출발하자!"

우리 가족은 대문을 잠그고 둑길을 따라 이어지는 긴 피난 행렬에 끼어들었습니다. 사람들은 식량과 솥단지, 옷가지 등등을 짊어진 채 열을 지어 마을을 떠나고 있었습니다. 아버지가 짐을 잔뜩 실은 자전거를 끌고 앞장서고, 주섬주섬 짐을 챙겨 든 어머니와 누이들이 그 뒤를 따랐습니다. 나는 작은형과 장난치며 누이들을 쫓아갔습니다. 서울에서 대학을 다니던 큰형은 미처 내려오지 못했지요.

어떤 이들은 전쟁 얘기를 했고, 어떤 이들은 아무 말 없이 땅만 보고 걸었습니다. 피난을 간다고는 하지만 마땅히 갈 곳이 없어 그저 정처 없이 걷는 이들도 있었습니다.

"아버지, 우리 어디로 가는 거예요?"

"저기 전라북도 이리 망성면 어량리에 청풍 김씨들이 모여 사는 집성촌이 있단다. 꽤 부촌이지. 거기 면장네로 갈 거다. 그곳 면장님이 내게는 조카뻘이니, 우식이 너한테는 형님이 되겠구나. 아버지 잘 쫓아와야 한다. 행여 한눈팔다가 사람들 틈에 놓치기라도 하면 큰일 나."

나는 집성촌에 대한 궁금증을 잔뜩 품은 채 아버지를 따라 걸었습니다. 거기는 어떤 곳일까, 얼마나 더 가면 나오려나, 가면 얼마나 있다가 오나, 먹을 건 있겠지, 함께 놀 친구들은 있을까, 뭘 하고 놀지 등등. 그러는 사이 날이 저물었고 어느덧 어두워지기 시작했습니다.

"쾅!"

저물녘에 아버지 뒤를 쫓아 걷는 중에 갑자기 큰 소리가 들려왔습니다. 솥단지가 야단스럽게 구르는 소리, 자전거가 넘어지면서 페달 돌아가는 소리, 짐 보따리가 데굴데굴 굴러가는 소리 등이 연이어 나더니 저 아래에서 아버지의 나지막한 신음소리가 들렸습니다.

"아이고 허리야……."

아버지가 발을 헛딛는 바람에 짐을 잔뜩 실은 낡은 자전거가 균형을 잃으면서 한꺼번에 둑 아래로 굴러 떨어진 것입니다. 나와 작은형은 재빨리 둑 아래로 내려가 넘어진 아버지를 부축해 드리고 널브러져 있는 짐을 챙겼습니다. 주위에 있던 청년들이 따라 내려와 자전거와 짐을 다시 둑길로 올려 주었습니다.

밤이 깊어지자 배에서 꼬르륵 소리가 났습니다. 급하게 떠나오느라 저녁 먹을 새도 없었던 것입니다. 가도 가도 집성촌은 나오지 않았습니다. 나는 배가 고프다고, 작은형은 목이 마르다고, 또 누이들은 다리가 아프다고 난리였습니다.

"다 왔다. 조금만 더 가자."

아버지는 우리를 다독이며 어둠을 뚫고 자꾸만 앞으로 나아갔습니다. 나는 어느새 졸면서 걷고 있었습니다.

마침내 우리는 소나무가 우거진 한 마을 어귀에 들어섰습니다. 그윽한 소나무 향이 진동하는데, 뭔가 희끗희끗한 것이 소나무 위에서 퍼드덕거리며 날갯짓하는 소리가 들려왔습니다. 며칠 후 나는 그게 황새라는 것을 알게 되었지요. 울창한 소나무 숲으로 유명한 어량리는 희고 목이 길며 우아한 자태를 뽐내는 황새들의 서식지였던 것입니다.

마을 어귀를 지나 우리는 커다란 기와집 앞에 당도했습니다. 면장 형님은 우리를 반갑게 맞아 주었고, 일단 짐을 풀라며 곳간 문을 활짝 열고 멍석을 깔아 주었습니다. 우리 가족이 짐을 풀고 끼니를 준비하는 동안 면장 형님은 아버지를 따라 함께 피난 온 몇몇 선생님 가족을 이웃의 다른 집으로 데려가 기거할 수 있도록 거처를 마련해 주었습니다.

다음 날 아침 우리는 방 두 개에 대청마루가 딸린 사랑채로 짐을 옮겼습니다. 본격적인 피난살이가 시작된 것이지요. 면장 형님에게는 두 아들이 있었는데, 큰아들은 대학생이었고, 작은아들은 중학생이었습니다. 둘 다 나보다 나이가 많았지만 나를 아저씨라 불렀습니다. 처음엔 낯설었지만 어느새 그들을 큰조카, 작은조카라고 부르는 데 익숙해졌고, 작은조카를 따라다니며 새로운 생활에 적응해 나갔습니다.

아침에 눈을 뜨면 우리는 수양버들이 휘늘어져 있는 개울가로 갔습니다. 개울가 근처의 풀을 낫으로 슥슥 친 다음 그걸 그대로 두고 논의 한가운데 있는 새막[1]으로 발걸음을 옮겼습니다. 거기서 누이가 싸 준 감자와 주먹밥을 먹고 "워이— 워이—" 소리를 내며 새를 쫓았습니다. 작은조카에게 새쫓기노래[2]를 배워 따라 부르기도 했습니다.

우여— 우여—

아랫녘 새야 아래로 가고 윗녘 새는 윗녘으로 가고

우리 논에 앉지 마라 우리 밭에 앉지 마라

우리 어머니 아버지 손톱발톱 다 닳는다

우여— 우여—

---

1  벼나 수수 따위의 곡식이 익을 무렵에 모여드는 새를 쫓기 위하여 논밭가에 지은 막.
2  우리나라 구전 민요의 하나로, 벼가 한창 익을 무렵 어린아이들이 새막이나 논둑에 앉아 새를 쫓으면서 부르는 노래.

한동안은 미꾸라지를 잡아 끓여 먹는 재미에 맛을 들였고, 또 한 동안은 물이 찰랑찰랑 고인 논바닥에 드러누운 길고 누런 음지[3]를 구경하는 재미에 빠지기도 했습니다. 뱀 같기도 하고 장어 같기도 한 것이 논바닥이 제 집 안방인 양 배를 깔고 가만히 누워 있는 모양이 어찌나 우스웠던지…….

서너 시경이 되어 다시 개울가에 가보면 아침에 베어 놓은 풀 더미가 바짝 말라 있었습니다. 바짝 마른 풀 더미는 밥을 지을 때 사용하는 땔감이 됩니다. 또 거기에 물을 살짝 뿌려 태우면 홧홧한 풀 냄새가 나면서 모기가 쉬 덤비지 못했지요. 해질 무렵이 되면 나는 마른 풀 더미를 묶어 등에 지고 작은형과 함께 집으로 돌아오곤 했습니다.

면장 형님 댁으로 피난 온 사람들은 우리 가족뿐만이 아니었습니다. 한낮에 대청마루에 앉아 삶은 고구마를 먹고 있으면, 얼숙이라는 애가 엉금엉금 기어 올라와 나를 빤히 쳐다보곤 했습니다. 얼숙이는 나와 고구마를 번갈아 보며 "우숙아 무지?" 하고 말을 걸어왔습니다. 그건 "우식아 뭐지?"라는 말로, '너 뭐 먹냐, 왜 혼자만 먹냐, 나도 같이 좀 먹자'는 뜻이었습니다. 먹던 고구마를 잘라서 건네주면 얼숙이는 순식간에 먹어 치우고 또다시 나를 빼꼼히 쳐다

---

3  뱀이나 장어로 착각하기 쉬운 민물고기. 표준어로 '드렁허리' 또는 '웅어'라고도 한다.

보았습니다. 그리고 다시 엉금엉금 기어 내려갔습니다.

그러던 어느 날 죽창을 든 청년들이 집집마다 돌아다니며 사람을 잡아가기 시작했습니다. 그들은 젊은이들을 잡아들여 의용군으로 보내는 인민군 앞잡이였지요. 면장 형님이 일대에서 후덕한 인심으로 유명했던 탓에 인민군은 처음에는 그 댁의 문턱을 넘지 않았습니다. 그러나 시간이 흐르자 그들은 대문 앞을 기웃거렸고, 얼마 지나지 않아 문턱을 넘어 집 안으로 들어왔습니다.

인민군이 드나드는 횟수가 잦아지자 면장 형님은 뒤뜰의 흙담에 구멍을 내고 거기로 빠져나갔습니다. 항아리로 잘 가리면 구멍은 감쪽같이 가려졌습니다. 형님은 흙담 뒤쪽에 지푸라기를 깔아놓고 날이 어두워질 때까지 거기 숨어 계셨습니다. 한편 형과 작은조카는 옷장 뒤에 숨었습니다. 옷장을 약간 앞으로 잡아당긴 다음 벽과 옷장 사이의 좁은 틈에 요강을 놓아 두고 하루 종일 그 속에 숨어 있었지요. 요강을 비우는 일은 내 몫이었습니다. 인민군은 나 같은 초등학생에게는 관심이 없었습니다. 어린애들을 데려다가 소년단을 만들어서 김일성 노래를 가르치긴 했지만.

사실 인민군이 우리 집안에서 가장 눈독을 들인 사람은 초등학교 교사였던 큰누이와 대학생이었던 큰조카였습니다. 그들은 수시로 찾아와 그 둘을 데려가려 했습니다. 그러나 다행히도 큰누이는 피난 초기부터 열병에 걸려 내내 골골했고, 큰조카는 늑막염에 걸려 고생하고 있었습니다. 이틀이 멀다 하고 한의사가 왕진을 오는 탓에 누이와 조카는 끝내 무사했습니다.

피난살이를 하는 동안 나는 누이와 함께 수십 리 길을 걸어 두어 번쯤 강경에 다녀와야 했습니다. 한번은 둑길을 따라 집 쪽으로 걸어가는데, 참을 수 없을 정도로 역한 냄새가 강바람을 타고 꾸역꾸역 올라오기 시작했습니다. 강둑 아래쪽을 보니 시체들이 즐비하게 널브러져 있었지요. 총에 맞거나 죽창에 찔리거나 학살당해 죽은 이들의 시체가 강가에 아무렇게나 방치된 채 썩어 가고 있었던 것입니다.

마을 어귀로 진입하자 경찰서 앞에 오토바이가 몇 대 서 있고 그 주위로 한 무리의 사람들이 우왕좌왕하는 게 보였습니다. 우리 집에 가려면 경찰서 앞을 지나가야 했으므로 나는 누이의 손을 잡고 그 앞을 지나가려 했습니다. 그때였습니다. 갑자기 비행기가 한 대가 나타나 경찰서 주위로 기관총을 쏘아 대기 시작했습니다.

누이와 나는 혼비백산하여 길가의 논으로 재빨리 몸을 던졌지요. 어찌나 무섭던지 이가 덜덜덜 떨렸습니다. "다-다-다-다-다-다-" 눈앞에서 오토바이가 연이어 넘어지고 사람들이 피를 흘리며 쓰러졌습니다. 누이가 넋이 나간 얼굴로 아래쪽을 가리켰습니다. "우식아, 여기……." 누이가 가리킨 곳에는 시체가 놓여 있었습니다. 우리는 한데 묶인 채 논바닥에 버려진 시체더미 위에 엎드려 있던 것이었습니다.

머리 위로 비행기에서는 기관총을 쏘아 대지, 시체 썩는 냄새가 아래에서부터 올라와 코를 찌르며 진동하지, 눈도 못 감고 죽은 시체가 나를 보고 있는데 내 몸은 그 위에 얹혀 있지……. 그때, 문득 그런 생각이 들었습니다. '아, 이게 전쟁이구나. 지금 즉시 내가 죽을 수도 있고 내 누이가 눈앞에서 죽을 수도 있는 것, 이 시체더미 위에 얹힌 한 구의 시체가 될 수 있는 것, 그게 바로 전쟁이구나.'

그 후로도 나는 기총소사機銃掃射를 여러 차례 목격했습니다. 상여를 매고 지나가는 장례 행렬에 대고 하늘에서 기관총을 쏘아 대는 장면을 목격한 적도 있었습니다. 전쟁은 그런 것이었습니다. 사람들의 생명뿐만 아니라 죽음을 애도할 권리마저 앗아가는 것, 전쟁이 끝난 이후에는 전쟁보다 더한 상처가 남는 것…….

9월 하순의 어느 날 밤, 큰조카가 촛불을 든 채 사랑채에 나타났습니다. 불을 켜면 비행기의 표적이 되기 십상이라 등화관제燈火管制를 실시하던 시절이었기에 그의 손에서 까막거리는 촛불이 왠지 낯설고 두려웠습니다.

"지금 우리 국군이 군산 쪽에서 밀고 올라오고 있답니다. 인천에도 미군이 상륙했다고 하고요. 이제 곧 전쟁이 끝날 것 같습니다!"

우리는 피난살이를 마치고 다시 강경으로 돌아왔습니다. 전쟁 끝의 풍경은 처참했습니다. 한쪽 귀퉁이가 통째로 날아간 우리 집, 부서진 세간, 폭격을 당해 타버린 학교, 경찰서 앞마당에 널브러진 시체를 공동묘지로 실어 나르던 우마차, 부모를 잃고 고아가 된 친구들, 끝내 소식이 끊긴 큰형……. 그 처참함 가운데서도 마당의 감나무는 여느 가을과 마찬가지로 탐스러운 주홍빛 감을 주렁주렁 매달고 있었습니다. 문득 면장 형님이 흙담 뒤로 숨고 형과 조카가 옷장 뒤에 숨어 지낼 때, 텅 빈 마당에 툭 하고 떨어지던 땡감이 떠올랐습니다.

그날 나는 내 안에서 무언가 떫고도 아린 것이 떨어졌다는 느낌을 받았습니다. 죽창에 찔려 죽은 아버지를 끌어안고 오열하던 내 친구의 눈물보다 더 떫은 것, 전쟁통에 소식이 끊긴 아들이 행여 오늘은 돌아오지 않을까 종일 차가 오는 곳만 뚫어지게 바라보던 어머니의 뒷모습보다 더 아린 것, 어쩌면 그것은 원치는 않았지만 역사의 거울 앞에서 겪어야만 했던 피비린내 나는 성장통이었는지도 모릅니다.

그것은 숱한 세월을 두고 이어질 고된 성장통의 시작에 불과했습니다. 채 몇 달이 지나지 않아 우리 가족은 1·4후퇴로 인해 또다시 피난길에 오르게 되었고, 역사는 굽이굽이 혁명과 정변의 소용돌이를 일으키며 내 삶 깊숙한 곳으로 침투해 들어왔습니다. 해마다 명절 때가 되면 행방불명이 된 큰형의 이름을 부르며 서럽게 우시던 어머니는 결국 그 아들을 다시 만나지 못한 채 세상을 떠났습니다. 그리하여 해마다 감나무에 주렁주렁 감이 열리면, 올해는 또 어떤 떫고도 아린 감이 내 안에서 툭 떨어지려나 자꾸만 하늘을 올려다보게 됩니다.

역사의 거울, 즉 한국전쟁이라는 사경에 비춰 볼 때, 우리에게는 항상 전쟁이라는 있어서는 안 될 일들이 일어날 가능성이 열려 있습니다. 그래서 더욱이 어떤 일이 있어도 지켜야 할 것으로 평화만큼 소중한 가치가 또 있을까 싶습니다. 다시는 피난 가는 일이 있어서는 안 되겠다는 것입니다. 전쟁의 참혹함을 우리 시대, 아니 미래의 세대들에게 다시 경험하게 할 수는 없다는 것입니다. 그리하여 배움도, 과학기술도, 정치·경제도 그 지향점은 오로지 평화여야 한다는 생각을 다지게 되었습니다. 그것이 어린 나이에 삶과 죽음의 경계에 서서 뼈아픈 성장통을 겪으며 얻은 소중한 깨달음입니다.

# 늑막염이
## 내게 가르쳐 준 것

질병은 인생을 깨닫게 하는 훌륭한 교사다.
- W. NL. 영안

어린아이들은 아프고 나면 눈에 띄게 자란다고 합니다. 신체적으로 자라기도 하고, 말이 늘거나 사물에 관한 이해가 깊어지는 등 정신적으로 자라기도 합니다. 모든 아픔이 성장을 위한 동력이 되는 건 아니지만, 그럼에도 아픔을 이겨 내며 삶의 이치를 하나씩 배워 간다면 그것은 좋은 일입니다.

고등학생 시절, 나는 건성늑막염을 앓았습니다. 늑막염은 외상이나 결핵균의 감염으로 인해 가슴막에 염증이 생기는 병이지요. 이 병에 걸리면 몸에 항시 미열이 있고 종종 호흡이 답답해집니다. 숨을 깊이 들이쉬거나 기침, 재채기를 할 때면 바늘로 가슴 쪽을 콕콕 찌르는 것 같은 통증도 느껴집니다. 지금이야 늑막염 치료가 그리 어렵지 않지만 당시만 해도 쉽사리 낫는 병은 아니었지요.

늦은 밤, 까물거리는 호롱불 앞에 앉아 책을 들여다보고 있으면 갑자기 숨이 가빠지면서 옆구리에 뻐근한 통증이 찾아옵니다. 통증도 통증이지만, 한창 공부해야 할 시기에 몸이 따라 주지 않으니 불안하기까지 했습니다. 황달병에 걸려 잔디 뿌리를 달여 먹던 게 엊그제 같은데 이번엔 늑막염이라니…….

어머니는 병원 약을 지어 오셨고, 또 민간요법에 따라 닭과 지네를 한데 넣어 삶아 주시기도 했습니다. 사실 닭과 지네는 상극관계로, 닭은 지네를 부리로 쪼고 지네는 닭고기와 닭 뼈를 좋아한다고 합니다. 지네는 주로 습한 땅속에 기거하므로 어두운 기운을 품고 있다고 여겨지는 반면, 아침을 깨우는 닭은 밝은 기운을 품은 것으로 알려져 있지요. 옛날 사람들은 이렇듯 대비되는 기운이 어우러져 몸에 이로운 작용을 한다고 믿은 모양입니다.

옆집에 사는 수학 선생님이 독특한 비법으로 늑막염 치료를 도와주셨습니다. 선생님이 기르던 양을 내가 종종 돌봐 주는 게 고마워서 그러셨는지도 모르겠지만, 당시 동양철학에 심취해 있었던 선생님은 매일 밤 자정이 되기 직전에 우리 집으로 나를 데리러 오셨습니다. 나는 그때까지 기다렸다가 선생님과 함께 근처의 샘으로 가서 물을 마셨습니다. 선생님은 자정이 되면 모든 물의 흐름이 뒤바뀌므로 그 시간에 물을 마시면 역동적인 힘이 몸에 고스란히 전해진다고 하셨습니다.

"독한 약을 먹으면 위장이 쉬 상하거든. 이 물이 위장에도 좋을 게다."

딱히 믿을 수는 없었지만 나는 매일 밤 선생님을 따라 자정의 물을 마셨습니다. 선생님이 권해 주신 또 다른 방법은 이른 새벽에 논길을 걸으라는 것이었습니다. 논길을 걸으며 푸르게 자라나는 벼의 생명력을 몸으로 직접 느껴 보라고 하셨습니다. 이른 새벽, 고요한 논길을 홀로 천천히 걷다 보면 새벽이슬에 어느새 발이 젖곤 했습니다. 나는 논길 한가운데서 젖은 발로 동이 트는 장면을 바라보았습니다. 푸른 벼와 풀잎에 맺힌 이슬이 아침 햇살에 보석처럼 반짝이는 게 어찌나 아름답던지요.

그때부터 내겐 산책하는 습관이 생겼습니다. 자연의 아름다움과 그 오묘한 생명의 이치에 눈을 뜨게 된 것이지요. 지금도 산책을 즐기는데, 이는 늑막염을 앓고 얻은 아주 좋은 습관이 아닐 수 없습니다. 그 무렵 나는 논길을 따라 걸으며 젖은 두 발로 아침을 맞고, 햇살이 어린 이슬을 보며 이런저런 생각에 젖어들었습니다. '피난 갔을 때 기다란 음지 한 마리가 저런 논바닥에서 속편한 모습으로 드러누워 있었더랬지. 고런 놈이 왜 여기엔 없지. 먹을 것을 달라던 얼숙이는 잘 살고 있으려나. 서울에서 누이가 보낸 책이 도착할 때가 되었는데……'

어머니가 삶아 주신 닭과 지네 덕분인지 아니면 선생님과 함께 마신 샘물과 새벽 산책 덕분인지, 늑막염은 점차 호전되었습니다.

호롱불 앞에서 책을 펼쳐 놓고 까무룩 졸다가 그만 이마를 데어 "아 뜨거!" 하며 눈을 번쩍 뜨던 밤, 나는 드디어 늑막염에서 자유로워졌다는 걸 깨달았습니다. 답답한 호흡과 옆구리의 통증 탓에 조는 일은 별로 없었는데, 이제 꾸벅꾸벅 조는 걸 보니 다 나았구나 싶었던 게지요. 그날 자정에 마신 샘물은 유난히 시원하더군요.

언젠가 나는 김영무 시인이 임종 전에 썼다는 「무지개」라는 시를 읽으며 그 무렵의 일을 회상한 적이 있습니다. 그 시를 읽노라면 이른 아침, 풀잎에 맺힌 이슬이 반짝이던 논길의 풍경이 저절로 눈앞에 떠오릅니다. 이슬을 '색동 보석'이라고 하다니, 참으로 기막힌 표현이 아닐 수 없습니다.

이 땅에 시인 하나
풀꽃으로 피어나
바람결에 놀다 갔다

풀무치 새 울음소리 좋아하고
이웃 피붙이 같은 버들치
힘찬 지느러미 짓
더욱 좋아했다

찬 이슬 색동 보석 맺히는

풀섶 세상
— 참 다정도 하다

불교에서는 생노병사는 피할 수 없는 인간의 업보라 가르칩니다. 태어나는 것을 제외하고는 늙고 병들고 죽음에 이르는 일이 모두 아픔을 수반합니다. 그래서 많은 이들이 아픔을 나쁘다 여기고, 아픔 없이 사는 삶을 추구합니다. 어느 누구를 막론하고, 개인의 삶을 통틀어 볼 때 아프지 않고 성장하는 사람은 없을 것입니다. 오히려 아픔을 겪었을 때 한층 성숙해지고, 세상을 바라보는 시선이 성숙해지기도 합니다. 아픔이 약인 경우입니다. 더러는 그 아픔으로 인해 세상을 원망하고 자신을 학대하기까지 합니다. 아픔이 독인 경우이겠지요. 거스를 수 없는 섭리라면 아픔을 약으로 승화시킬 수 있길 바랍니다. 그래야 자정에 마신 샘물의 시원함처럼, 이른 아침 풀잎에 맺힌 색동 보석과 같은 이슬처럼 세상을 아름답게 느끼고 볼 수 있기 때문입니다.

# 방황과 실패는
## 청춘의 특권이다

젊었을 때 수행하지 않고 정신적 보배를 모아 두지 못한 사람은
부러진 활처럼 쓰러져 누워 부질없이 지난날을 탄식하리라.
— 『법구경』

시대를 막론하고 젊은이들의 고민은 엇비슷하겠지요.
본격적으로 사회로 나아가기 전, 청년들의 가장 큰 고민은 아마
도 진로 문제일 것입니다. 물론 평생을 함께할 짝을 찾는 문제 또
한 청년의 고민에서 큰 몫을 차지할 것입니다. 교수 시절 학생들이
찾아와 어렵사리 털어놓는 이야기 역시 진로나 취업에 관한 고민
이 대부분이었습니다. 왜 안 그렇겠습니까? 앞으로 무엇을 해야 할
지 막막하고, 학업을 이어가야 할지 사회로 발을 내딛어야 할지 헷
갈릴 뿐 아니라, 어떤 직장이 자신에게 맞는지 겪어 보지 않았으니
짐작도 할 수 없는 청춘의 거듭되는 고민들……. 어찌 보면 당연할
테지요.

학생들이 진로에 대해 고민을 물어 올 때마다 나는 그들에게 나

의 신조에 대해 들려주곤 했습니다.

"뜻이 있는 곳에 길이 있고, 그 길을 향해 정성을 기울이면 안 될 일이 없다. 단, 하늘이 감동할 정도로 정성을 기울여야 한다."

물론 뜻을 품기까지는 내 안에서 수많은 꿈들이 서로 치열하게 각축을 벌일 것입니다. 그리고 또 그 꿈을 이루기 위해 작은 시도들이 있을 것이며, 많은 시행착오를 거쳐야 할 것입니다. 그러다 보면 때로는 갈 곳 잃은 사람처럼 이리저리 방황할 수도 있고, 쓰디쓴 실패의 경험을 맛볼 수도 있을 테지요.

그러나 그런 것들이야말로 청춘에게 주어진 '약'이라 믿습니다. 당장은 쓰디쓰고 고통스럽더라도 먼 훗날 내 인생을 튼튼하게 만들어 줄 거름이 되고, 지금은 우회하는 것처럼 보여도 때가 되면 모든 경험을 아우를 수 있는 기회가 반드시 찾아옵니다. 오랜 동안 제자들을 지켜보면서 든 확신이 하나 있습니다. 젊은이들의 과제는 나열된 기업 중에서 어느 한 기업을 고르는 데 있는 게 아니라, 자신이 평생에 걸쳐 품고 일구어야 할 뜻을 궁구하는 데 있다는 것입니다.

내 젊은 날의 경험 역시 한동안은 이럴까 저럴까 하는 갈등의 연속이었습니다. 사회적으로 볼 때 대학교수로 오래 봉직하고 대학교의 총장까지 지냈으니 어쩌면 평탄하고 영예스러운 길을 걸었으리라 생각할 테지만, 내 첫 직장은 삼호방직이라는 회사였습니다. 당시 삼호방직이라고 하면 국내에서 재벌로 꼽히는 기업이었지요.

일자리가 많지 않은 상황에서 어렵사리 들어간 회사였습니다. 당시 경제 사정을 고려할 때 삼호방직이라는 든든한 회사에서 뿌리를 내리는 것은 꽤나 안정적이고 보장된 길이라 생각했던 것이지요. 길지는 않았지만 진로를 앞둔 첫 번째 방황은 제 삶에 아주 귀한 약이 되었습니다. 그 젊은 시절이 눈을 감으면 드라마처럼 펼쳐집니다.

그러니까 1960년, 대학 4학년 때였습니다. 4·19 혁명이 일어났던 그때만 해도 나는 패기 넘치는 젊은이였습니다. 옳은 것을 위해서라면 무엇이든 할 수 있을 것만 같았지요. 가슴속 뜨거운 열기는 쉬이 사그라들지 않았으나, 4학년 2학기가 되자 상황이 달라졌습니다. 사회는 뒤숭숭한 분위기에 붕 떠 있는 듯했습니다. 우리는 그 사회로의 진입을 앞둔 한 무리의 성년이었고, 대학을 졸업해도 마땅한 일자리가 없는 이 사회의 가난한 젊은이였습니다. 한국전쟁이 휴전에 들어간 지 10년도 채 안 된 때였으니 제대로 된 기업이 드물었고, 그렇다 보니 일자리 찾기가 참 막막했습니다. 그것이 바로 우리가 처한 현실이었던 것이죠.

그해 겨울 나는 입사할 만한 회사를 찾아 이리저리 기웃거렸습니다. 전공과 관련 있는 비료공장도 있었고, 전공과는 상관없는 소규모 수공업장도 있었지만 마음에 맞는 회사는 찾기는 어려웠습니다. 그러던 중에 친구의 소개와 학교의 추천으로 대구에 위치한 삼호방직에 지원하게 되었습니다. 같은 과의 친구 두 명이 함께 지원했고, 운 좋게도 셋 다 합격 통지를 받았습니다. 당시로서는 꽤 큰 기업이자 전공과도 무관하지 않은 곳이니 가슴이 뛸 만한 일이었습니다. 게다가 함께 공부했던 두 명의 친구와 함께 직장 생활을 할 수 있게 되었으니 금상첨화였지요. 그때 좋아했던 기억이 지금도 눈에 선합니다.

우리는 대구 시내의 한 여관에 셋이 묵을 수 있는 방을 하나 잡았습니다. 일본식 건물을 잘 손질한 그 여관은 마루가 널찍하니 시원하고 시설도 깨끗한 편이었습니다. 한 방에서 셋이 생활하고 평일 아침식사만 제공받는 조건으로 우리는 그 여관에서 묵기로 했습니다. 점심과 저녁은 공장의 구내식당에서 해결할 수 있었습니다. 한동안은 아침 일찍 출근하는 데 적응하느라 꽤나 힘이 들기도 했습니다. 늦잠을 자서 아침밥도 먹는 둥 마는 둥 하고, 시간이 아슬아슬해서 걸핏하면 택시를 타기가 일쑤였지요. 오죽하면 그때 우리 별명이 '택시삼인방'이었겠습니까.

방직공장에는 이천오백 명가량 되는 여공들이 있었습니다. 여공들은 수백 명씩 열을 이루어, 천을 짜는 기계 앞에 서서 쉬지 않고 일했습니다. 나는 기사들과 호흡을 맞추어 일하면서 여공들을 관리하는 일을 맡았습니다. 공장 안은 덥고 습했습니다. 그만한 온도와 습도를 유지하지 않으면 실의 신축성이 떨어져서 툭툭 끊어져 버리기 때문이지요. 작업 환경을 점검하고, 불량품이 생기지 않도록 기계 사이사이를 돌아다니며 여공들을 독려하고, 필요한 것들이 있는지 살펴보고, 보고서를 작성하다 보면 어느덧 저녁때가 다 되었습니다.

시간이 지나면서 우리는 이른 아침부터 늦게까지 쉴 새 없이 돌아가는 공장 생활에 차차 적응해 나갔습니다. 그런데 예상치 못한 문제가 발생했습니다. 월급이 제 때 나오질 않았던 것입니다. 비리 의혹이 불거져 회사가 한창 조사를 받으면서 난관에 봉착했다는 소문이 돌긴 했지만, 한 달이 훌쩍 지나도록 월급을 받지 못하리라고는 생각지도 못했습니다. 더구나 우리는 하숙비도 내야 하고 주말에는 알아서 끼니도 해결해야 하는 상황이었지요. 처음에는 집에서 챙겨 온 돈으로 그럭저럭 버텼지만, 곧 그 돈도 바닥나고 말았습니다. 나는 나보다 형편이 어려운 두 친구의 풀죽은 얼굴을 번갈아 바라보다가 결국 형님에게 전화를 걸었습니다.

며칠 후 제약회사에 근무하는 형이 대구로 내려왔습니다. 형은 영업차 대구에 있는 약국들을 한 바퀴 돌고 나서 우리에게 맛있는 밥을 사 주고 용돈도 좀 챙겨 주었습니다. 그 후로 주말이 되면 내심 형이 내려오지 않을까 기대하는 마음이 생기더군요.

그러나 형이 매번 내려올 수는 없는 일, 한번은 이런 일이 있었습니다. 셋 다 돈은 떨어져서 천장만 바라보며 허기를 달래던 어느 토요일 오후, 망설인 끝에 여관 앞 전당포를 찾아갔습니다. 마침 내게는 외숙모께서 졸업 선물로 지어 주신 고급 양복이 한 벌 있다는 게 떠올랐던 것입니다. 혹시 입을 일이 있을까 싶어 대구까지

들고 내려왔지만 작업복을 입고 일하는 터라 한 번도 입어 본 적이 없는 새 양복이었습니다. 새 양복을 이리저리 살피던 전당포 아저씨가 제법 후하게 돈을 쳐주었습니다. 그 덕분에 그날 우리는 중국집에서 포식을 하고 당구까지 쳤던 걸로 기억합니다. 마치 공돈으로 먹는 것 같은 그 자장면과 탕수육이 어찌나 맛있던지……. 결국 그 양복은 형이 대구에 오면 전당포에서 나왔다가, 형이 돌아가면 다시 전당포 신세를 면하지 못하는 우리의 끼니용 담보물이 되었습니다.

그해 5월에 군사정변(5.16)이 일어났습니다. 사회는 다시 모진 풍랑에 휩쓸렸습니다. 우리도 예외가 아니어서 그 풍랑에서 비껴 나질 못했습니다. 결국 힘들긴 했어도 나름 즐겁고 활기찼던 짧은 직장 생활을 뒤로 한 채 뿔뿔이 흩어져 군에 입대해야 했습니다.

결핵을 앓았던 탓에 나는 친구들보다 조금 먼저 제대했습니다. 입대 휴직을 하고 군에 갔던 터라 제대 후 회사로 복직할 수 있었지만, 나는 왠지 그럴 마음이 들지 않았습니다. 나는 강경에 내려가 부모님께 직장을 그만두겠노라고 말씀드리고 서울로 올라왔습니다. 그리고 마음에 결단이 설 때까지 한동안 백수로 지냈습니다. 낮에는 정신이 멍해질 때까지 영화를 보거나 손에 잡히는 대로 책을 읽었고, 저녁이 되면 나를 포함해 몇몇 친한 친구들의 아지트였던 광화문 백조다방으로 나갔습니다. 차 한 잔만 시키면 하루 종일 앉아 있어도 눈치 주는 이가 없는 마음 편한 곳이었습니다. 찻값이 없어 외상으로 달아 놓으라고 하면 "그러든지" 하고 선선히 받아 줄 정도였으니 주인의 선심이 꽤나 넉넉했던 곳이었습니다.

백조다방에 가면 백수 친구들이 벌써 삼삼오오 모여 있었습니다. 그 녀석들과 갑론을박하며 웃고 떠들다 보면 시간이 금세 흘렀습니다. 밤에는 종로 피맛골에 있는 용인집으로 자리를 옮겨 빈대떡에 막걸리 한 잔 하고, '무엇을 해야 하나, 어떻게 살아야 하나' 고민하며 터벅터벅 돌아오는 것이 당시의 일상이었습니다. 어쨌거나 진로에 대해 고민하며 백조다방에서 차를 마실 때나 극장 안에 앉아 멍하니 스크린을 응시할 때 또는 용인집에서 막걸리 잔을 기울일 때면, 그 큰 방직공장을 가득 채웠던 수증기와 그로 인해 흐릿하게 깜빡이던 형광등 불빛이 떠올랐습니다. 눈앞을 가리던 수증기와 침침한 불빛이 당시 내게는 한치 앞도 보이지 않는 내 앞날에 대한 하나의 은유처럼 느껴졌던 게 아닐까 싶습니다. 초조하기도 했지만 그만큼 많은 고민을 했던 시간이었습니다. 그러는 가운데 대학원에 들어가서 공부를 좀 더 해야겠다는 생각이 들었고, 다시 학교로 돌아가는 쪽으로 마음이 기울었습니다.

돌이켜 보면 그때 나는 인생의 방향이 결정되는 중요한 분기점에 서 있었던 셈입니다. 삼호방직에 함께 입사했던 동기들은 제대 후에 회사로 돌아가 어엿한 사회인으로 자리를 잡아가고 있었습니다. 그러는 동안 나는 대학원에 진학해서 실험실에 둥지를 틀었습니다. 주로 라면으로 끼니를 때우고, 제법 주머니가 두둑해진 친구들에게 밥과 술을 얻어먹으며 연구실 생활을 이어나갔습니다. 그 후로도 몇 번 진로가 바뀔 수 있는 분기점들이 나타났고, 다른 길로 접어들어 헤매기도 했지만, 결국 학교로 돌아오게 되었습니다. 물론 학교에 내 인생을 바치기로 결심한 건 시간이 한참 지나고 난 뒤의 일입니다. 지금 돌아보면 아마도 내가 품어야 할 뜻이 사업이 아니라 대학에 있었기 때문일 것입니다. 머리가 아니라 몸으로 겪었던 방황이 결국은 내 삶이 지향할 뜻을 분명히 하는 데 입에는 쓰지만 효험이 있는 약 노릇을 했던 거라 믿습니다. 그렇게 어렵사리 세운 뜻이어서 그 길에 정성을 기울일 수 있었고, 하늘의 감동이야 제가 어쩔 수 없지만, 오늘도 내가 하는 일에 여전히 정성을 들일 수 있는 이유라 믿습니다. 어렵게 얻은 뜻은 쉽게 버릴 수 없는 까닭입니다.

# 그러는 사이,
# 그 시련을 통해 성장한다

인생은 고통의 실로 짜는 피륙과 같은 것.
– 윌리엄 블레이크


어릴 때부터였을 겁니다, 약에 관심을 쏟았던 것은.
늑막염을 앓고 난 뒤로 부쩍 관심을 가졌던 걸로 기억합니다. 어머니가 삶아 준 닭과 지네 같은 자연 세계와 수학 선생님이 샘물을 통해 일러 준 이치의 세계, 매일 챙겨 먹던 약이 나타내는 화학 세계가 내 몸이라는 우주 안에서 한데 작용하는 걸 스스로 체험한 탓일지도 모릅니다.

나는 웬만한 약 이름과 성분은 줄줄 외웠고, 신문에 실리는 약 광고는 빠짐없이 스크랩했습니다. 친구들이 어디가 아프다고 하면 거기에는 이런저런 약이 좋다며 아는 척을 할 정도였지요. 심지어 약학대학에 가야겠다고 결심할 정도였으니 약에 대한 열정은 꽤 진지했다고 할 만합니다. 결국 약을 만들려면 약대가 아니라 화학공학을 공부해야 한다는 외삼촌의 의견을 듣고 진로를 바꾸면서 화학 공학을 전공하게 되었지요.

지금도 나는 약에 관심이 많습니다. 그 안에 어떤 성분이 들어 있는지 꼼꼼히 들여다보는 습관도 여전합니다. 챙겨 먹어야 할 약이 많은 아내에게는 시간에 맞춰 직접 약을 챙겨 주기도 합니다. 돌이켜 보면 약에 관심을 가지게 된 까닭은 내 자신은 물론이거니와 누가 되었든 사람들이 아픈 게 싫어서였습니다. 특히 사랑하는 사람들이 아픈 걸 지켜보는 건 참으로 힘든 일입니다. 언제나 그렇듯 어머니가 머리띠를 매고 아랫목에 누워 계실 때나 유난히 몸이 약한 큰누이가 앓아누웠을 때, 나는 할 수 있는 일이 아무것도 없어서 그저 신문의 약 광고를 뒤적거렸습니다. 어쩌면 그때부터 약에 대한 환상을 키워 온 건지도 모르겠습니다.

공장을 운영하는 일에 관여하던 시절에는 공장 안의 발효 탱크에다가 통칭 마이신이라 불렀던 캡슐형 항생제를 까서 뿌려 넣기도 했습니다. 탱크 안의 원료가 썩어 가는 걸 마냥 보고만 있을 수는 없었기 때문이었습니다. 물론 발효 공정에 문제가 생겨 산패된 원료에 사람이 먹는 항생제를 집어넣는다는 건 상식적으로 말이 안되는 얘기입니다. 또 그래 봐야 큰 효과도 없습니다. 물론 그걸 모르지 않았습니다. 그럼에도 발효 탱크에 문제가 생기면 나는 약국으로 뛰어가 되는 대로 항생제를 샀고, 산패된 원료가 결국 통째로 버려지리라는 걸 알면서도 자꾸만 그것을 집어넣었습니다. 부패를 막기 위해서가 아니라 내 마음을 달래기 위해서였다고 생각합니다.

1965년 즈음이던가, 대학원을 졸업하고 난 뒤 나는 주정 생산에 경험이 많은 분과 함께 주정공장을 운영하게 되었습니다. 그분은 당시 내가 교제하던 여자 친구의 아버지였는데, 내게 함께 일해 보지 않겠느냐고 제안하셨습니다. 나는 배우겠다는 마음가짐으로 제안을 수락했지요. 화학공학을 전공한 터라 발효 및 증류 공정이 이루어지는 공장 운영은 그리 낯설 것 같지 않았습니다. 친척들도 관심을 보이며 투자하겠다고 나섰고요. 여자 친구가 경리 업무를 맡기로 했고, 그녀의 아버지는 사장직을, 나는 전무직을 맡아 일하기로 했습니다. 대학에서 같이 공부하던 친구와 친한 후배도 동참했지요.

그렇게 해서 주정을 제조하고 판매하는 회사를 시작하게 되었습니다. 우리는 서울 시청 뒤편에 세를 얻어 본사 사무실을 차리고, 경기도 시흥에 있는 한 공장을 임차했습니다. 나는 기사들의 도움을 받아 공장의 증류탑과 여과장치 등을 손보고, 배관 기술자들을 따라다니며 배관도 새로 했습니다. 이윽고 공장이 본격적으로 가동되기 시작하자 지프차를 한 대 빌렸습니다. 서울에서 시흥으로, 또 시흥에서 서울로 밤낮없이 이동해야 했기 때문입니다. 낮에는 서울 본사에서 영업을 담당하며 은행 업무를 처리하고, 저녁에는 시흥 공장으로 내려가 생산라인을 점검하며 공장 숙소에서 쪽잠을 잤습니다. 그 와중에 일주일에 한 번은 신촌으로 가서 연세대 화공과 학생을 대상으로 강의도 해야 했지요.

원료를 실은 트럭들이 공장 안으로 들어오던 날, 막 흥분이 되면서 가슴이 뛰던 기억이 지금도 새롭습니다. 그 원료를 잘 발효하고 증류하여 만든 제품을 다시 싣고 나가는 모습을 지켜볼 때면 참으로 뿌듯했습니다.

그러나 그렇듯 가슴 벅찬 순간은 드물게 찾아왔습니다. 일상은 그저 마음 졸이는 일들의 연속이었습니다. 대개는 발효 과정에서 이런저런 문제가 발생했고, 아까운 원료를 고스란히 버려야 하는 일도 종종 생겼습니다. 때로는 왜 이런 문제가 생기는 걸까, 어떻게 하면 산패를 막을 수 있을까, 고민하느라 잠을 이룰 수가 없었습니다. 산패된 원료를 걷어내고 다시 증류하고, 걷어내고 증류하고……, 그러다가 문득 눈을 떠 보면 나는 항생제 캡슐을 손에 쥔 채 원료더미 위에서 고꾸라져 잠들어 있었습니다. 균 때문에 부패된 원료를 통째로 개천으로 흘려보내야 할 때는 내 피가 줄줄 새어나가는 것만 같았지요. 내 삶은 어느새 '균'과의 싸움으로 만신창이가 되어 가고 있었습니다.

회사를 운영하는 일은 생각했던 것보다 훨씬 어려웠습니다. 원칙도 정답도 없었고, 상식과 경험을 넘어서는 일들이 꼬리를 물고 잇따라 일어났습니다. 그런 일들을 해결하느라 나는 녹초가 되어 갔습니다. 날마다 제품이 생산되어 팔리고 있는데도 늘 자금이 없어 허덕였습니다. 매일 막아야 할 어음이 돌아왔고, 종종 자리를 비우는 사장님과 사채업자들 사이에서 고전하는 일은 언제나 내 몫이었습니다. 그뿐만이 아니었습니다. 공장 직원들은 걸핏하면 사표를 던지고 나갔습니다. 직원들 중에는 공장 근처에 있는 교도소에서 출소한 청년들이 많았는데, 성실히 일을 하다가도 뭔가 거슬리는 게 생기면 그 길로 손을 털고 나가 버리기 일쑤였습니다.

그 와중에 시간을 쪼개 성균관대학교 야간학부에 등록도 했습니다. 경영학과 수업을 들으면 실무에 대한 요령이 잘 잡히지 않을까 싶어서였습니다. 시청에서 신촌으로, 신촌에서 명륜동으로, 명륜동에서 시흥으로, 시흥에서 다시 시청으로, 나는 지프차를 타고 부지런히 달리고 또 달렸습니다. 지금 생각해 보면 그런 열정이 어디서 나왔는지 그저 신기할 따름입니다. 쉴 새 없이 달리는 동력, 어쩌면 그건 젊음이었는지도 모릅니다. 천상병 시인도 「젊음을 다오!」라는 시에서 말하지 않았던가요. 청춘이 다시 주어진다면 더더욱 열정적으로 뛸 거라고 말입니다.

다시 다오 청춘을!
그러면 나는 뛰리라.
마음껏 뛰리라.


한편으로 내가 그렇게 달릴 수 있었던 건 장래를 약속한 여자 친구 때문이기도 했습니다. 대학원에 재학 중이던 어느 겨울, 결혼한 친구의 집에서 그녀를 처음 만나던 날, 나는 그녀에게서 눈을 뗄 수가 없었습니다. 친구의 아내가 끓인 동태찌개가 그녀와 나 사이에서 보글보글 끓고 있는데, 그녀에게서 도무지 눈이 떨어지지 않았습니다. 갸름한 얼굴에 떠오른 해맑은 표정, 선한 눈매, 순간순간 나를 보는 따스한 눈빛……. 나는 첫눈에 그녀에게 마음이 꽂혔습니다.

얼마 후 우리는 연인이 되었습니다. 당시 이화여대에 다니던 그녀는 수업이 끝나면 빵을 사들고 내가 있는 삭막한 실험실로 찾아왔습니다. 백양로를 따라 그녀가 도착할 즈음이면 바람은 왜 그리 서정적으로 불고, 시간은 또 왜 그리 더디게 가던지…….

매일 반복되는 일상이 무미건조한 산문이라면, 그녀가 내 곁에 머물던 그 시절은 한 편의 시詩와 같은 계절이었습니다. 해질 무렵 석양을 등지고 나를 향해 다가오는 그녀의 노을빛 실루엣은 참으로 아름다웠습니다. 어두운 밤, 그녀의 손을 잡고 백양로를 걸어 내려갈 때면 가슴속에 보름달이 뜬 것처럼 마음이 환해졌습니다. 비가 오는 날엔 함께 비를 맞으며 을지로까지 걷기도 했습니다. 주룩주룩 비가 내려 옷이며 신발이 다 젖는데도 우리는 걸음을 멈출 수 없었습니다. 우리가 나누는 이야기, 따뜻한 침묵, 같이 있는 그 순간을 조금이라도 더 붙잡아 두고 싶었던 것입니다.

공장을 운영하느라 숨 돌릴 틈도 없이 바쁠 때에도 나는 그녀에게서 쉼을 얻었습니다. 서울에서 일을 마치고 서둘러 공장으로 내려가면 그녀가 차와 먹을거리를 준비하고 나를 기다리고 있었습니다. 우리는 달달한 음식으로 힘겨운 하루를 달래며 내일의 계획을 세웠습니다.

그러는 동안에도 회사는 점점 더 어려워지고 있었습니다. 정부에서는 산업구조를 재편성하고 세제를 개혁한다는 소식이 들렸고, 빚은 날마다 불어났습니다. 한편 친척들에게 갚아야 할 이자가 쌓여 가고 있었습니다. 월급날이 다가올 때면 피가 마르는 것 같았습니다. 나는 바삐 움직였지만, 하루하루는 느리고 고되게 흘러갔습니다. 그렇게 얼마를 버텼을까요. 결국 회사는 부도를 막을 수 없었고, 사장은 구속되었습니다. 회사 문을 연 지 일 년 반 만의 일이었습니다.

공장을 처분하는 일은 시작하는 일보다 더 어려웠습니다. 나는 남아 있는 원부자재 등을 헐값에 팔아넘기고, 얼마 안 되는 돈이지만 직원들 손에 쥐어 주어 그들을 내보냈습니다. 또 그간 발행한 소위 부도수표를 회수하기 위해 사방팔방으로 뛰어다녔습니다. 사장이 구속되어 있는 동안 빚잔치를 하느라 집을 잃은 여자 친구와 그 가족들에게 머물 만한 공간도 마련해 주어야 했습니다.

하지만 여기까지의 일은 내가 겪어야 할 시련의 서막에 불과했습니다. 짐작조차 할 수 없었던 일이 저만치서 나를 기다리고 있던 것입니다. 부도난 회사를 어렵사리 수습해 가던 도중 여자 친구가 불의의 사고를 당하는 일이 벌어졌습니다. 도무지 믿을 수가 없었습니다. 신이 나를 벼랑 끝으로 몰고 가는 것 같았습니다. 불운은 거기서 멈추지 않았습니다. 거짓말 같았지만, 그저 자고 있는 것 같았지만, 그녀는 그렇게 세상을 떠나고 말았습니다.

저물녘, 그녀는 남양주 평내에 있는 천주교묘원에 묻혔습니다. 사토장이가 하관할 자리를 팔 때, 그녀의 아버지는 커다란 돌덩어리를 손에 쥐고 당신의 머리를 때리며 울었습니다. 죽은 딸을 따라 무덤 속으로 가겠노라며, 목이 쉬도록 울부짖었습니다. 나는 그저 가만히 서 있었습니다. 목구멍에 가시 같은 게 걸려서 눈물도 울음도 발설하지 못하고 있었습니다. 한동안 나는 아무것도 할 수 없었습니다.

'저에게 왜 이런 고통을 주십니까?' 나는 하늘을 향해 외쳤습니다. 내 인내의 한계가 어디까지인지 확인하시는 거냐고, 천길만길 낭떠러지로 떨어져야 되는 거냐고 소리쳤습니다. 하지만 그런 일은 결코 일어나지 않았습니다. 하늘이 나를 시험하는 거라면, 시험에 통과하면 그만이었습니다. 시험에 통과하지 못하고 넘어진다면, 또 그대로 살아남으면 그만이었습니다. 어떤 모습으로든 견디고 살아남는 것, 그것이 내가 겪는 시련의 끝이어야 했습니다.

혹독한 겨울이 가고 다시 봄이 왔습니다. 나는 종종 그녀의 무덤으로 찾아가 꽃을 놓아두었습니다. 얼마 후 모교로 와서 일하라는 은사님의 부름이 있었고, 나는 다시 학교로 돌아갔습니다. 연구실

안은 고요했습니다. 마치 아무 일도 없었던 것처럼. 그 고요함이 참 낯설었습니다. 창가에 서서 멍하니 밖을 내다보고 있는데, 문득 나를 각별히 도와주던 거래업체 사장님이 내게 했던 말이 떠올랐습니다.

"자네는 이런 일 하지 마. 사람은 자기한테 맞는 일을 하고 살아야 돼. 저마다 자기에게 맞는 일이 있거든. 자네는 이런 뻥뻥이 세상이랑은 안 맞아. 언젠가 학교에서 강의도 한다고 했었지, 아마? 가능하면 아예 그쪽으로 가 봐. 지금이야 정신없을 테지만……. 그래도 자네는 아직 청춘이야."

텅 빈 나뭇가지가 바람에 흔들리고 있었습니다. 머지않아 저 나뭇가지에 새싹이 움트기 시작할 것입니다. 그리고 먼 바다에서 불어오는 바람은 햇빛과 더불어 새싹을 싱싱한 잎으로 푸르게 성장시킬 것입니다. 어디선가 읽은 구절이 스쳐 지났습니다.

"그러는 사이, 인간은 시련을 통해 성장한다."

그러나 마음 한구석이 욱신욱신 아린 통증은 쉬 사라지지 않았습니다. 나는 다시 책상으로 돌아와 해야 할 일들을 주섬주섬 챙기기 시작했습니다. 어쩌면 시련은 우리를 단단하게 만드는 진정한 약인지도 모른다고 생각하면서…….

# 역사의 아픔을 딛고
# 승리로 가는 길

역사는 살아 있는 기억을
미래로 싣고 가는 배이다.
— S. 스펜더

이란의 팔라비 국왕이 종교 지도자 호메이니가 이끄는 이슬람혁명 세력에 의해 하야를 하면서 시작된 1979년은 연초부터 뭔 일이 터지고야 말 것처럼 나라 안팎의 정황이 불안정하였습니다. 하지만 역설적이게도 나는 그 무렵 매너리즘에 빠져 있었습니다. 당시 공대 교학과장, 산업대학원 주임교수 그리고 화학공학과 학과장을 연이어 맡는 바람에 내내 바쁜 날들을 보내고 있었습니다. 행정 보직을 계속해서 맡다 보니 아무래도 연구할 시간이 부족했고, 그것이 무척 마음에 걸렸습니다. 사실 연구와 행정을 동시에 다 잘한다는 건 누구에게나 쉽지 않은 일입니다.

그러던 어느 날 강단에서 여느 때처럼 강의를 하고 있는데, 문득 내가 지난 학기와 거의 똑같은 내용을 기계적으로 되풀이하고 있다는 걸 깨닫게 되었습니다. 순간, 가슴이 철렁하고 내려앉는 것을 느꼈습니다. 강단에 서 본 경험이 있는 분들이라면 아마도 내 심정을 이해할 수 있을 테지요. 그때의 불편한 마음은 이루 말로 할 수가 없었습니다. 스스로에게 실망스럽고, 학생들에게 미안한 마음이 들고……

그 무렵엔 시국이나 자기들의 진로에 관해서 상담해 오는 제자들이 많았습니다. 그런 제자들을 마주할 때마다 양심의 가책이 느껴졌습니다. 일군의 예민한 학생들로부터는 "이토록 어려운 시국에 교수로서 마땅히 표명해야 할 자세는 무엇이라고 생각하십니까?"라는 질문을 받기도 했는데, 그럴 때면 스스로의 무력감에 얼굴이 확 달아오르기도 했습니다. 해가 바뀌어 5·18 광주민주항쟁이 일어날 무렵의 어느 날엔 한 학생이 "교수로서의 용기를 보여 달라"며 강의 도중에 내 눈을 똑바로 바라본 적도 있었습니다.

나는 그 순간을 잊을 수가 없습니다. 그들과 나 사이에, 격변하는 역사의 풍랑 속으로 뛰어들 용기를 얻고 싶은 제자들과, 그들에게 용기를 북돋아 주어야 할 스승 사이에, 긴 침묵이 흘렀습니다. 나는 그들에게 보여 줄 수 있는 용기가 없었고, 솔직히 용기가 없다고 말할 수도 없었습니다. 학생들이 내 대답을 기다리며 진지한 눈빛으로 나를 바라보던 그 순간, 나는 그들의 눈 속에서 이십 년 전의 나를 발견했습니다. '역사는 되풀이된다'는 말을 실감하던 순간이었습니다.

그때로부터 꼭 이십 년 전 4·19 혁명이 발발했을 때, 나는 그들과 마찬가지로 시대와 역사의 의미를 묻는 학생이요, 나라의 장래를 어깨에 짊어진 청년이었습니다. 이십 년 전의 일이 주마등처럼 눈앞을 스쳐갔습니다. 1960년, 봄은 저 아래 남쪽에서 시작되어 나라의 곳곳으로 번져 가는 시위와 더불어 서서히 올라오고 있었습니다. 그해 2월 28일 대구에서는 분노한 학생들이 "학생을 정치에 이용하지 말라"고 외쳤고, 3월 1일엔 대전과 수원에서, 13일엔 서울에서 학생 시위가 일어났습니다. 그리고 4월 11일, 27일간 행방불명이었던 마산상고 학생 김주열 군의 시체가 바다에서 발견되었습니다. 눈에 최루탄이 박힌 채 떠오른 그의 시신은 참으로 처참했습니다.

4월 18일, 수천 명의 고려대 학생이 연좌시위를 감행했습니다. 그들은 의사당 앞에서 부르짖었습니다. "지난날 학생들은 일제에 항거했으나 오늘은 진정한 민주 이념을 위해 봉화를 들어야 한다. 청년학도들이여 궐기하자!" 당일 오후 정치 폭력배들이 그들을 습격했고, 십여 명의 학생이 부상을 당하는 사태가 벌어졌습니다.

그날 밤 우리 학교 이공대학 학생대표들이 학생회장의 집에 모였습니다. 다들 고려대 학생들을 구타한 폭력배들의 행동에 매우 흥분한 상태였습니다. 당시 나는 학부 4학년생으로, 화공과 학생대표를 맡고 있었습니다. 우리는 다음 날인 19일 교내에서 총궐기 선언문을 낭독하고 중앙청으로 행진하기로 하고 자리를 파했습니다.

뜻을 함께하는 서울 시내의 대학생들이 그곳에 모여 한목소리로 시위를 벌일 예정이었습니다.

남산 후암동에 위치한 학생회장의 집을 떠나 터벅터벅 걸어오면서 나는 무언가 정확하게 규명할 수 없는 감정들이 내 안에서 소용돌이치는 걸 느꼈습니다. 정치적 과욕에 눈이 멀어 나라와 국민을 지키지 못한 대통령에 대한 분노, 그럼에도 이상하게 그의 얼굴이 아버지의 얼굴과 겹치면서 생겨나는 알 길 없는 연민, 생명을 잃었거나 가족을 잃은 사람들, 숱한 이들을 내몰고 내치면서 고되게 나아가는 역사에 대한 허탈함……. 그런 것들이 내 안에서 마구잡이로 뒤엉킨 느낌이었습니다.

다음 날 아침, 나는 강의실을 돌아다니며 학생들을 설득했습니다. "노천극장에서 선언문을 낭독하고 중앙청으로 행진할 계획이니 다 같이 참여하자!" 학생들의 반응은 뜨거웠습니다. 학생이라면, 젊은이라면, 뜨겁지 않을 수가 없었습니다. 이공대 학생들이 각 강의실에서 썰물처럼 빠져나가는 것을 지켜보던 학장님이 일그러진 얼굴로 내 앞에 다가왔습니다.

"자네, 지금 뭐하는 짓인가!"

학장님은 수업을 방해하고 학생들을 선동한다며 내 멱살을 움켜쥐고 뺨을 때렸습니다.

"자네 같은 학생은 우리 학교에 다닐 자격도 없어!"

이윽고 연세대 학생들의 행진이 시작되었습니다. "부정선거 다시 하라!" 의대 학생들은 가운을 입은 채로 행진에 동참했다. "독재는 물러가라!" 각 대학 학생들이 중앙청을 향해 행진하는 동안 서울 시내 곳곳에서도 군중들의 시위가 벌어지고 있었습니다. "이승만 대통령은 하야하라!" 경무대로 통하는 효자동 입구에 이르자 바리케이드를 친 경찰들이 우리를 향해 무차별적으로 총격을 가하기 시작했습니다. 주위는 순식간에 아수라장이 되었지요. 눈앞에서 흰 가운을 입은 연세대 학생이 피를 흘리며 쓰러졌습니다.

오후 3시쯤 계엄령이 선포되었습니다. 우리는 다시 학교로 돌아와 강당 앞에 모였습니다. 백낙준 총장님이 "자랑스러운 연세의 아들딸들아! 참으로 장하다. 장한 일을 했다."며 우리를 독려하는 연설을 했습니다. 가슴 한 구석이 시큰했으나 그것은 잠깐이었고, 이내 다치고 쓰러지고 잡혀간 학생들이 눈앞에 아른거렸습니다.

그날 밤 나는 집으로 돌아갈 수 없었습니다. 경찰의 불심검문에 걸려 친구와 함께 신촌역 파출소에 억류되었기 때문입니다. 이튿날 학교에 휴교 조치가 내려졌습니다. 몇몇 친구들은 광화문 백조다방에 모여 민주주의에 대해, 나라의 앞날에 대해, 이 시대가 앓는 홍역의 필연성에 대해 답 없는 토론을 이어갔습니다. 얼마 후에는 교수들이 시국선언문을 발표하고 구속된 학생들의 석방을 요구하면서 플래카드를 들고 거리로 나섰습니다. 학생과 일반인이 그 대열에 동참했고, 또다시 곳곳에서 시위의 물결이 일었습니다. 밤낮없이 시위가 계속되는 동안 꽃잎이 졌고, 마침내 자유당정권이 물러났습니다. 유난히 길었던 그해 봄은, 하야 성명을 하고 극비리에 나라를 떠난 대통령과 더불어 그렇게 조용히 우리 곁을 떠났습니다.

그로부터 이십 년 후, 내게 교수로서의 용기를 요구하는 학생들 앞에서 나는 결국 아무것도 보여 주지 못했습니다. 그들의 눈빛이 뜨거운 화살처럼 가슴에 와 박혔습니다. 가슴에 지워지지 않을 뜨거운 얼룩이 지는 것 같은 기분이었습니다. 그들의 눈에 비친 나는 거리로 나가 학생들과 함께 싸우던 교수도 아니고, 그들을 독려하고 위로하던 총장님도, 학생의 멱살을 움켜쥐며 뺨을 때리던 학장님도 아닐 것입니다. 내 자리는 어디에도 없었습니다. 내가 본이 될 만한 스승이 되지 못했다는 것, 그들이 기억하게 될 역사에 내가 없으리라는 것, 그것이 나를 수치스럽게 만들었습니다. 이듬해 나는 미국으로 떠났습니다. 마침 교환교수 기회가 생겼고, 스스로를 다시 한 번 연마하고 싶은 마음도 있었기 때문입니다.

세월이 흘러 또다시 이십 년이 지나 새로운 천 년이 시작되었습니다. 다시 한 번 역사가 되풀이되는 2000년 여름, 나는 총장이 되었습니다. 역사에 오점을 남기고 떠나간 초대 대통령에 대한 연민 때문이었을까요. 아니면 가슴속에 한 점 얼룩으로 남은 4·19 혁명의 기억 때문이었을까요. 나는 교내에 있는 현대한국학연구소를 개편하여 우남사료실을 열었고, 나중에 김대중 대통령의 사료와 아시아태평양평화재단 건물을 인수해 김대중도서관을 세웠습니다. 국가관리연구원을 창립하고 총장인 내가 직접 초대원장을 맡기도 했습니다. 연세대학교 안에 역대 대통령들의 사료실을 차례로 만들어 통치철학을 연구한다면 그것이 한국의 대통령학이 되지 않겠는가 싶어서였습니다. 나는 그런 방식으로 과거의 무게를 덜어내려 했던 건지도 모릅니다. 이 땅에 4·19 혁명이나 5·18 광주민주화항쟁 같은 희생이 더는 반복되지 않기를, 부디 아름다운 정치의 기틀이 닦이기를 바라는 마음으로…….

때때로 역사는 한 개인의 삶에 생채기를 내고 상처를 주며 되풀이됩니다. 그 상처가 곪지 않도록 삶을 관리하는 일은 각자에게 맡겨진 몫일 터. 우리의 의지로는 어찌해 볼 도리가 없는 역사와의 마찰을, 사회에 보탬이 되는 방식으로 극복한다면 그것이야말로 참된 승리가 아닐까 싶습니다.

# 가르침은 지식보다
# 열정에서 빛난다

화가는 사람을 그리고 소설가는 사람을 서술하지만
교육자는 사람을 만든다.

강사로 처음 대학 강단에 선 게 1965년이니까, 학생
들을 가르친 지도 어느덧 50년이 지났습니다. 그동안 교직 생활을
해 오면서 깨달은 게 하나 있다면, 훌륭한 교육자와 그렇지 못한
교육자를 가르는 기준은 실력보다는 정성과 열정에 있다는 사실입
니다.

흔히 교수의 주된 역할로 '연구, 교육, 봉사'를 꼽습니다. 교수
는 끊임없이 연구하고, 연구를 통해 얻은 지식을 가르치고, 봉사하
는 마음으로 학생들을 돌보아야 합니다. 그러나 어떤 일에든 익숙
해지면 관성이 생기듯, 교수 생활을 오래 하다 보면 가르치는 일에
관성이 생깁니다. 시간이 지날수록 연구 업적이 쌓이고 교수법이
개선되는 건 당연지사, 가르치는 기술이 몸에 배는 것입니다. 이를

달리 표현하자면, 실력 면에서의 차이는 그리 크지 않다는 뜻이기도 합니다.

차이는 학생들을 향한 정성과 열정을 얼마만큼 품고 있느냐 하는 지점에서 생깁니다. 바로 거기서 단순한 지식의 전달자로 남을 것인지 아니면 사람을 키우는 참다운 교육자로 나아갈 것인지 판가름이 납니다.

1965년, 대학원 석사 과정을 마치고 한창 공장을 운영하느라 여념이 없던 시절에 화공과 은사님에게 연락이 왔습니다. "김 군, 자네가 바쁜 상황인 건 잘 아네만, 지금 학과 운영이 어려우니 자네가 한 강좌만 좀 맡아 주게."

그 무렵 나는 낮에는 서울과 시흥을 오가며 회사 일을 하고, 밤에는 성균관대학교에서 경영학과 수업을 들으며 바쁜 나날들을 보내고 있었습니다. 그러나 은사님의 말씀이라 쉽게 거절할 수 없었습니다. 나는 하루 스물네 시간을 좀 더 알뜰하게 쓰기로 마음먹고, '공장 설계'라는 과목을 맡기로 하였습니다.

그렇게 해서 첫 강의가 시작되었습니다. 일이 하나 늘어서 몸이 더 고단해질 거라고 생각했지만, 예상과는 달리 막상 학교에만 오면 마음이 편안해졌습니다. 신기한 일이었습니다. 강단에 서서 학생들의 초롱초롱한 눈을 마주하고 있으면 돈이며 사업이며 시간에 쫓기던 일상이 멀어지면서 머리가 맑아졌고 나도 모르게 기운이 생기더군요. 부족한 실력이지만 학생들에게 그저 하나라도 더 정성을 다해 가르쳐야겠다는 생각밖에 들지 않았습니다.

일 년 반이 지난 후 회사 문을 닫고 각종 채무와 잡무에 시달리다가 학교로 돌아왔을 때, 나는 돌아온 탕자가 된 듯한 기분이었습니다. 학교 밖 세상에서 쓰라린 실패를 경험하고 마침내 있어야 할 곳으로 돌아온 탕자 말입니다. 그때 나는 강단에 서서 이제 내 인생을 학교에 바치겠노라고 결심했습니다. 지금부터는 내 삶의 보람과 의의를 강단에서 찾겠다고, 만약 내가 그리는 이상적인 교육자가 될 수 없다고 스스로 판단되면, 그땐 지체 없이 강단에서 내려오겠다고 단단히 마음먹었습니다.

1968년 3월, 나는 전임교수로 발령을 받았습니다. 그때만 해도 학교에 연구 인력이 턱없이 부족하던 시절이었으니까요. 당시 화공과에는 나를 포함해 네 명의 교수가 있었습니다. 그중 한 분이 교무처장 직을 맡고 계셨으므로 사실상 교수 셋이서 학과 전체를 이끌어 가야 하는 상황이었습니다. 그런데다가 기존에 계시던 교수님들이 먼저 전공 과목을 맡으면, 그 외 나머지 과목의 대부분은 신참 교수인 내가 맡아야 했습니다. 학부 1학년생을 대상으로 하는 입문 과목에서부터 4학년을 대상으로 하는 심화 과목까지, 그동안 가르쳐 온 공장 설계를 제외하고는 내가 공부해서 강의 노트를 만들어 가며 가르쳐야 하는 과목들이었습니다. 눈앞이 캄캄했지요.

그뿐만이 아니었습니다. 나는 학과의 각종 행정 업무를 도맡아야 했고, 교양 과목에까지 참여해야 했습니다. 그야말로 폭풍처럼 몰아치는 일정이었습니다. 낮에는 강의하랴, 교수님들 심부름하랴, 학과 행정 업무 처리하랴, 교내 곳곳을 돌아다니느라 눈코 뜰 새 없이 바빴고, 집에 돌아가서는 다음 날 해야 할 강의를 준비하느라 정신이 없었습니다. 그저 '내일'의 강의만 간신히 준비할 수 있을 뿐, '모레' 해야 할 강의는 생각할 겨를조차 없었습니다. 밤새 책을 붙들고 씨름하며 강의 노트를 정리하다 보면 어느덧 새벽이었습니다.

지금 돌이켜 보면 그 빽빽한 일정을 어떻게 소화했나 싶으면서도, 한편으로는 그랬기에 오히려 버틸 수 있지 않았나 하는 생각이 들기도 합니다. 만약 그때 조금의 여유라도 있었다면, 나는 아마 사랑하는 사람을 잃은 슬픔과 여러 가지 미해결의 고통에서 헤어 나지 못했을지도 모릅니다. 물론 그렇듯 쉴 새 없이 돌아가는 일상 속에서도 잠깐씩 넋을 놓고 멍해지는 순간들은 더러 있었지만……. 하루하루, 가까스로 내일의 강의만을 감당하며 지내던 빽빽하던 그 시절은 어쩌면 삶이 내게 건넨 무심한 위로였는지도 모릅니다.

간신히 첫 학기를 마치고 두 번째, 세 번째 학기를 보내는 동안 차차 적응이 되었습니다. 강의는 한결 수월해졌고 수업을 준비하는 데도 조금 여유가 생겼습니다. 그러나 여유가 생기면 생길수록, 내가 제대로 된 지식을 충분히 전달하지 못하고 있다는 자책이 들었습니다. 하루하루 가까스로 익혀 확신 없이 내뱉는 지식이 아니라, 그 분야를 전공한 선생님의 지도 아래서 연구와 실험을 통해 직접 체험한 지식을 학생들에게 전달해야 하는 게 아닌가 하는 자책이었습니다. 가르치는 사람이 확신하지 못하는 지식이 과연 어떤 힘을 가질 수 있겠는지…….

어느덧 정이 쌓여 친밀해진 학생들, 경주로, 울산으로, 부산으로, 내가 공장 견학을 데리고 다니고, 함께 운동도 하고 어울리면서 때로는 형과 아우처럼 지내는 제자들에게 나는 미안한 마음이 들었습니다. 마음속으로 '내가 깊이 있게 아는 게 도대체 뭐냐?'고 반문하며 스스로를 힐난할 때도 있었습니다.

결국 나는 결단을 내렸습니다. 미국 노스캐롤라이나 대학원에서 좀 더 공부하기로 결심한 것입니다. 학위를 목적으로만 한 선택은 아니었습니다. 그간 강의해 오던 공장 설계 과목을 좀 더 깊이 파고들기 위해 산업공학과에서 대학원 수업을 듣고, 화공과 학부 수업을 청강하며 강의 노트를 제대로 정리해서 돌아가는 게 당시의 내 목표였습니다.

나는 교수님들께 내 계획을 미리 말씀드리고 양해를 구했습니다. 그리고 지방에서 강의하던 후배를 불러 내 자리를 대신하도록 하여 강의 진행에 차질을 빚지 않도록 했습니다. 혼자 몸이었다면 홀가분한 마음으로 떠났겠지만, 그때 내게는 태어난 지 사 개월밖에 되지 않은 딸과 출산 후 몸이 채 회복되지 않은 아내가 있었습니다. 그 둘을 두고 혼자 미국으로 떠나려니 좀처럼 발길이 떨어지지 않았습니다.

아내와 딸 사이에서 머뭇거릴 때, 내 등을 떠민 것은 장모님이었습니다. 장모님은 평소 여장부다운 면모를 지닌 분이셨습니다.

"이 사람아, 헤어지기 아쉽다고 갓난애 손가락을 그렇게 만지작거리고 있으면 미국은커녕 아무데도 못 가네. 어미랑 자네 딸은 내가 책임지고 돌볼 테니, 자네는 걱정 말고 가서 공부나 하게."

그렇게 해서 나는 노스캐롤라이나로 떠나게 되었습니다. 생활은 기숙사에서 하고, 계획했던 대로 대학원 수강과 학부 수업 청강을 병행했습니다. 산업공학과 대학원에서는 생산 공학, 운영 연구 operation research, 경영 분석 등 한국에서 접해 보지 못한 수업들을 들었습니다. 수업은 꽤 어려웠습니다. 일단 과제량이 엄청났고, 어떤 과목은 매시간 어려운 퀴즈를 보는 통에 수업을 따라가기가 만만치 않았습니다. 그나마 직접 공장을 운영해 본 경험과 성균관대 경영학과에서 들었던 수업이 꽤 도움이 되었습니다.

사이사이 학부 화공과 수업을 청강하면서 나는 강의 노트를 정리해 나갔습니다. 노스캐롤라이나 대학의 화공과 교수님들이 가르치는 내용은 내가 한국에서 다루었던 내용과 크게 다르지는 않았습니다. 교재가 비슷했기 때문입니다. 그러나 그곳 교수님들은 참고서적을 계속 업데이트해 주고 학생들에게 과제를 많이 부여한다는 점이 달랐습니다. 수업을 들으면서 그간 혼자 씨름했던 부분들, 긴

가민가하며 지나치거나 의혹을 품었던 것들이 해소될 때는 짜릿한 쾌감마저 느낄 수 있었습니다. 무엇보다 머릿속에 산만하게 퍼져 있던 지식들이 체계적으로 정리되는 느낌이었습니다.

한편 나는 학과의 커리큘럼이 어떻게 구성되어 있는지, 학생들을 위한 특별 프로그램은 어떤 것이 있는지, 연구 환경은 우리와 어떻게 다른지 꼼꼼히 살펴보았습니다. 한국으로 돌아가면 어떤 과목을 개설하면 좋을지, 어떤 순서와 방법으로 가르치는 것이 좋을지, 나름대로 이런저런 구상을 해 보기도 했습니다.

고되고 쓸쓸한 유학 생활의 가장 큰 즐거움은 바로 태평양을 건너온 아내의 편지였습니다. 수업을 마치고 기숙사로 돌아오는 길, 오늘은 아내가 보낸 편지가 도착했을까, 그 안에 딸아이의 사진은 몇 장이나 들어 있을까, 우리 애는 얼마나 컸을까, 이런 기대를 하며 부지런히 숙소로 걸어오곤 했습니다. 우편함에 아내의 편지가 들어 있는 날엔 뛸 듯이 기뻤고, 텅 비어 있을 때는 못내 아쉽기까지 했습니다.

아내가 보내 준 사진 속의 딸은 어느덧 아장아장 걷고 있었고, 나를 꼭 빼닮은 얼굴로 나를 향해 활짝 웃고 있었습니다. 보고 싶고, 너무 빨리 자라는 것이 아닌가 싶기도 하고, 옆에 있어 주지 못하는 것이 미안하면서도 한편으로는 따뜻하고 뭉클한 것이 맘속에서 솟아올랐습니다.

그렇게 세 학기를 보내고 네 번째 학기로 접어든 어느 날, 한국에서 연락이 왔습니다. 장인어른이 운영하는 무역회사에 경리 사고가 나서 회사 문을 닫아야 될 형편이라는 소식이었습니다. 더욱 안타까운 것은, 사고를 내고 달아난 담당 경리가 바로 내가 추천한 친한 친구의 동생이라는 사실이었습니다.

그때부터는 공부가 손에 잡히지 않았습니다. 가족들이 힘든 일을 겪고 있는데, 먼 타지에서 마냥 공부만 하고 있을 수는 없는 노릇이었습니다. 아내는 어떻게든 공부를 마치고 돌아오라고 했지만 나는 그럴 수 없었습니다. 회사 문제를 수습해야 한다는 생각이 자꾸 머릿속으로 파고들었습니다. 못다 한 공부는 다음 기회에 할 수도 있는 거 아닌가. 더구나 지난 일 년 반 동안 새로운 학문을 접하고 성실히 강의 노트를 정리했으니, 계획했던 바를 어느 정도는 이룬 셈이었습니다. 나는 그렇게 마음을 정리하고 한국으로 돌아왔습니다.

장인어른의 회사는 어렵게나마 정리가 되어 갔습니다. 그리고 그간 정리해 둔 노트 덕에 나는 여유와 자신감을 갖고 강단에 설 수 있었습니다. 제자들에게 더 많은 지식과 가르침을 주고 싶었음에도 확신이 없어 주지 못했던 지난날들을 보상하는 심정으로 나는 힘을 다해 정성껏 강의에 임했습니다. 나름대로 정열적으로 강의를 할 수 있게 된 건, 어쩌면 노스캐롤라이나에서 강의 노트보다 더 귀한 것을 얻었기 때문인지도 모릅니다.

노스캐롤라이나 대학의 어느 백발의 구부정한 노교수에게서 발견한 그것은 바로 '열정'이었습니다. 주머니에 각종 볼펜과 펀치카드 묶음을 가득 넣은 채 매일 연구실에 나와 학생들과 함께 연구하고, 세미나에 참석해서 토론하고, 학생들을 데리고 직접 실험 장치를 만들며 현장에서 끊임없이 실험을 거듭하던 백발의 노교수에게서, 나는 내일 당장의 강의가 아닌 먼 미래를 위해 지금부터 부지런히 준비해야 할 참된 교육자의 모습을 보았던 것입니다.

# 책임이라는
# 무거운 옷

---

일에서 이치를 익히고 그 이치로써 자신의 삶을 이끌어 간다.
순간순간 그가 하는 일이 곧 그의 삶이고 수행이고 정진이다.
— 법정 스님

"책임지고 옷을 벗다"는 말이 있습니다. 맡은 바 직책
에 따르는 책임을 옷에 비유한 표현입니다. 목사님들이 설교할 때
입는 설교복이나 판사들이 입는 검정색 법복은 종교적이거나 법적
인 권위를 상징합니다. 책임과 의무를 온전히 수행함으로써만 지
켜지는 권위 말입니다. 책임이라는 것이 문자 그대로 옷이라면, 그
처럼 무거운 것이 세상에 또 있을까 싶습니다.

1985년의 어느 날, 그러니까 전임교수가 된 지 17년째 되던 해
에 총장실에서 연락이 왔습니다. 『연세춘추』의 주간을 맡아 달라는
내용이었습니다. 그 부탁에 "총장님, 저보다는 신문방송학과나 정
치외교학과 교수님들이 더 잘하시지 않을까요." 하며 정중히 사양

했습니다. 공대 교수가 신문 만드는 일을 책임진다는 게 맞지 않다 싶었던 까닭에서였습니다.

그러자 총장님은 "춘추 기자들이 다 김 교수의 후배 아닌가. 지금은 어려운 때이니 김 교수가 선배로서 후배들을 잘 통솔해 주시게. 부탁하네." 하시며, 학부 시절 『연세춘추』 기자로 활동했던 내 경험을 상기시켜 주시더군요.

당시의 시대적 분위기를 고려해 볼 때, "춘추 기자들을 통솔하라."는 말씀은 외부적으로는 학생 기자들이 수사기관에 잡혀가지 않도록 보호하라는 뜻이요, 내부적으로는 그들의 이념 투쟁이 과격한 방향으로 나아가지 않도록 지켜 주라는 뜻이었을 테지요. 때로는 그들과 거세게 부딪칠 각오를 하면서 말입니다. 아무리 생각해도 내가 할 수 있는 일은 아닌 것 같았습니다. 해서 총장님께 도저히 안 되겠다고 말씀드렸습니다.

"죄송합니다. 총장님. 아무리 생각해 보아도 그 자리는 제가 맡을 자리가 아닌 것 같습니다."

그러나 총장님은 단호하셨습니다.

"아닐세, 내일 발령 낼 테니 그리 알고 있게."

그때부터 내 일상은 주간신문인 『연세춘추』의 발행 일정에 맞춰 일주일 단위로 빠르고 힘하게 흘러가기 시작했습니다. 매주 월요일에 신문이 나와야 했으므로 적어도 토요일에는 조판을 완료해서 인쇄소로 넘겨야 했습니다. 편집회의가 있는 월요일에는 지면 기획을 두고 기자들과 실랑이를 벌였고, 화요일에서 목요일까지는 원고 청탁과 독촉 문제로 골치를 썩였습니다. 원고가 입고되는 금요일 오후부터는 원고를 검토하고 교정하느라 정신이 없었지요. 금요일 오후만 되면 소화불량이 되살아나는 통에 소화제 신세를 져야 할 정도였습니다. 그도 그럴 것이 금·토요일에는 기자들과 하루 종일 고된 싸움을 벌여야 했기 때문입니다.

　문제가 되는 것은 언제나 정치·사회면이었습니다. 내가 원고에 붉은 줄을 그으며 제목을 다시 달아 오라고 하면, 기자들은 아무런 문제가 없다며 그대로 가겠다고 버티곤 했습니다. 내가 가급적 우리 학교 교수의 글을 많이 실어야 한다고 주장하면, 기자들은 무슨 일이 있어도 자기들이 받아 온 운동권 선배의 글을 싣겠다고 고집을 부리는 식이었습니다.

　그러는 동안에도 안기부와 기무사, 교육부, 서대문경찰서 등 각 기관에서 나온 직원들이 학교 안 곳곳을 감시하며 돌아다니고 있었습니다. 그들은 신문사의 단골손님이었습니다. 나는 혁명론이니 민중 민주주의니 진보적 기독교니 하는 각종 담론을 지면 위에 담으려는 학생 기자들을 그러한 감시의 시선으로부터 지켜내야 했습니다. 감시하는 눈들은 사방에 깔려 있고, 기자들은 저희들 뜻을 굽히지 않겠다고 하고, 그때 내가 스팀슨관의 좁은 춘추 사무실에서 답답함을 참지 못해 주먹으로 깨뜨린 테이블 유리가 몇 장이었는지 잘 모를 정도였습니다.

이대로는 안 되겠다 싶어 기자들에게 운동권 학생들이 탐독하는 책을 좀 갖다 달라고 부탁하기에 이르렀습니다. 그들과 속 깊은 대화를 나누려면 내가 가진 상식의 지반을 넓혀야겠다는 생각이 들어서였습니다. 다음 날 학교에 가 보니 책상 위에 혁명, 노동운동, 민중 봉기를 다룬 책들과 교육용 프린트물이 놓여 있었습니다. 나는 그 책들을 읽는 데 적잖은 시간을 써야 했습니다. 십여 권 정도를 읽고 나자 기자들과 말이 통하기 시작했고, 이십 권 가깝게 읽자 '그럴 수도 있겠구나' 하는 생각까지 들었습니다. 학생들이 위장 취업을 해서 노동자들과 함께 공부하는 곳이 부천에 있다는 얘기를 듣고는 그곳으로 직접 찾아가기도 했습니다. 거기서 학생들이 생활하는 걸 눈으로 직접 보니 이런 곳에서 함께 일하고 생활하면 그들의 사상에 젖을 수밖에 없겠구나 싶었습니다.

그 이후로 나는 좀 더 너그럽고 관대한 태도로 기자들을 대하려고 노력했습니다. 내가 허용할 수 있는 최대한의 자유를 그들에게 허용하고 그 대신 한 가지만 지켜 달라고 당부했습니다. "내 눈 앞에서 너희들이 신문으로 인해 경찰서로 끌려가는 일이 있어서는 절대로 안 된다. 내가 있는 한 그 누구도 잡혀가서는 안 된다. 이것만은 반드시 지켜다오."

『연세춘추』의 주간으로 일 년, 이어 춘추와 영자신문, YBS 방송국까지 총괄하는 신문방송 편집인으로 이 년, 내리 삼 년을 정신없이 보내고 있을 때 새로 부임하신 총장님이 연락을 주셨습니다. 학생처장을 맡아 달라는 당부였습니다. 저절로 한숨이 새어 나왔습니다. 내가 생각할 때 학생처장은 춘추의 주간이나 편집인과는 비교도 안 될 정도로 어려운 자리였습니다. 한 해 전인 1987년만 하더라도 이한열 학생이 최루탄에 맞아 세상을 떠났고, 6·10 민주항쟁과 6·29 선언이 잇따라 일어났습니다. 학생운동은 민주화의 열기에 힘입어 그 어느 때보다 고조된 상황이었습니다. 노천극장에서는 하루가 멀다 하고 집회가 열렸고, 경찰들은 각종 데모와 시위를 막겠다고 최루탄을 쏘아 대기 일쑤였습니다. 학생처장은 그렇듯 무력 진압이 일어나지 않도록 교내에서 열리는 집회를 단속하고, 경찰들의 교내 진입을 막아야 했습니다. 총장이 바뀌었는데도 이런 어려운 자리가 왜 또 내게 오느냐고 물었지만, 지난번에도 그랬듯 이번에도 선택의 여지가 없다는 걸 잘 알고 있었습니다.

돌이켜 보면 어려서 겪은 전쟁을 제외하면, 그때처럼 다사다난했던 시기는 없었던 것 같습니다. 모질게 학생운동을 하느라 수배자가 된 제자들을 보호한답시고 알아도 모르는 척 눈감을 때도 있었고, 서대문경찰서장에게 찾아가 교문 안에서만 시위를 하게 할 테니 최루탄은 쏘지 말라고 교섭한 적도 있었습니다. 매캐한 연기가 자욱한 백양로에 서서 사방에서 날아오는 돌멩이를 피해 가며 학생들과 함께 이리 뛰고 저리 뛰는 일도 많았습니다.

그러나 그것은 서막에 불과했습니다. 그해 가을, 금요일과 토요일 이틀에 걸쳐 열린 연고전이 끝난 다음 주 월요일 아침, 학생처장실로 한 통의 전화가 걸려 왔습니다.

"처장님, 저 서대문경찰서장입니다. 이런 말씀드려서 죄송한데, 학생회관 건물 4층 총학생회 사무실에 시체가 한 구 있다는 정보가 들어왔습니다. 확인해 주십시오."

"그게 대체 무슨 소립니까."

화급히 전화를 끊고 총학생회 사무실로 달려갔지만, 문이 잠긴 상태였습니다. 나는 다시 경찰서장에게 전화를 걸었습니다.

"서장님. 지금 총학생회 사무실엔 아무도 없습니다. 물론 시체도 있을 리 없고요."

"아, 처장님 진정하시고요. 틀림없이 시체가 있을 겁니다. 다시 한 번 더 확인해 주십시오."

시체가 있다니, 그럴 리가 있겠냐며 단호하게 말했지만, 경찰서장의 말엔 어떤 확신 같은 게 느껴졌습니다. 혹시나 하는 마음으로 직원과 함께 열쇠로 문을 열고 들어가 보니 서너 명의 학생들이 자고 있었습니다. 한쪽 구석에 무언가를 담요로 덮어놓은 야전침대가 눈에 들어왔습니다. 불안한 마음으로 담요를 걷어 내자, 경찰서장의 말대로 시체가 놓여 있었습니다. 온몸이 퉁퉁 부어 있고 허벅지에 시커멓게 멍이 들어 있는 한 남학생의 시신이었습니다.

얼마 후 담당 검사가 현장 검증을 나왔습니다. 확인 결과 그 시신은 동양공업전문학교에 재학 중이던 설인종 학생으로 밝혀졌습니다. 설인종 학생은 연세대생을 가장하여 만화동아리에 가입했다고 합니다. 그러나 평소 여느 학생들과 다른 특이한 모습을 자주 보였다고 합니다. 이를 수상히 여긴 한 학생이 학적과에 신원을 조회해 보았는데, 설인종이라는 학생이 없다는 사실을 알게 되었던 것입니다. 이때부터 동아리 학생들은 그를 프락치로 간주하고, 학생회 간부들에게 그 사실을 알렸답니다. 그때만 해도 프락치라는 말이 교내에서 한창 떠돌던 시절이었으니까요. 학생회 간부들이 설인종 학생을 취조했습니다. 연고전에 참여한 몇몇 고려대 학생들도 거기에 가담했습니다. 결국 설인종 학생은 폭력을 동반한 취조 과정에서 쇼크사로 숨졌던 것입니다.

참으로 참담한 사건이 아닐 수 없었습니다. 연고전과 같은 행사는 물론 학생들 사이에서 일어나는 일들은 모두 학생처가 돌봐야 할 일이었습니다. 당시 총장님은 학교 일로 모스크바에 출장을 가서 부재 중이셨고, 결국 내가 부총장님과 함께 전면에 나서서 그 일을 해결해야만 하는 상황이었습니다.

다음 날 화요일, 각종 매스컴에 사건이 보도되었습니다. 동양공전의 학생들이 연세대로 찾아와서 '시체를 가져가지 않겠다, 연세대에서 설인종을 살려내라'는 시위를 하겠다는 의사를 밝혀 왔습니다. 당일 오후 동양공전에서 성토대회를 열고 그 후에 연세대로 밀고 오겠다는 이야기였습니다. 심정적으로는 십분 이해가 되었지만 이러다가 또 다른 유혈사태가 벌어지는 건 아닌가 하는 걱정으로 속이 타들어 갔습니다.

결국 나는 주위의 만류를 뿌리치고 동양공전에서 열리는 성토대회에 참석했습니다. 그리고 학생들 앞에 머리를 숙였습니다. 우리 학교 학생들의 큰 잘못으로 인해 안타까운 사건이 발생한 것에 대해 유감을 표하고, 그들을 잘 감독하지 못한 내 잘못을 사죄했습니다. 또한 유족과 상의하여 최대한 예를 갖추어 장례를 치르겠다고, 설인종 학생이 떠나는 길 만큼은 편안하게 보내 주자고, 부디 도와 달라고 거듭 호소했습니다. 그 마음이 전해졌는지 성토대회는 더 큰 시위로 번지지는 않았습니다.

수요일, 유족들을 만나 보상 문제를 논의하는 한편 학생처 직원들과 함께 장례 절차를 준비했습니다. 시신을 어디에 얼마 동안 둘 것인가를 두고 말들이 많았지만, 시신은 신속히 장례를 치러야 한다는 게 내 지론이었습니다. 금요일이 되자 상황이 어느 정도 마무리되었습니다. 마침내 장례식이 치루어졌습니다. 시신을 화장하고 돌아오는 길, 못 박힌 듯 백양로에 서서 한참 동안 푸른 하늘을 바라보며 우두커니 서 있었습니다. 그런 멍한 상태는 토요일, 서대문 경찰서에서 열린 경찰의 날 기념 행사에 참석했을 때까지 계속 이어졌습니다. 기독교 대학에서 일어난 끔찍한 사건, 모두가 잠든 밤에 속수무책으로 사라진 생명, 학생처장실에서 쪽잠을 자며 뛰어다닌 숨 가쁜 일주일, 슬프고도 안타까운, 하지만 알 수 없는 안도감……. 나도 모르게 주르륵 눈물이 흘러내렸습니다.

그 다음 주 월요일 아침, 나는 새벽같이 학교에 나왔습니다. 일곱 시도 채 되지 않은 고요한 시간이었습니다. 장례도 치렀고 일단 큰 고비는 넘겼으니 책임을 져야 하는 일이 기다리고 있었습니다. 나는 책상에 앉아 사직서를 썼습니다. 서랍 속에 사직서를 넣고 창문 밖을 내다보고 있는데 누군가 문을 열고 들어오는 소리가 들리더군요.

"김 군!"

돌아보니 중학교 시절 교장 선생님께서 문 앞에 서 계셨습니다. 당시 교육부에서 고위직으로 일하고 계셨던 선생님은 신문에 보도된 기사를 읽고 위로차 방문했노라고 말씀하셨습니다.

"김 군, 힘들었지? 고생 많았네. 어찌 그런 일을 다 겪었는가. 자, 이제 김 군이 해야 할 일이 뭔 줄 아나? 바로 책임을 지는 일일세. 사람은 책임을 질 줄 알아야 하네. 사표를 내고 이 일의 도의적인 책임을 지게."

가슴이 뭉클했다. 대학의 학생처장인 제자를 '김 군'이라 부르는 노스승이, 행여 제자가 실수는 하지 않을까 싶어 이른 아침부터 달려와 주신 그 마음이 너무도 고마워서 왈칵 눈물이 솟았습니다. 나는 선생님께 이미 사표를 작성했노라고 말씀드렸습니다. 선생님은 환하게 웃으시며 내 손을 꼭 잡아 주셨습니다.

"잘했네, 김 군. 아주 잘했어. 한 번 죽으면 두 번 살아. 그것을 잊지 말게."

그날 오후 모스크바에서 돌아오신 총장님께 사표를 제출하였습니다. 백양로를 걸어 내려오는 길에 나는 또다시 멈춰 서서 하늘을 올려다보았습니다. 그 순간, 사방의 소리가 문득 사라지고, 높고 푸른 하늘이 시원하게 다가오더군요. 그리고 가만히 생각해 보았습니다. '지금 걷고 있는 이 길, 이 백양로는 과연 나에게 어떤 의미일까? 연세대에 신입생으로 첫 발을 내딛었을 때는 친구도 없이 백양로를 혼자 걸었고, 『연세춘추』 기자로 활동할 때는 하루에도 몇 번씩 백양로를 뛰어다녔고, 4·19 혁명이 일어나던 해에 백양로는 걷고 또 걸어도 지치지 않는 길이었으나, 때로는 이 길 위에서 최루탄 연기보다 더 맵고 독한 시대적 열망이 젊은이들의 숨통을 조이고 생명을 앗아가는 것을 두 눈으로 목격하기도 했습니다. 내가 지금 옳은 길을 걷고 있는지 회의하며 지난 삼십 년간 곱씹어 걸어온 이 길에서, 과연 나는 떳떳하다고 말할 수 있는가?'

책임이라는 게 얼마나 무겁고 무서운 것인지 깨달은 건 학생처장의 옷을 벗고 연구실로 돌아온 다음이었습니다. 몇 년을 시끄러운 소용돌이 속에서 보내서 그런지 연구실의 적막한 공기가 낯설게 느껴질 정도였습니다. 그후 백양로의 상황은 별로 달라진 게 없었습니다. 여느 때처럼 집회가 열렸고, 여느 때처럼 최루탄과 돌멩이가 날아다녔습니다. 달라진 건 나 자신이었지요. 저녁에 집회가 열린다는 소식을 듣자마자 서둘러 뒷문으로 퇴근하는 나 자신을 바라보며 나도 모르게 피식, 헛웃음이 새어 나왔습니다. 그 최루탄 연기 속에서 어떻게든 경찰 진압을 막아보겠노라고 백방으로 뛰어다니던 나는 어디론가 사라지고 없었습니다. 책임의 옷을 벗었다고 해서 이토록 쉽게 가벼워지다니, 사람이란 참 간사하구나 싶었습니다.

책임은 무겁고 또 무서운 것입니다. 하지만 그 책임으로 인하여 사람은 자신의 한계를 넘어서 역량을 발휘하고, 용기를 내어 더 큰 삶을 살아가기도 합니다. 책임을 진다는 말은 그 무겁고 또 무서운 세상의 일에 당당히 맞선다는 말과도 같습니다. 그런 까닭에 책임을 지는 것이 참 어려운 일일 테지요. 책임에서 자유로워지자 세상의 일에서 비켜서고자 하는 제 모습을 보면서, 역설적으로 책임의 의미를 다시 생각하게 되었습니다.

그러나 그때는 몰랐습니다. 세월이 좀 더 무거운 옷을, 좀 더 무거운 사건을 준비하고 저 만치서 나를 기다리고 있었다는 것을.

# 이 또한
# 지나가리라

---

고통은 사람을 강하게 만든다. 그렇지 않으면 사람을 죽이고 만다.
사람은 자기 능력에 따라 어느 것이든 택하게 마련이다.
행복한 때는 우리가 고난을 어떻게 견딜 수 있는지 알지 못한다.
고난 속에서 비로소 우리는 자기 자신을 알게 된다.
- C. 힐티

어느 날 이스라엘의 다윗 왕은 궁중의 세공인細工人을 불러 자신을 위한 반지를 만들게 했답니다. 다윗 왕은 그 반지에 글귀를 새겨 넣을 것을 명령했는데, "전쟁에서 큰 승리를 거둘 때 자만하게 하지 않고, 큰 절망에 빠져 낙심할 때는 좌절하지 않고 용기와 희망을 줄 수 있는 글귀여야 한다"고 덧붙였습니다.

세공인은 온 정성을 기울여 반지를 만들었답니다. 그러나 거기에 새겨 넣을 마땅한 글귀가 생각나지 않았다지요. 한참을 고민한 끝에 그는 지혜롭다고 소문난 솔로몬 왕자를 찾아가 도움을 청했답니다. 솔로몬 왕자는 왕의 반지에 "이 또한 지나가리라"는 글귀를 새겨 넣으라고 조언했다 합니다.

유대 경전 주석서인 『미드라시』에 나온 '다윗 왕의 반지'는 어려운 일을 겪을 때마다 떠올리는 이야기입니다. '이 또한 지나가리라'는 이 문구는 그 자체로도 훌륭하지만, 인생의 희노애락에 치우치지 않고 마음의 균형과 삶의 중도中道를 지키고자 하는 다윗 왕의 절실한 심정을 바탕에 놓고 읽으면 더욱 빛나는 금언이 아닐 수 없습니다.

돌이켜 보면 나 자신에게 일어난 역경이나 고난은 스스로의 의지와 노력을 통해 어느 정도 극복할 수 있었습니다. 골방에 들어가 백지를 꺼내놓고 마음을 다잡으면, 또 신이 나를 시험하신다고 생각하며 온힘을 다해 기도하면 어떻게든 해결의 실마리가 보였고, 부지런히 움직이다 보면 해결의 다음 장이 열렸습니다.

그러나 내 가족, 내 피붙이에게 어려운 일이 생기자 상황이 달라졌습니다. 내 자식이 그리고 아내가 힘들어 하는데 내가 해 줄 수 있는 일이 아무것도 없을 때, 그저 묵묵히 지켜보는 것 외엔 별다른 도리가 없을 때, 나는 돌아가신 아버지라면 이런 때 어떻게 하셨을까 떠올려 보며 애끓는 마음으로 "이 또한 지나가리라"는 말을 수십 번씩 되뇔 수밖에 없었습니다.

막내아들이 미국에서 학위를 마치고 모교 '조지아텍'에서 박사후 연구원으로 근무하던 때의 일입니다. 하루는 싱가포르에서 열리는 국제학회에서 발표를 하게 되었다고 아들에게 전화가 왔습니다. 몸 조심히 잘 다녀오라고 하고 전화를 끊었는데, 며칠 후에 또 연락이 왔습니다. 싱가포르에서 우연히 만나게 된 K대 교수의 초청으로 한국에서 세미나를 하게 되었다는 소식이었습니다. "그것 참 잘된 일이구나."

아들은 며칠간 국내에 머물면서 K대에서 세미나를 했습니다. 그리고 "연구 내용이 흥미롭다"며 해당 학과의 학과장에게서 교수직에 지원해 보라는 제안을 받았습니다. 가능성이 있다고 판단했는지 아들은 K대에 지원서를 냈고, 며느리와 함께 귀국하였습니다.

아들의 지원서는 학과 인사위원회를 거쳐 본부까지 순조롭게 올라갔습니다. 그런데 거기서 문제가 생겼던 것입니다. 총장의 최종 결정만 남은 단계에서 불투명한 의혹의 소용돌이에 휘말리게 된 것입니다. 당시 K대학은 학내 문제로 인해 총장과 그를 반대하는 세력이 팽팽하게 맞서고 있었습니다. 그러던 와중에 "총장과 인연이 있는 지난 정권 고위 공직자의 아들이 교수직에 지원했다"는 소문이 돌았고, 그로 인해 총장은 난처한 상황에 처하게 되었습니다. 더불어 아들의 발령에도 차질이 생겼던 것입니다.

나는 아들의 임용과 관련해 내가 총장에게 모종의 청탁을 했다는 악의적 투서가 상부 기관으로 보내졌다는 말을 전해 들었습니다. 총장을 몰아세우기 위한 반대 측의 계략이었던 모양입니다. 교수 임용이 주먹구구로 이루어지는 것도 아닌데 청탁이라니, 참으로 억울한 노릇이었습니다. 더구나 아들이 그런 이전투구에 어이없이 휘말리게 되었으니, 이를 어찌한단 말입니까.

얼마 후 감독 기관에서 감사가 나왔답니다. 그러나 학교의 정식 절차를 밟아 진행된 임용 과정에 문제가 있을 리 없었고, 감사 결과 청탁 관련 의혹은 사그라졌지만 발령은 계속 유보되었습니다. 지켜보던 학과 교수들은 정식으로 추천한 인력을 왜 승인하지 않느냐고 총장실에 항의하고, 총장을 보좌하는 이들은 방어적인 태도를 보이는 상황에서 아들의 임용은 자꾸만 지연되고 있었습니다.

억울하고 답답한 상황은 일 년이 넘도록 지속되었습니다. 나는 아들의 얼굴을 보기가 참으로 괴로웠습니다. 몇 년 간의 고생과 기다림 끝에 어렵사리 임신해서 출산을 기다리는 아내가 있고, 곧 한 아이의 아버지가 될 시점에 아들이 무고하게 겪는 일들을 마냥 지켜봐야 한다는 것이 고통스러웠습니다. 머리로는 참아야 한다고, 평정심을 유지해야 한다고 생각했지만, 마음이 뜻대로 움직여 주지 않았습니다.

체중이 급격히 줄었습니다. 이러지도 저러지도 못하고, 마땅히 분을 풀 데도 없어 나는 매일 운동장을 돌기 시작했습니다. 한 바퀴, 두 바퀴, 세 바퀴, 매일매일 돌면서 '마음이 약해지면 안 된다, 신의 뜻이 있을 거다, 이 또한 지나갈 거다' 하며 스스로를 다잡았습니다. 그리고 집무실로 돌아와 책상 위에 놓인 가시관을 쓴 예수상을 바라보며 무릎을 꿇고 이렇게 기도했습니다.

"당신은 이렇게 큰 고통을 당하셨는데 이처럼 작은 일로 괴로워하는 저를 용서해 주십시오."

고된 인내의 시간이 지났습니다. 아들은 자기를 꼭 **빼닮은** 아들의 아비가 되었고, 얼마 후 전임 교수로 발령을 받았습니다. 아들의 임용이 확정되던 날, 아내는 눈물을 글썽이며 깊은 한숨을 내쉬었습니다. 나는 아내의 등을 쓸어내리며 이런저런 상념에 젖어 들었습니다. 예측하기 어려운 인간 세상의 갈등과 분쟁, 자신들의 이익을 위해서라면 물불을 가리지 않는 사람들의 일그러진 얼굴, 아직도 인간에 대해 모르는 게 너무 많다는 깨달음, 그간 운동장을 돌면서 걸음걸음 새겨 넣은 굳센 다짐, 어린 시절 몸이 약한 내게 완두콩을 먹이며 눈물을 흘리시던 아버지의 모습, 아들 앞에 새로이 펼쳐질 고해苦海와 같은 인생······.

자식이 어려운 일을 당하면 어떤 아버지든 나 못지않게 고통스러울 것입니다. 그럼에도 아버지니까, 결국 참고 이겨낼 테지요. 어느덧 두 아들의 아버지가 된 내 자식에게, 그리고 언젠가 아버지가 될 이 땅의 수많은 아들들에게 다윗 왕의 반지에 새겨져 있던 말을 다시 들려 주고 싶습니다.

다 지나간다, 아들아. 그러니 좋은 일엔 좋은 대로, 아픈 일엔 아픈 대로, 매순간을 최선을 다해 아름답게 살거라.

# 제3장

# 누구나
# 저마다의 짐을
# 지고 산다

우리가 운명이라 부르는 그것은 먼 곳에서부터 암시와 신호를 통해 그것의 존재를 예고한다. 그리고 어떤 경로로든, 얼마나 시간이 걸리든 결국엔 우리를 찾아온다. 그 운명 같은 과제 앞에 '아니오'라는 선택지는 없다. 아둔한 정신으로 그것에 끌려가는 수동적인 수용과, 자주적인 의지로 그것을 해 나가겠다는 적극적인 도전이 있을 뿐이다.

# 뜻이 있는 곳에
# 길이 열린다

어떤 일에 열중하기 위해서는 그 일을 올바르다고 믿고,
자기는 그것을 성취할 힘이 있다고 믿으며,
적극적으로 그것을 이루어 보겠다는 마음을 가져야 한다.
그러면 낮이 가고 밤이 오듯이 저절로 그 일에 열중하게 된다.
– 데일 카네기


내가 대학에 입학할 당시 연세대학교의 이름은 '연희
대학교'였습니다. 오늘날의 연세대학교는 연희대학교와 세브란스
의과대학이 합쳐지면서 새로 지은 이름이지요.

1957년 겨울, 입학시험을 치르기 위해 연세대로 향하던 길은
참으로 추웠습니다. 이파리를 다 떨군 앙상한 백양나무가 양쪽으
로 줄지어 선 백양로를 걸어가는데, 찬바람은 어찌나 쌩쌩 불던
지……. 점퍼 속에 얼굴을 묻고 얼어붙은 흙길을 지나 구두시험이
진행될 연희관(과학관) 4층에 다다랐습니다. 난방이 되지 않은 건물
에 들어와서 순서를 기다리자니 마치 거대한 냉동고 속에 들어와
있는 듯한 기분이었습니다. 추워서 떨리는 건지 아니면 시험을 앞
두고 긴장해서 떨리는 건지 모르는 채로 나는 내 이름이 호명되기

를 기다렸습니다. 추위와 긴장이 한데 서린 떨림, 그것이 바로 나의 모교 연세대학교에 대한 첫 기억입니다.

그 무렵 신촌의 풍경은 오늘날과는 전혀 달랐습니다. 길도 제대로 닦이지 않았고 건물도 별로 없었습니다. 사방이 논밭이었습니다. 매일 아침, 배지가 달린 검정 교복을 입고 탔던 등굣길의 만원 버스는 신촌 로터리가 종점이었습니다. 울퉁불퉁한 길 위로 버스가 이리저리 흔들리며 달리면 황토색 흙먼지가 자욱하게 일곤 했지요. 버스에서 내려 학교까지 걸어가는 길은 내내 흙길이었습니다. 학교에 도착하면 어느새 구두가 뽀얗게 흙먼지를 덮어쓰고 있었습니다.

지금 공학관이 있는 자리에는 운동장과 목장으로 이어지는 오솔길이 나 있었습니다. 이따금 그 길에서 소가 여유롭게 풀을 뜯던 모습이 보이곤 했습니다. 백양로에 심겨진 백양나무 뒤편으로는 온통 숲이었고, 본관 건물 뒤편에도 울창한 숲이 있었습니다. 친구들 말마따나 "개구리도 나오고 뱀도 나오는" 숲 말입니다.

꾀꼬리가 지저귀는 봄이 오면 나는 친구들과 함께 채플 시간에 몰래 빠져나가 그 숲속으로 숨어들었습니다. 유독 키가 큰 체육 교수님이 막대기를 들고 "채플 빼먹고 도망간 놈들!" 하며 숲속을 가로지를 땐 재빨리 몸을 숨기고 숨을 죽였지요. 딱 그 순간만 넘기면 교수님은 곧 잠잠해졌습니다. 그때부터는 친구들과 도시락도 까먹고 이야기꽃도 피우며 재미난 시간을 보낼 수 있었습니다.

어디 그뿐이겠습니까. 가을에는 숲속에 수북이 쌓인 낙엽을 베고 누워 친구들과 장래의 계획이며 인생에 관해 논하다가, 해가 지면 청진동으로 넘어가 빈대떡에 막걸리 잔을 기울였습니다. 연고전이 열릴 때면 너 나 할 것 없이 부둥켜안고 '아카라카'(연세대 응원구호)를 외쳤고, 무교동과 명동 바닥을 휩쓸며 이름도 모르는 선배가 사 주는 술을 얻어 마시곤 했습니다.

상전벽해桑田碧海라 했던가요. 진흙밭에 구질구질한 개천이 흐르던 신촌은 몇십 년 만에 천문학적인 금액을 호가하는 금싸라기 땅으로 변했습니다. 1990년 즈음, 중년의 아저씨가 되어 교정에서 다시 만난 동기생들은 그 옛날 학창시절을 떠올리며 이렇게 우스갯소리를 하기도 했습니다.

"그때 한 학기 정도라도 휴학했어야 했어. 등록금이랑 하숙비 버리는 셈치고 신촌 개천가에 밭뙈기라도 좀 사둘걸. 그랬으면 지금쯤 떵떵거리고 살 텐데, 안 그러냐?"

신촌이 그렇듯 번화가로 탈바꿈되는 동안 나는 학교 안에서 이런저런 보직을 맡으며 나름대로 몇 가지 일들을 벌였습니다. 우선 공학원을 비롯해 교내에 여러 건물을 짓기 위해 힘쓴 일입니다.

1981년 공과대학 학장직을 맡았을 때만 해도 공과대학의 환경은 참 열악했습니다. 이공대학에서 분리된 지 얼마 안 되었을 때라 강의실과 연구실, 실험실, 실험 기구 및 자재 등이 부족했고, 시설도 낙후되어 있었습니다. 나는 공학원 건물을 짓기로 결심하고, 일단 기획실을 찾아갔습니다. 뭔가 뚜렷한 계획이 있는 건 아니었습니다. 예상했던 대로 기획실 담당자들은 '문제는 자금'이라고 입을 모았습니다. 학교의 사정으로는 도저히 건물을 지을 수 없으니, 동문이나 기업 등을 통해 건축 기금을 모아야 한다는 것이었습니다. 그러나 기금 마련이 어디 말처럼 쉬운 일이겠습니까.

무거운 발걸음으로 기획실에서 나와 고민에 휩싸였습니다. '어떻게 건축 기금을 마련할 것인가. 어떤 동문에게, 어떤 기업에게 후원금을 요청할 것인가. 무턱대고 손을 내밀 수도 없는 노릇이고. 학교와 기업이 서로 상생하는 그런 전략은 어디 없나……'

그때 퍼뜩 뇌리를 스친 것이 바로 산학협동체였습니다. 바로 그 얼마 전에 몇몇 대학의 특정 학과가 특정 기업과 손을 잡고 단편적으로 연구 프로젝트를 진행하고 있다는 소식을 들은 적이 있었습니다. '바로 그거다!' 나는 무릎을 탁 쳤습니다. 공학원에서 산학협력 프로젝트를 본격적으로 시작해 봐야지 하는 생각이 들었던 것입니다.

나는 백지를 한 장 꺼내 그림을 그리기 시작했습니다. '건물을 짓는 데 필요한 기금을 기업에게 요청하고, 그 대가로 공학원 내에 산학협동연구실을 마련해 주자. 기업의 연구 인력과 연세대의 연구 인력을 한 팀으로 꾸리고 기술 개발에 힘쓰게 하자. 그렇게만 된다면 기업은 우수한 인력을 활용할 수 있어 좋고, 우리는 우리대

로 건물도 얻고 기자재도 확보하고 학생들의 취업문도 넓히고, 그야말로 누이 좋고 매부 좋은 격이 아닌가.'

다소 이상적인 계획이긴 했지만, 생각하면 생각할수록 될 법한 그림이라는 판단이 섰습니다. 나는 즉시 계획을 실행에 옮겼습니다. 국내 재벌기업의 리스트를 만들고, 각 기업의 규모와 특성 등을 조사했습니다. 그리고 각각의 기업 내에 동문이 있는지, 있다면 어느 부서에서 어떤 일을 하는지, 그와 연결되는 인적 네트워크가 학교에 있는지 등을 파악해 나갔습니다. 그런 식으로 리스트를 정리하다 보니 몇 개의 기업이 추려졌습니다. 그 중에서도 가장 먼저 눈에 띈 곳이 대우그룹이었습니다. 대우그룹의 김우중 회장이 연세대 경제학과 동문이었던 것입니다.

김우중 회장이 평소 작업복 차림으로 부천에 있는 대우자동차 공장에 나타난다는 소식을 듣고, 서둘러 "대우자동차 공장 견학 및 김우중 선배와의 만남" 행사를 기획했습니다. 다행히 대우자동차 측에서 선뜻 행사를 승낙해 주었습니다. 행사 당일, 대형버스를 빌려 공과대 소속 교수들과 학생들을 태우고 부천으로 향했습니다. 김 회장은 "장차 산업계에서 일할 귀한 후배들을 미리 만나 보게 되어 기쁘다"며 우리를 환영해 주었습니다. 학생들은 시끌시끌한 공장 안에서 자동차가 만들어지는 과정을 신기하다는 듯 지켜봤고, 견학을 마치자 김 회장에게 이런저런 질문을 던졌습니다.

공장 한쪽에 위치한 사무실에서 김 회장과 함께 차를 마시는 시간이 주어졌을 때, 나는 조심스럽게 공학관 이야기를 꺼냈습니다. 산학협동연구실이 들어서게 될 공학관의 건축 계획을 설명하고, 그 계획을 실현시킬 첫 번째 기업이 되어 달라고 부탁했습니다.

"회장님께서도 연세대 출신이시지요. 저희들 모두 자랑스럽게 생각하고 있습니다. 그런데 회장님의 후배인 학생들과 교수들이 공간이 부족해서 강의며 연구에 어려움을 겪고 있는 실정입니다. 대우에서 먼저 건축 기금을 약속해 주시면, 다른 기업들도 이어서 기금을 낼 겁니다. 일단 오늘은 이 계약서에 약정 사인만 해 주십시오. 장차 산학협동연구실에서 놀라운 연구 성과가 나올 것이고, 또 미래의 맞춤형 산업 인재들이 배출될 것입니다. 앞날을 보시고 좀 도와주십시오."

김우중 회장은 그 자리에서 70억을 약정해 주었습니다. 얼마나 기분이 좋았는지, 마치 하늘의 별이라도 딴 것 같은 기분이었습니다. 첫 단추를 성공적으로 끼우고 나니 그 다음부터는 일이 수월하게 진행되었습니다. 기업의 회장을 직접 찾아가 설득하기도 하고, 연세대 동문들로 하여금 만남을 주선하도록 하면서, 삼성과 LG, 현대를 비롯해 일곱 남짓한 기업에게서 기부금 약정을 받을 수 있었습니다. 차근차근 약정을 받다 보니 어느덧 300억 원이 넘는 건축 기금이 마련되었습니다.

공사가 시작되었습니다. 학장 임기가 끝나자 나는 연세공학원 건설추진본부장으로 임명받아 공학관 공사를 계속 추진하였습니다. 그 옛날 시흥 공장에서 일하던 시절에 원료더미 위에서 쪽잠을 자며 공정 과정을 살폈듯이, 이번에는 밤늦도록 공사 현장을 두루 감독하며 바쁜 나날을 보냈습니다. 공학관이 조금씩 꼴을 갖추어 가는 게 보이자 학생들과 교수들의 눈빛이 달라지기 시작했습니다. 그들은 기대와 희망이 서린 눈빛으로 신기하다는 듯 공학관 주위를 서성거렸습니다. 그런 눈빛을 볼 때마다 뿌듯해졌습니다.

마침내 공학관이 완공되었습니다. 한동안은 그 건물에 밤늦게까지 불이 켜져 있는 걸 볼 때마다 나도 모르게 뭉클해지곤 했습니다. "저기가 우리 공학원이야"라고 학생들이 소곤거리며 지나갈 때, 누군가 "참 멋있는 건물이다"라고 자랑스러운 듯 말하는 것을 들었을 때, 우연히 마주친 공과대 교수들이 목례를 할 때도 마찬가지였습니다. 뿌듯하고 또 흐뭇했습니다. 아마도 처음이어서, 계획하고 이루어낸 첫 번째 결실이어서 그랬을 테지요.

그 후로도 교내에 건물을 짓기 위한 노력은 계속되었습니다. 대표적으로 부총장 때 다들 꺼려하는 한전의 변전소를 지하로 밀어 넣고 지상에 첨단 연구관을 올린 것, 한층 전체를 국가관리연구원으로 운영할 계획을 말하고 학술정보원 건축을 지원 받은 것, 수소 충전을 위한 부지를 임시로 빌려주고 GS칼텍스 산학협동연구관을 유치한 것 등등이 그것입니다.

그렇게 시간이 흘렀습니다. 그사이 몰라보게 바뀐 신촌과 마찬가지로 연세대도 변화를 거듭하며 오늘에 이르렀습니다. 최근에 교정을 거닐다 보면, 내가 학교에 다니던 시절의 목가적인 풍경이며 운치 있는 정경을 잃고 학교가 건물로만 꽉 들어찬 것 같아 아쉬운 마음이 들기도 합니다. 한편으로는 거기에 내가 책임이 있는 건 아닌가 싶기도 하고요.

그러나 시간은 흐르고 강산은 변하니 학교 또한 그 변화를 따라 발전해 나가는 것이 순리일 터. 그동안 학교에 큰 도움을 주신 대우 김우중 회장, 현대의 정몽헌 회장, LG의 구본무 회장, 한전의 강동석 사장, 삼성의 이학수 사장, GS칼텍스의 허동수 회장, SK의 손길승 회장 이외 여러 고마운 분들의 도움으로 교내에 여러 연구 공간을 확보한 것은 참으로 감사한 일이라 생각합니다. 지금 캠퍼스가 건물들로 꽉 차서 다소 삭막해 보이지만, 지금의 학생들에겐 눈부신 변화 속에 그들만이 아는 나름의 운치와 낭만이 있으리라 믿습니다.

선현들의 말씀대로 뜻이 있는 곳에 길이 있고, 그 길을 향해 온 정성을 다 기울이면 이루지 못할 일이 없다는 진리를 다시 한 번 깨닫게 됩니다.

# 청송대의
# 속삭임

자연은 하나님이 우리를 위해 쓰신 위대한 책이다.
— 갈릴레오 갈릴레이

연세대 동문東門 근처에 위치한 총장공관에서 본관 쪽으로 조금만 걸어가면 '청송대'라는 곳이 나옵니다. 이름에서 짐작할 수 있듯 청송대는 학교 안에 위치한 자그마한 소나무 숲이지요. 청송대에는 키가 큰 소나무들이 하늘을 메울 정도로 빽빽이 들어차 있습니다. 그래서 산책하거나 명상하기에 참 좋은 곳입니다. 곳곳에 오래된 벤치가 있어 조용히 독서하기에도 안성맞춤이지요.

청송대에 발을 내딛으면 맑고 청아한 솔향기가 나면서 머릿속이 맑아집니다. 숲을 두고 '신전神殿'이라고 부른 이가 누구였는지를 기억하지는 못합니다. 하지만 청송대를 거닐다 보면 그 말이 맞단 생각이 절로 듭니다. 실제로 나는 이곳을 거닐며 마음까지 정화되는 느낌을 받은 적이 여러 번 있었습니다.

일견 청송대의 '청'이 푸를 청靑' 자일 거라고 생각하기 쉽습니다만, 청송대는 '들을 청聽' 자를 씁니다. 반전의 묘미가 있는 이름이지요. 나는 그것을 '듣는 귀를 열어라'는 뜻으로 풀이합니다. 뜻을 헤아리며 청송대의 이름을 가만히 불러 보면, 소나무 숲 한가운데 홀로 서서 자연의, 다른 사람의, 또는 자기 내면의 목소리에 귀 기울이는 누군가의 모습이 떠오릅니다. 참 좋은 이름이 아닐 수 없습니다.

연세대 총장이 되어 총장공관에 머물 때 나는 종종 청송대로 산책을 하러 나가곤 했습니다. 안개 자욱한 이른 새벽, 솔향기 가득한 청송대를 홀로 걷다 보면 머릿속이 탁 트이면서 이런저런 아이디어가 많이 떠오릅니다. 총장직을 맡아 일하면서 내가 했던 이런저런 일들은 주로 그곳에서 구상한 것입니다. 뿐만 아니라 그곳에서 나는 마음의 열기를 가라앉히고, 평안과 위안을 얻고, 나와 의견을 달리하는 이들을 만나 그들의 의견을 경청했습니다. 이쯤 되면 청송대에 빚이 있다고 말해도 과언이 아니겠지요.

한때 "김우식 폭력 총장은 물러가라!"는 현수막이 교내에 걸린 적이 있습니다. 상경대학에서 경영학과를 분리시켜 경영대학을 하나의 단과대학으로 세우려고 마음먹고 일을 추진하고 있을 때였습니다. 다른 대학교에는 경영대학이 엄연히 존재하는데, 연세대에는 상경대학만 있는 것이 시대에 뒤처진 것처럼 보였습니다. 그래서 이 문제를 해결하려 했을 때였지요.

그러나 막상 경영학과를 단과대학으로 만든다는 계획을 발표하자, 상경대학 소속의 다른 교수들이 들고 일어났습니다. 그들은 연세대학교의 역사는 상경대학에 뿌리를 두고 있다며 농성을 벌였고, 이내 총장실까지 점거했습니다. 학교가 온통 이 일로 시끄러워졌습니다.

나는 농성을 주도하는 교수를 조용히 찾아갔습니다. 그리고 다음 날 새벽에 청송대에서 만나기로 약속을 잡았습니다. 이튿날 새벽, 청송대에 나타난 그에게 나는 속에 있는 얘기를 시원하게 털어놓자며 말문을 열었습니다.

"하고 싶은 얘기가 있으면 다 하십시오. 다 듣겠습니다. 그리고 받아들일 건 받아들이겠습니다."

그와 나는 속을 터놓고 이야기를 나누며 타협점을 찾아 나갔습니다. 오늘의 경영대학은 그때의 타협이 일구어 낸 산물인지도 모릅니다.

또한 신과대학 건물을 새로 건축할 때도 비슷한 일이 벌어졌습니다. 총장에 취임하면서 나는 대학의 특성화, 효율화, 세계화를 목표로 삼고, 기독교 철학에 입각해 학교를 운영해 나가겠다는 취지를 밝힌 바 있습니다.

저는 연세의 창립 정신인 '진리 탐구와 자유 정신'을 선도적으로 실천하겠다는 것과 아울러 투철한 기독교 정신과 사랑으로, 봉사하는 연세의 교육 이념을 현 시대에 맞게 구현하기 위해 최선의 노력을 다할 것을 여러분 앞에서 엄숙히 다짐합니다.

그러던 어느 날 청송대에서 산책을 하던 도중 퍼뜩 그런 물음이 떠올랐습니다. '우리 학교의 모태가 기독교 정신인 만큼 연세대학교의 고유한 경쟁력은 우선 신과대학에 있어야 할 터인데, 과연 그러한가?'

나는 며칠 동안 그 문제에 골몰했습니다. 아무리 생각해도 당시는 신과대학의 가치를 제대로 구현하지 못하고 있는 것 같았습니다. 당시의 우리 신과대학은 교수도 적고, 건물도 옹색한 처지였습니다. 쓰고 있는 신학관 건물 안전도 검사를 의뢰한 결과, 심각하게 낙후된 건물에 매겨지는 D등급이 나오기까지 했습니다.

이대로는 안 되겠다 싶어 신과대학 교수들과 함께 건물 신축을 위한 모금에 들어갔습니다. 그러자 이번에는 문과대학 교수들이 들고 일어났습니다. 신과대 옆에 위치한 문과대 건물에서 바라보면, 조촐한 신과대 건물이 주위의 자연 경관과 어우러져, 마치 오랫동안 자연의 손에 맡겨진 정원처럼 보였던 모양입니다. 여러 해에 걸쳐 인문학적 심상을 기르고 수양해 온 자연의 터전을 훼손해서는 안 된다며, 문과대 교수들이 성명서를 발표하고 시위에 나서기 시작했던 것이지요. 심지어 어떤 교수는 신과대 건물 앞에서 텐트를 치고 단식 투쟁에 돌입하기까지 했으니까요.

시골에서 자라 자연의 푸근함을 잘 아는 나는 그들의 심정을 십분 이해했습니다. 그러나 연세대학교라는 전체 그림을 놓고 볼 때 신과대학은 분명 새로이 건축되어야 할 필요가 있었습니다. 몇몇 교수들의 시위가 계속되던 어느 토요일 오후, 나는 텐트 안에서 홀로 단식 투쟁을 하는 교수를 내 차에 태워 세브란스 병원으로 향했습니다. 진료를 받고 영양주사를 맞는 그에게 "이제 그만 신학과 교수들과 학생들에게 그들만의 공간을 내어 줍시다." 하고 말했습니다. 자연 경관이 조금 흐트러지긴 하겠지만, 자연은 새 건물에 맞춰 또다시 제 모습을 단장하고 넉넉한 품을 내어 주리라 믿었기 때문입니다.

그렇다고 해서 내가 문과대학을 등한시한 건 아닙니다. 신과대학 건물이 신축되는 동안 나는 특성화 사업의 일환으로 문과대학 중흥을 위해서도 힘을 쏟았습니다. 연세대 문과대학 출신인 윤동주 시인 관련 사업을 기획했고, 국학연구원을 키우기 위해 정성을 기울였습니다. 그 후 국학연구원이 괄목할 만한 성과를 내는 것을 볼 때마다 참으로 뿌듯한 마음이 들었습니다.

연고전 무렵이었을 겁니다. 한번은 청송대 벤치에 앉아 이런저런 생각에 젖어 있었습니다. '그러고 보니 학교에 상징이 없구나. 학생들로 하여금 소속감을 갖게 해 줄 상징이 없어. 흔히 고대생들은 갓 지은 밥풀처럼 *끈끈*하고 연세대생들은 물 말아 놓은 밥풀처럼 제각각이라고들 하는데, 그건 아니지. 교내에 교기를 좀 달아야겠구나. 학교 제일 높은 곳에 연세대의 상징인 푸른 교기를 펄럭이게 해야겠다…….'

어느 주말경에 시설과 직원을 불러 본관 옥상에 교기를 세우려고 하니 기술적 문제 검토와 교기를 준비해 달라고 부탁했습니다. 본관 옥상에는 태극기만 펄럭이고 있었습니다. 직원이 바로 와서 모든 것이 가능하다는 보고를 받고 바로 작업을 지시했습니다. 약간의 절차상의 설왕설래는 있었지만 태극기 바로 옆에 교기를 세웠습니다. 지금도 내 마음 속에 제일 반가운 것은 본관 옥상을 바라볼 때 푸른 창공을 배경으로 태극기와 함께 펄럭이는 교기를 바라볼 때의 상쾌한 맛입니다.

어느 날 청송대를 거닐 때 한 외국인 학생이 내 앞을 지나갔습니다. 그 순간 나는 학교 안에 보이지 않는 어떤 경계가 그어져 있다는 걸 깨달았습니다. 청송대를 기준으로, 총장공관이 있는 뒤쪽에는 외국인 학생들이 생활하는 국제학사가 있고, 앞쪽에는 본관을 비롯해 도서관이며 학생회관, 정문으로 이어지는 백양로가 있습니다. 이상하게도 외국인 학생들은 국제학사 쪽에만 머무르며 좀처럼 백양로 쪽으로 넘어오지 않았고, 일반 학생들은 청송대를 지나 국제학사 쪽으로 건너가지 않았습니다. 문득 경계를 허물고 이들을 서로 만나게 해야겠다는 생각이 들었습니다. 외국인 학생들이 우리나라 학생들과 한 자리에서 모여 대화하기 시작한다면, 바로 거기에서부터 연세대학교의 세계화가 시작되지 않을까 하는 생각에서 말이지요.

학생회관 위에 지은 '글로벌 라운지'는 그런 연유로 해서 지은 카페 같은 공간입니다. 다양한 국가의 방송을 볼 수 있고, 국적이 다른 학생들이 영어로, 때로는 한국어로 자유롭게 소통하는 그런 만남의 공간 말이지요. 그 공간을 짓느라 여러 모로 애를 먹었습니다. 하지만 글로벌 라운지가 문을 열고 난 후, 그곳에서 국내외 학생들이 모여 웃고 떠드는 모습을 보았을 때, 입가에 미소가 지어지더군요. 참으로 아름다운 화합의 장을 마련했다는 생각에 자못 흐뭇했습니다.

어느덧 총장직을 떠난 뒤 십 년이 훌쩍 지났을 때였습니다. 오랜만에 교정을 거닐면서 연세대에 한평생을 바쳐서인지, 드문드문 내 고민이 서렸던 흔적과 마주치게 되더군요. 연세대의 역사와 내 은밀한 삶이 여기저기서 교차하는 것 같았습니다.

그러나 시간은 흐르고, 역사는 서서히 잊힙니다. 내가 품었던 꿈과 했던 일, 애써 일군 결실은 시간과 더불어 서서히 묻힐 테지요. 이곳에 오래 머물렀고, 이곳을 내 집처럼, 내 가족처럼 소중히 여기며 마음을 졸이던 일들, 총장공관으로 사람들을 초대하고, 아이들이 성인이 되는 것을 지켜보고, 잡풀을 뽑고 꽃나무를 기르고 느티나무 아래 벤치에서 책을 읽던 기억들도, 언젠가 아득히 멀어질 것입니다.

　지금도 나는 가끔 청송대로 산책을 갑니다. 청송대는 여전히 푸르고 향기롭습니다. 그곳의 소나무들은 아직도 내가 귀 기울여 들어야 할 게 많다고, 부지런히 배우고 익혀야 한다고 속삭이는 듯합니다. 그런 까닭에 귀 기울이고, 배우고 익히는 일에 한시도 게으를 수 없다고 마음을 다잡습니다. 예나 지금이나 한결같은 청아한 솔향기, 어쩌면 그건 나를 일깨우는 소나무의 진솔한 목소리인지도 모릅니다.

# 나라를 위해 봉사하라는
# 그 한마디

나는 일찍이 우리 독립 정부의 문지기가 되기를 원했거니와,
그것은 우리나라가 독립만 되면 나는 그 나라에
가장 미천한 자가 되어도 좋다는 뜻이다.
— 김구

기시감旣視感이란 말이 있습니다. 어디에선가 이미 경험한 것처럼 친숙하게 느껴지는 것을 가리키는 말이지요. 그건 아마도 우리의 일상생활 속에 앞으로 일어날 일의 전조가 되는 사건들이 있었기 때문일 것입니다. 어떤 일이 아무런 인과관계 없이 불쑥 일어나는 것 같지만, 훗날 돌이켜 보면 삶이 넌지시 보낸 신호였다는 걸 깨닫게 되는 그런 사건들이 참 많습니다. 우리가 일일이 의식하지 못하고 있을 뿐, 사실 우리 삶은 그런 크고 작은 신호들로 이루어져 있는지도 모릅니다.

어느 날 아침 평소 습관대로 신문을 펼쳐들었을 때 내 이름이 대문짝만하게 실린 기사를 보고 적잖이 당황한 적이 있었습니다. "연

세대 김우식 총장, 교육부총리 유력"이라는 헤드라인으로 시작되는 기사였습니다. 이게 대체 무슨 말인가 싶어 읽어 보니, 당시 공석 상태였던 교육부총리의 후보로 내가 거론되고 있다는 내용이었습니다. 나로서는 금시초문인 내용이었지요.

아침밥을 먹고 총장실로 올라가니 여기저기서 문의 전화가 쇄도하고 있었습니다. 가까운 지인들, 친분이 있는 여러 인사들이 성급한 축하 메시지를 전하며 '그게 사실이냐, 총장 임기 중에 정부 일을 맡을 수 있냐, 총장 후임은 어떻게 되는 거냐' 등등의 질문을 던져 왔습니다. 나는 모르는 일이라고 일관했습니다. "저도 오늘 아침에 신문으로 처음 소식을 접하고 깜짝 놀랐습니다. 총장으로 일하고 있는데 교육부총리라니요. 설령 그 기사가 사실이라고 해도 그런 일은 절대 없을 겁니다."

어찌나 전화가 오는지 업무가 마비될 지경이었습니다. 이미 결정된 거나 다름없으니 곧 청와대에서 연락이 올 거라고 말하는 이들도 있었습니다. 나는 임기가 몇 개월 남지는 않았지만 총장직을 사임하는 일은 없을 거라고 단언했습니다. 전화벨은 쉬지 않고 울려 댔고, 나는 이게 웬 소란인가 싶었습니다. 아니 땐 굴뚝에서도 연기가 나는구나 싶었습니다. 그 소란이 앞으로 내게 일어날 일들을 암시하는 신호이자 단서였다는 걸 그때는 짐작조차 하지 못했지요. 어느 날 갑자기 내 삶에 끼어든 한 토막의 신문기사와 쉴 새 없이 울리는 전화벨 소리, 그건 머지않아 국가로부터 호출이 올 거라는 일종의 예고였던 것이 아닌가…….

그로부터 얼마 지나지 않아 청와대에서 연락이 왔습니다. 2003년 11월이었으니까 총장 임기가 육 개월 남짓 남았을 때의 일입니다. 노무현 대통령으로부터 저녁식사 초대 전화가 왔습니다. '대통령이 나를? 그것도 단둘이?' 의아한 마음이 들었습니다. '친분도 없고 연고도 없는데 대체 무슨 일로 보자고 하시는 걸까.' 사실 나는 대통령에 대해 아는 바가 없었습니다. '그 기사의 내용이 사실인가?' 반신반의하며 청와대로 향했습니다.

처음 직접 뵌 노 대통령은 소탈한 인상이었습니다. 어느 정도 예상은 했지만 실제로 뵈니 더욱 그러했습니다. 분위기를 편안하게 이끌며 여담을 이어가는 면면에 솔직함과 소탈함이 묻어났습니다. 식사가 진행되는 가운데 대통령이 물으셨습니다.

"총장님, 저를 위해 한 말씀 부탁드려도 되겠습니까?"

"제가 뭐 아는 게 있어야지요."

"그래도 평소 지켜보시면서 생각하시던 게 있을 거 아닙니까. 편하게 말씀해 주세요."

"글쎄요. 제가 드릴 수 있는 말씀은 성공한 대통령이 되시라는 것입니다. 오 년은 짧다면 짧고 길다면 긴 세월인데, 성공한 대통령이 되셔야 그 시간이 헛되지 않겠지요. 대통령의 실패는 곧 국가적 손실 아니겠습니까."

대통령께서 고개를 끄덕이시며 좀 더 말해 보라고 하시기에 나는 갈등과 분쟁이 쉬 잦아들지 않는 현재의 사회적 분위기가 가장 우려스럽다고 덧붙여 말씀드렸습니다.

"대통령께서 취임하신 지 거의 일 년이 다 되어 가고, 마지막 해에는 차기 대통령 선거가 있으니 실제 남은 기간은 삼 년 정도밖에 되지 않습니다. 이 알토란 같은 삼 년을 잘 쓰셔야 합니다. 사실 생산적인 일에 몰두하기에도 부족한 시간인데, 이 사회에 팽배한 갈등과 분쟁을 먼저 해결하셔야 뜻하신 바를 이루실 수 있지 않겠습니까?"

"그럼 제가 어떻게 해야 할까요?"

"제가 오늘 직접 만나 뵈니, 대통령께서는 참으로 꾸밈없으시고 소탈하셔서 솔직히 호감이 갑니다. 하지만 국민들이 그걸 어떻게 알겠습니까. 대통령의 소박하고 진실한 면을 알기도 전에 언론을 통해 튀는 말과 행동을 먼저 접하게 되니 당황스러운 게지요. 대통령에 대한 의심과 불신을 하루속히 없애 주셔야 합니다."

"그럼, 총장님이 좀 도와주십시오."

"물론입니다. 제가 도울 일이 있으면 도와 드려야지요. 제가 대학교육협의회 회장직을 맡고 있으니 대통령께서 의지만 보여 주신다면 도와 드릴 용의가 있습니다."

"고맙습니다. 그런데 제 옆에서 저를 좀 도와주시면 안 되겠습니까."

"그게 무슨 말씀이신지……."

"청와대 살림을 좀 맡아 주세요."

"청와대 살림이라면……."

"비서실장 일을 맡아 주세요."

"……."

순간, 말문이 막혔습니다. 비서실장이라니, 그런 일은 단 한 번도 상상해 본 적이 없었던 터였습니다. 내가 예상할 수 있는 범위에서 벗어나도 한참을 벗어난 선택지였던 게지요.

나는 대통령께 정치에 대해서는 아는 바가 없다고 말씀드렸습니다. 잘 모를뿐더러 관심도 적고, 상아탑 속에만 있던 사람이 생소한 정치의 한복판으로 뛰어드는 건 모양새가 좋지 않다고, 더구나 감당할 자신도 없으니 방금 하신 말씀은 못 들은 걸로 하겠다고 말이지요.

"그럼 정치는 하지 마세요."

"네?"

"정치는 제가 하겠습니다. 총장님은 조직 관리와 인사 관리만 맡아 주세요."

"공무원 세계도 모르는 제가 어떻게 조직 관리와 인사 관리를 담당하겠습니까? 저는 못합니다."

"왜 그러십니까. 연세대도 잘 운영하고 계시지 않습니까."

"일개 학교랑 국가 살림이 어떻게 같겠습니까. 저는 그런 자리에 적합한 인물이 아닙니다."

나는 극구 사양하고 자리에서 일어났습니다. 그리고 차가 있는 청와대 인수문까지 50여 미터를 걸어 나왔습니다. 대통령께서 슬리퍼를 신은 채로 함께 따라오셨지요.

"어서 들어가세요. 송구스럽습니다."

"아닙니다. 제가 배웅해 드려야지요."

"이러시면 제가 불편합니다. 어서 들어가세요."

"총장님, 제가 대학 동문이 있습니까, 그렇다고 아는 사람이 많습니까. 총장님이 절 좀 도와주세요."

대통령의 마지막 말이 마음에 쿵 하고 무겁게 울렸습니다. 그러나 내 결심에는 변함이 없었습니다. 그렇게 두어 달이 흘렀습니다. 그러는 사이 학교에서는 측근들 사이에 의견이 분분했습니다. 어떤 이들은 총장 임기도 안 끝난 상태에서 정치의 소용돌이 속으로 휘말려 들어가는 건 모양새가 좋지 않다고 반대했고, 또 어떤 이들은 현 내각에 연세대 출신이 없다며 연세대를 위해서라도 청와대로 가야 한다고 주장했습니다. 이사장님은 "우리 순둥이 총장이 그 험악한 판 속에서 어떻게 버틸까 걱정스럽다."며 우려를 표하셨습니다. 그후 청와대에서 일하는 제자들이 두어 차례 총장공관으로 찾아왔습니다. 제자들은 끝내 가기 어렵다는 나에게 대통령의 뜻을 헤아려 달라며 한참을 설득하고서야 자리를 떴습니다.

해가 바뀌어 2004년 1월 다시 청와대에서 연락이 왔습니다. 이번에는 대통령 내외와 함께 부부동반으로 식사를 하자는 전언이었습니다. 거절할 수도 없는 노릇이어서, 선뜻 내켜 하지 않는 아내에게 밥이나 한 끼 먹고 오자며 함께 청와대로 들어갔습니다.

"어떻게, 그동안 잘 지내셨어요? 제 청도 잘 생각해 보셨어요?"

대통령께서 가벼운 농담조로 말문을 여셨습니다. 나는 웃으며 대답했습니다.

"그 문제에 대해서는 제가 지난번에 분명히 답변을 드렸을 텐데요."

"총장님, 제가 이제 정말로 시간이 없어요. 총장님이 꼭 필요합니다. 이제 그만 저하고 인연을 맺으시지요."

"제가 알아 보니 비서실장은 가장 가까이에서 대통령님을 보필해야 되는 자리라고들 하던데, 그러기에는 제가 대통령님을 너무 모릅니다. 대통령님에 대해 아는 게 아무것도 없어요."

"태어날 때부터 아는 사이가 어디 있겠습니까. 차차 알아가는 거지요."

"솔직히 말씀드리면, 저는 지난 대선 때 대통령님을 찍지도 않았습니다."

그러자 대통령께서 껄껄 웃으셨습니다.

"총장님뿐만이 아니라 다른 여러 총장님들도 저를 안 찍었을 겁니다. 압니다. 염려 마세요."

그날 우리는 화기애애한 분위기 속에서 양고기를 먹었습니다. 나는 긴장한 상태라 무슨 맛인지도 모르면서 먹었는데, 요리에 일가견이 있는 아내는 음식을 하나하나 음미하고 양고기를 제대로 구웠다며 칭찬을 하더군요. 한창 분위기가 무르익어 후식이 나올 때쯤 대통령께서 대뜸 말을 꺼냈습니다.

"총장님, 제가 마음에 안 드시더라도 나라를 위해 봉사 좀 하세요. 대학 총장도 결국엔 국가를 위해 봉사하는 자리 아닙니까. 이쪽에 오셔서 국가를 위해 봉사 좀 해 주세요."

그때, 나라를 위해 봉사하라는 그 한마디 말에 마음속의 자물쇠가 철컥, 하고 열려 버렸습니다. 그 말은 대통령의 입을 통해 우연히 나온 말이었지만, 내게는 어떤 결정적 힌트가 되는 말이요, 삶이 내게 부과한 평생의 과제라 여기며 살아온 일이었습니다. 그 앞에서 '아니오'라는 대답을 고집할 수는 없었습니다. '아니오'라는 대답은 어쩌면 처음부터 없었는지도 모릅니다.

살면서 반드시 해야 할 과제 같은 그것, 우리가 운명이라 부르는 그것은 먼 곳에서부터 암시와 신호를 통해 자신의 존재를 예고하고, 어떤 경로로든, 얼마나 시간이 걸리든 결국엔 우리를 찾아옵니다. 단언컨대 그 운명 같은 과제 앞에 '아니오'라는 선택지는 애초에 없는 것입니다. 아둔한 정신으로 그것에 끌려가는 수동적인 수용과, 자주적인 의지로 그것을 해나가겠다는 적극적인 승낙이 있을 뿐…….

청와대에 다녀온 후로 아내의 태도가 달라졌습니다. 실제로 만나 뵈니 대통령이 텔레비전에서 보던 것과는 사뭇 다르다고, 그렇게 소박하고 정이 깊은 분인 줄 몰랐다고……. 한평생을 학교에 있던 사람이 정치가 웬 말이냐며 별다른 반응을 보이지 않던 사람이, "당신이 알아서 해요"라며 은근한 승낙까지 해 주었습니다.

결국 다음 달에 나는 청와대로 들어가게 되었습니다. 깊은 속사정을 모르는 많은 동문들과 보수 성향 사람들의 비난을 등에 지고서…….

# 비서실 대형 금고가
# 문구저장소가 되다

자기 스스로 돌아보아 거리낌이 없다면
무엇을 근심하고 무엇을 망설이고 무엇을 두려워하겠는가?
– 논어

노무현 대통령의 말씀 중에 두고두고 기억나는 말 두 마디가 있습니다. 내가 정치에 대해 아는 바가 없다고 비서실장 자리를 사양했을 때, 그럼 정치는 당신께서 하겠노라며 나를 설득하던 말. "제가 하겠습니다. 정치는 제가 하겠습니다." 또 수석들을 모아 놓고 대통령이 그간 구상해 온 대연정 계획을 발표하던 자리에서 내가 대놓고 우려를 표했을 때, 걱정하지 말라면서 나를 안심시키던 말. "제가 잘할게요."

대수로울 것도 없는 그 두 마디 말이 이따금 떠오릅니다. 마음이 스산한 날엔 슬그머니 회한도 듭니다. 청와대에서 비서실장으로 일 년 반을 일하면서 나름대로는 최선을 다한답시고 대통령을 보필하긴 했는데, 내가 좀 더 도와드렸어야 하는 건 아닌가, 언제나 스스로 모든 것을 책임지려 하시던 그 분의 외로움을 내가 좀 더 헤아렸어야 하는 건 아닌가, 하는 마음이 드는 것입니다. 사실 그 시절로 돌아간다 하더라도 내가 딱히 더 할 수 있는 일도 없을 테지요.

2004년 2월 14일, 비서실장으로 임명받던 날 오후에 대통령과 함께 차를 마시며 이야기했던 것처럼 내게는 갈등과 분쟁을 해소하는 데 미약하나마 힘을 보태겠다는 어떤 결심이 그때 있었습니다. 그 결심을 이루기 위해 수많은 사람들을 만나고 다녔고, 그럼에도 정국이 잘 풀리지 않자 내가 스스로 물러나는 것으로 대통령께 하나의 계기를 만들고자 했습니다. 그 외에 어떤 일을 더 할 수 있었을까요.

비서실장으로 취임한 후 나는 두 가지만 약속해 달라고 대통령께 당부했습니다.

"앞으로 저는 많은 사람들을 만나고 다닐 겁니다. 목사님들, 여러 종교계 사람들, 신문사 편집국장과 주필, 대한민국 성우회, 재향군인회, 교수들, NGO 대표들……, 소위 여론을 형성하는 데 영향을 미치는 사람들과 단체들을 만나 볼 예정입니다. 제가 갈등과 분쟁 해소의 물꼬를 트는 데 집중할 수 있도록 해 주십시오. 또 앞으로 저를 비난하거나 음해하는 말들이 나돌 수도 있습니다. 그런 말을 들으시거든 다른 사람을 통해 알아보려 하지 마시고 저에게 직접 물어봐 주십시오. 뭐가 됐든 솔직하게 말씀드리겠습니다."

대통령은 흔쾌히 내 요청을 수락해 주셨습니다. 그렇게 해서 비서실장 생활이 시작되었습니다. 비서실장 직함을 달고 내가 처음으로 만난 이들은 목사님들이었습니다. 국내에 잘 알려진 목사님 열두 분을 초청해서 점심을 먹기로 한 날이었습니다. 한 목사님이 자리에 앉자마자 대뜸 나를 향해 공격적인 질문을 던지더군요. "아니, 기독교 대학의 총장님이 어떻게 그런 불그죽죽한 좌파 소굴로 들어가셨습니까?" 그러고는 내가 미처 대답할 겨를도 없이 또 다른 질문을 퍼부어댔습니다. "현 정부는 친북 좌경에다가 반미 정권이 아닙니까? 어떻게 총장님이 그 편을 드십니까?"

나는 그 목사님에게 거꾸로 질문을 던졌습니다. "목사님, 현 정부가 친북 좌경에다가 반미 정권인 게 확실합니까?" 그러자 여기저기서 이런저런 의견들이 쏟아져 나왔습니다. 그동안 해온 걸 보면 모르겠느냐는 둥, 뭔가 의심된다는 둥, 신뢰하기가 어렵다는 둥. 그날 식사 자리에서 나는 목사님들에게 약속했습니다. '친북, 좌경, 반미'라는 꼬리표에 대해 대통령께 직접 이야기를 들어 보고, 다시 이런 자리를 마련해 대통령의 답변을 전달하겠노라고.

이튿날 대통령께 한두 시간만 내달라고 부탁했습니다. "제가 이런 걸 묻는다고 나무라지 마십시오. 오해가 있다면 푸는 게 우선이니까요. 무엇보다도 제가 대통령께 신뢰를 갖는 게 제일 중요하지 않겠습니까. 목사님들이 대통령을 두고 친북 좌경 세력에 반미주의자가 아니냐는 말들을 합니다. 제가 그런 말들에 대해 어떻게 대처하면 되겠습니까?"

"총장님(대통령은 한동안 나를 그렇게 부르셨습니다), 북한에서는 제 손녀딸 서은이 같은 어린애들이 분유가 없어서 배를 곯아요. 아이들이 그렇게 굶는 나라를 제가 뭐가 좋다고 옹호하겠습니까. 저는 영양실조에 걸려서 제대로 자라지도 못하는 아이들한테 밥을 먹이고 싶은 거지 김일성이나 김정일을 편드는 게 아닙니다."

이어 대통령은 우리나라가 가난하던 시절에 미국으로부터 구호물자를 얻어 쓰고 한국전쟁 때도 큰 도움을 받은 건 사실이라며, 미국이 돕지 않았더라면 부산이 견뎌낼 수 있었겠느냐고 했습니다. 하지만 이제는 우리도 먹고살 만큼 성장했으니 우리의 주권을 좀 가져 봐야 하지 않겠냐고 하셨습니다. 우리 군에는 작전권도 없을뿐더러 국방과학연구소가 미국의 감시를 받고 있는 실정이라는데, 적어도 스스로를 지킬 국방력과 지휘권은 있어야 하는 거 아니냐는 것이었습니다.

"저는 반미주의자가 아닙니다. 용공 좌경도, 친북 세력도 아니고 그저 이 나라가 잘살기를 바라는 대한민국주의자고 대한민국 세력이에요. 그러니 총장님, 안심하세요."

약속대로 그 목사님들을 다시 만난 날, 나는 대통령께 들은 이야기를 그대로 전했습니다. 그 이후에 만난 다른 모든 사람들에게도 마찬가지였고요. 만나고 설득하고, 만나고 설득하고……. 때로는 언론에 영향을 행사하는 사람들뿐만 아니라 언론의 영향을 받는 사람들도 만나러 다녔습니다. 기사식당에서 밥을 먹으며 기사들이 나누는 얘기에 끼어들기도 하고, 영천시장에 가서 상인들이 주고받는 대화를 듣기도 하고, 택시에 타서는 요새 살기가 어떠냐며 기사에게 툭툭 말을 던져 보기도 했습니다. 모두 민심을 파악하기 위해서였지요. 그렇게 해서 파악한 민심을 가감 없이 대통령께 전달하다가 대통령의 심기를 불편하게 해드린 적도 더러 있었습니다.

"택시를 타서 기사 양반에게 대통령 얘기를 슬쩍 꺼냈더니, 대놓고 빨갱이라고 합니다."

"총장님, 어떻게 저한테 그런 말씀을 하십니까."

대통령의 안색이 어두워졌습니다. 그렇게 역정을 내시는 모습은 그때가 처음이었습니다.

"불쾌하셨다면 죄송합니다. 하지만 이런 말들도 가감 없이 듣고 같이 갈등을 풀어 보자고 제가 여기 있는 거 아닙니까."

그렇듯 대통령을 곁에서 보좌하면서 나는 점차 참여정부에 자긍심을 갖게 되었습니다. 무엇보다도 돈에 대해서 깔끔했습니다. 기업가들에게서 '뒷돈을 내지 않아도 되니 기업하기 좋다'는 말이 나올 정도였으니까요.

한번은 이름만 대면 알 법한 유수의 기업가들 여럿이 나를 식사 자리에 초대한 적 있었습니다. 명절을 앞두고 한 호텔에서 만나 점심을 먹는데, 이분들이 서로 눈짓을 하며 머뭇머뭇 주저하는 모습이 눈에 들어왔습니다. 내가 먼저 입을 열었지요.

"하고 싶으신 말이 있으면 하세요. 솔직하게 하세요."

그러자 어느 기업가가 조심스럽게 말을 꺼냈습니다.

"아시다시피 추석이 다가오고 있습니다. 그런데 저희가 가만히 있어도 될는지요?"

"가만히 있지 않으면 뭘 하시게요?"

그러자 그들은 또다시 서로 눈짓을 하며 머쓱한 표정으로 웃더군요. 그 말 뒤에 숨은 의미를 내가 왜 몰랐겠습니까. 나는 단도직입적으로 말했습니다.

"명절이라고 대통령께 성금이나 선물 같은 거 보내지 마십시오. 적어도 제가 아는 한 이 정부는 기업으로부터 후원금 같은 거 걷지 않습니다. 그리고 앞으로도 그런 일은 없을 겁니다. 이번 추석에 혹시 돈 봉투 준비하셨으면 그걸로 고향 가는 직원들 교통비나 보태 주십시오. 그럴 일은 없겠지만 혹시나 청와대에서 돈 걷는다는 얘기가 들려오면 저한테 바로 전화주시고요."

그리고 자리에서 일어났습니다. 실제로 노 대통령이 집무하던 기간에 청와대로 후원금이 들어온다거나 하는 말은 들은 적이 없습니다.


비서실장실에는 텔레비전 세 대가 있고, 책상 뒤편으로는 커다란 금고가 하나 있습니다. 비서실장실에 처음으로 들어가던 날, 총무비서관을 불러 금고를 열어 보게 했더니 금고 안이 텅 비어 있었습니다. 아무것도 없었던 거지요. 대체 이 금고의 용도가 뭐냐고 묻자 총무비서관은 난처한 표정으로 대답했습니다.

"글쎄요…… 다른 정부 때 어떤 용도가 있지 않았을까요."

"그럼 우리에게도 용도가 있어야겠구만."

나는 다양한 종류의 메모지와 복사지, 서식지, 포스트잇, 필기구를 비롯해 온갖 문구류를 금고 안에 넣어두었습니다. 유독 문구류에 관심이 많은 내가 그곳에 있는 동안 그 금고는 문구사 구실을 톡톡히 했습니다.

# 인생은
# 인연과 경험이 짜낸
# 비단과 같은 것

숙고할 시간을 가져라.
그러나 일단 행동할 시간이 되면 생각을 멈추고 돌진하라.
– 나폴레옹

청와대 실장공관에 있을 때 내 기상 시간은 오전 5시 30분이었습니다. 더 잘 수도 없는 것이 그 시간부터 전화나 팩스가 들어옵니다. 매일 아침 일찍 열리는 수석회의에 참석하려면 팩스와 뉴스, 조간 등을 훑어봐야 했으므로 하루를 좀 더 일찍 시작해야 했던 것이지요.

매주 수요일 오후에는 인사추천회의가 열렸습니다. 나는 인사추진위원장을 맡고 있었는데, 회의를 주재하기 위해서는 다양한 정보를 미리 파악하고 있어야 했고, 또 그러기 위해서는 여러 사람들을 만나고 다녀야 했습니다. 아마도 그때가 내 인생에서 사람을 가장 많이 만나던 시절이 아닌가 싶습니다. 거의 매일 점심때마다 갈등과 분쟁 해소를 위해 각계각층의 사람들을 만나지, 인사 문제로 이런저런 사람들을 만나지, 그야말로 매일 매일이 만남의 연속이었습니다.

수요일 인사추천회의는 속전속결로 진행되었습니다. 인사수석실과 민정수석실에서 다각도의 확인을 통해 후보군을 추려 내면, 회의 시간에 후보군에 대해 다 같이 검토하면서 두세 명 정도로 후보를 좁혀 나갑니다. 걸러진 후보들에 대한 자료를 들고 가서 대통령께 브리핑을 하면 대통령은 잠잠히 듣고 계셨습니다. 브리핑이 끝나면 늘 "실장님은 어떻게 생각하세요?"라고 먼저 물으셨습니다. 당시 인사 문제를 둘러싸고 외부에서 '코드 논란'이 있긴 했지만, 그건 사실과 좀 다른 점이 많습니다. 대통령이 특정한 인물을 가리키며 어떤 자리에 앉히라고 내게 직접 지시한 적은 단 한 번도 없었습니다.

청와대에 들어간 지 한 달쯤 되었을 때 탄핵 사건이 일어났습니다. 청와대 생활이 아직도 어색할 무렵이었습니다. 탄핵이라는 말을 들어 본 적은 있었지만, 직접 경험해 본 적은 없었습니다. 탄핵의 상황을 일상에서 접하기란 쉽지 않은 일이지요. 그런데 그걸 청와대에 몸을 담은 채 대통령의 지근거리에서 몸소 체험하게 될 줄 누가 알았겠습니까.

탄핵소추안이 가결되기 이틀 전에 국회의장에게 전화가 왔습니다. 국회의장은 대통령이 국민 앞에 나와 선거중립의무 위반과 측근 비리 등에 대해 사과한다면 적어도 탄핵까지는 가지 않도록 수

습해 보겠노라고 했습니다. 나는 썩 내키지는 않았지만 어찌 됐든 대통령에게 가서 들은 바를 그대로 전했습니다. 대통령은 관저 거실에 앉아 책을 읽고 있었습니다.

"국회의장 말이 국민 앞에 나가서 사과하시면 어떻게든 탄핵은 막아 보겠다고 합니다."

그러자 대통령은 한동안 가만히 생각하시더니 이렇게 말씀하시더군요.

"제가 지금 몸이 좋지 않아요. 나서서 말하기가 힘이 듭니다."

"저로서는 탄핵안이 걱정이 좀 되는데요. 그래도 괜찮으시겠습니까?"

나는 대통령의 안색을 살피며 물었습니다.

"글쎄요. 세상이 돌아가는 대로 따라야겠지요……."

다시 책장을 넘기는 대통령께 인사를 드리고 나는 관저 밖으로 물러나왔습니다.

결국 탄핵안은 통과되었습니다. 대통령은 국무에서 물러나 관저에 머물렀고, 국무총리가 그 역할을 대행했습니다. 그러는 동안 나는 어떻게 일을 해야 할지 고민스러운 시간을 보내야 했습니다. 일이 있는 것 같기도 하고 없는 것 같기도 하고, 비상사태이니 일을 더 해야 할 것 같긴 한데 대체 어디서부터 어떻게 해야 할지 알 수 없는 답답한 상태가 지속되었던 것입니다. 근무시간이 끝났는데도 나가지 못하고 사무실에 앉아 텔레비전을 응시하고 있었을 때, 커다란 텔레비전 화면에서 탄핵을 반대하는 촛불시위 현장이 방영되고 있던 것이 떠오릅니다. 온 나라가 저렇듯 들끓고 있는데, 이 일이 과연 어떻게 흘러갈 것인지, 손발이 묶인 대통령을 위해 내가 무슨 일을 할 수 있는지, 도무지 감을 잡을 수 없었습니다.

평소 대통령이 피곤해 보인다거나 일이 많다고 여겨질 때면 오후 5시가 되기 전에 댁에 들어가시라고 조용히 말씀드리곤 했습니다. "이제 그만 들어가세요. 가서 서은이 돌봐 주셔야지요." 손녀딸 서은이 얘기만 나오면 대통령의 입가엔 절로 흐뭇한 미소가 떠올랐습니다. 내게 손주의 존재가 그렇듯 대통령에게도 서은이는 눈에 넣어도 아프지 않은 기쁨이었을 것입니다. 그분 역시 손녀 앞에서는 여느 할아버지와 다름이 없었으니까요. 두세 번 일찍 들어가시라고 권유하면 대통령은 못 이기는 척 관저로 들어가셨습니다. 관저의 잔디밭에 앉아 손녀딸의 재롱을 지켜보며 함박웃음을 지으시던 모습이 아직도 눈에 선합니다.

탄핵 기간 동안 대통령은 책을 많이 읽으시더군요. 나는 하루에 한 번 관저에 들러 업무를 보고했습니다. 좋지 않은 상황이었지만 대통령은 여느 때보다 더 평온해 보였습니다. 물론 속으로야 고민이 많았을 테지만 적어도 겉보기에는 그랬습니다. 불행 중 다행으로, 2004년 4월 15일에 치러진 제17대 총선거에서 열린우리당이 과반을 넘는 의석을 차지했습니다. 얼마 지나지 않아 헌법재판소에서 탄핵소추안에 대해 기각 결정을 내렸고, 마침내 대통령은 관저 밖으로 나올 수 있게 되었습니다. 결과가 좋았기에 망정이지 참으로 간담이 서늘한 시간이었습니다.

청와대에 들어간 이후 나는 가족들과 여행 갈 여유가 전혀 없었습니다. 여행은커녕 교외로 나가 호젓하게 외식 한번 제대로 하기가 어려웠습니다. 자리가 자리인지라 하루도 비울 수가 없었던 건데, 워낙에 자식들과 이곳저곳 다니는 걸 좋아하는 아내는 좀 불만이 있는 눈치였습니다. 대통령이 외국으로 출타라도 하면 그때부터 나는 비상사태나 마찬가지였습니다. 서울경찰청 본부상황실로 달려가서 치안 상황을 점검하고, 대통령이 안 계시는 동안 별다른 일이 발생하지 않도록 경찰들을 격려하며 상황을 지켜봐야 했던 것입니다. 대통령이 무사히 입국하실 때까지는 맘 편히 잘 수가 없었습니다.

한번은 대통령께서 귀국하신 후, 토요일에 모처럼 시간을 내어 가족들과 일박이일 일정으로 문막에 있는 콘도에 갔습니다. 오늘 하루는 늦잠을 좀 자도 되겠거니 싶었는데, 일요일 아침이 되자마자 청와대에서 연락이 왔습니다. 빨리 들어오라는 전화였습니다. 아쉬워하는 가족들을 두고 청와대로 들어가니, 각 부서의 수석들이 긴장한 모습으로 한자리에 모여 있었습니다. 나는 또 무슨 일이 생긴 건가 싶어 조마조마한 마음으로 자리에 앉았습니다.

그 자리에서 대통령은 대연정에 대한 계획을 발표하였습니다. 그간 유럽 쪽에서 연정 관련 자료를 꾸준히 보내온 사실을 알고 있던 터라 나는 어느 정도 대통령의 의중을 짐작은 하고 있었습니다. 바야흐로 때가 되었다고 생각하신 것일 테지요. 열린우리당이 주도권을 쥐고 나름 현 정권에 우호적인 분위기가 생겼으니, 어쩌면 대통령은 바로 이때가 기회라고 생각하셨던 모양입니다. 다들 대통령의 얘기를 엄숙히 경청하는 분위기였는데, 나도 모르게 찬물을 끼얹는 소리가 입 밖으로 튀어나왔습니다.

"제 생각엔 연정은 아닌 것 같습니다. 이제 간신히 위기를 넘기지 않았습니까. 보수 진영은 말할 것도 없고, 국민들도 대체 이게 무슨 꼼수냐고 비난할지 모릅니다. 연정을 앞세워 어떤 장난을 치려 하는 거냐고 공격해 오면 그땐 어떻게 대처하시겠습니까?"

순식간에 분위기가 가라앉았습니다. 수석들의 얼굴이 굳어지더군요. 내 말에 반박하거나 의견을 보태는 사람은 아무도 없었고, 한동안 적막한 침묵이 흘렀습니다. 그때 대통령이 내 눈을 바라보며 천천히 말씀하셨습니다.

"제가 잘할게요, 실장님. 제가 잘하겠습니다."

그때 나는 잘하겠다는 대통령의 대답이 참으로 애매하다는 생각을 했습니다. 그래서 연정을 하겠다는 것인지, 하지 않겠다는 것인지 알 수가 없었습니다.

그후 일 년 육 개월의 청와대 생활을 마치고, 다시 이 년의 과기부총리를 끝낸 후 ㈜창의공학연구원의 이사장으로 있을 때, 어느 오월 아침 봉하마을에서 올라온 슬픈 비보를 전해 듣던 순간에 귓가에 맴돌았던 것이 바로 그 말씀이었습니다. "제가 잘하겠습니다"라던 말, 그 아리송한 말이 가슴에 콱 박히면서, 모든 일들이 혼자서 잘한다고 되는 게 아니지 않습니까, 이렇게 서로에게 얽혀 사는 존재인 것을요, 혼자 다 짊어지고 스스로를 내친다고 되는 게, 그게 삶이 아니지 않습니까, 한 번밖에 없는 생명인데요, 나도 모르게 목이 메었습니다.

그 분은 안타깝게 세상을 떠나셨지만, 내 맘 한쪽에는 참으로 소중한 시간을 함께한 귀한 분으로 남아 있습니다. 총장으로서 사명감을 갖고 학교에 헌신하고 있을 때, 그 분은 내게 새로운 세계의 지평을 열어 주었습니다. 대통령과 더불어 청와대 비서실장으로, 이어 부총리 겸 과학기술부 장관으로 일하는 동안 나는 학교에서 할 수 없는 많은 것을 배우고 경험했고, 학교에 있었다면 평생 마주치지도 못했을 많은 이들과 긴한 인연의 정을 쌓아갈 수 있었습니다.

결국 인생은 하나하나 쌓여 가는 인연과 서서히 축적되어 가는 경험이 교차되면서 직조되는 하나의 직물 같은 것일지도 모릅니다. 삶이 끝나는 순간에 이르러서야 그 형태와 크기를 알 수 있는 그런 직물 말입니다. 씨줄과 날줄처럼, 이런저런 인연과 다채로운 경험이 삶을 일구어 가는 동안, 어떤 이는 지나가는 계절처럼 잠시 머물렀다 가고, 어떤 이는 깊은 상처를 남기고 떠나고, 또 어떤 이는 한 시절을 함께하는 소중한 벗으로 남습니다. 어찌 됐든 누구에게나 한 번쯤은 선물 같은 귀한 인연이 찾아올 터. 기다리는 셈치고 인생을 끝까지 완주해 볼 일입니다.

오늘따라 청와대 바로 옆 실장공관에 거주하던 시절, 대통령을 비롯한 고위 측근들과 우리 집 식탁에 둘러앉아 모처럼 세상사를 잊고 한껏 흥에 들떠 있던 어느 주말 저녁이 떠오릅니다. 아내의 맛깔스런 요리가 식탁에 가득하고, 밖에 나가면 성난 황소처럼 일하는 고위층 인사들이 마치 사춘기 소년들처럼 농담을 주고받으며 웃고 담소하고, 대통령이 구성진 목소리로 노래를 한 곡조 뽑던 그 밤……. "실장님도 한 곡 뽑으세요"라는 말에 〈울고넘는 박달재〉를 불렀더니, 가장 고령인 K원장이 그 노래에 4절이 있는 걸 아느냐면서, 4절을 멋지게 이어 부르는 게 아니겠습니까.

천등산 박달재를 울고 넘는 우리 님아,
이 노래 불러보니 그 옛날이 새롭구려……

그렇습니다. 떠올릴수록 옛 일은 새롭고, 주어진 날들은 하루하루 줄어듭니다. 그럼에도 내 인생에 그동안 내가 미처 알지 못한 박달재 노래 4절이 있을까 하고 자꾸 기대하게 됩니다. 아마도 살아 있는 동안은 계속 그런 희망을 품고 있지 않을까 싶습니다.

# 과학기술을 위해
# 다시 입은 책임의 옷

자기 책임을 방기하려 하지 않으며
또한 그것을 타인에게 전가하려 하지도 않는 것은 고귀한 일이다.
– 프리드리히 니체

청와대에서 일한 지 일 년 반 정도 되어갈 무렵이었습니다. 문득 이 정도면 내가 할 수 있는 만큼은 하지 않았나 싶은 생각이 들더군요. 그동안 나 나름대로는 갈등과 분쟁 해소를 위해 최선을 다해 노력했는데 정국이 시원하게 풀리지 않아 답답했습니다. 내 한계가 여기까지인가 보다 싶은 생각이 들었던 게지요.

그렇다고 해서 비서실장으로서 실책을 범했다거나 부정적인 평가를 받았던 건 아닙니다. 이후에 언론에서 나에 대해 "합리성과 효율성을 바탕으로 진보와 보수를 아울렀다"고 보도하는 걸 본 적 있는데, 그런 평가는 아마도 내가 정치인 출신이 아니어서 가능했던 것이겠지요.

비서실장으로 일하면서 한창 사람들을 많이 만나고 다닐 때, 내가 정치인 출신이 아니니 적어도 거짓말은 하지 않을 거라고 말하는 이들이 많았습니다. "총장이셨으니 거짓말은 하진 않으시겠지요. 일단 믿겠습니다." 그 덕에 비서실장 일이 얼마쯤 수월했던 것도 사실입니다.

하지만 내가 느끼는 한계는 그 지점에 있었습니다. 나란 사람은 어디까지나 정치인이라기보다는 교육자에 더 가까웠던 것이지요. 학자적 자세를 유지하려는 자세가 몸에 밴 탓에 정치 세계에 있으면서도 정파에 휩싸이지 않고 사심이 없으니, 엄밀히 말하자면 그 세계의 사람은 아니었습니다. 그걸 잘 알고 있었기에 사실 청와대에 처음 들어갈 때부터 내심 일 년 반 정도의 근무 기간을 예상했었습니다. 비서실장 직을 수락하면서 대통령께 이 일을 그만두는 시점을 내가 결정하게 해달라고 미리 양해를 구하기도 했었으니까요. 그리고 마침내 그럴 시간이 되었다는 판단이 섰던 것입니다. 2005년 6월, 나는 두 달 후에 비서실장 직을 사임하겠다고 대통령께 말씀드렸습니다.

"왜 그러세요. 무슨 섭섭한 일이라도 있으세요?"

"아닙니다. 그동안 저를 편하게 해 주려고 신경을 많이 쓰신 것을 제가 잘 압니다. 그게 아니라, 제 나름대로는 열심히 한다고 했습니다만, 아직도 정국 형편이 나아지지 않는 게 영 답답하고 안타까워 그렇습니다."

"그게 어떻게 실장님 책임이겠습니까."

"제가 할 수 있는 일은 여기까지인 것 같습니다. 저를 청와대에서 내보내 주시고, 이참에 비서실장 경질과 일부 개각이라는 카드로 정국 분위기를 바꾸시는 게 어떻겠습니까?"

대통령은 내게 한 번 더 생각해 보라 하셨고, 당신께서도 생각해 보겠노라고 하셨습니다. 그러나 이미 마음을 굳혔으므로 내겐 더 생각할 여지가 없었습니다.

두 달 후 계획대로 비서실장 직을 사임했습니다. 더위가 기승을 부리는 8월 한여름이었습니다. 나는 다시 학교로 돌아왔고, 공학원에 있는 창의공학연구원에 자리를 잡았습니다. 계절이 바뀌어 쌀쌀한 바람이 불기 시작하던 어느 날, 대통령에게서 연락이 왔습니다. 반가운 안부 인사이겠거니 했는데, 그게 다는 아니었습니다. 대통령은 다음 날 청와대에서 만나자고 하셨고, 부총리 겸 과학기술부 장관을 맡아달라고 하셨습니다.

"과학기술 쪽은 총장님 전공 분야이니 지난번처럼 거절은 안 하시겠지요."

정말 그랬습니다. 우리나라 과학기술의 발전을 위해 일하라고 하시니 나로선 거절할 이유가 없었습니다. 화공과에서 학생들을 가르치고 제자를 기르면서 지내 온 세월이 사십여 년이었습니다. 적어도 과학 분야에 대해서만큼은 나름대로의 철학이 있기도 했었으니까요. 과학기술이 정치와 전혀 무관한 건 아니지만, 그럼에도 과학기술이야말로 기본적으로는 여야가 따로 없고 진보와 보수도 없는 지대에 속합니다. 과학기술의 발전은 국력과 직결되기 때문입니다. 나는 이제껏 과학기술이 곧 나라의 힘이요, 나라의 희망이라고 믿고 살아 왔던 터입니다. 그래서 대통령께 과학기술부 일을 맡겠노라고 흔쾌히 대답했습니다.

얼마 후 청문회 일정이 잡혔습니다. 사실 청문회는 내가 비서실장으로 일하던 시기에 본격적으로 도입된 제도입니다. 정부 부처에서 자리를 맡아 일하기 전에 그만한 자격을 갖추었는지 공개적으로 투명하게 심사하자는 취지로 만들었는데, 그 청문회에 내가 나가 앉아 있게 되리라고는 예상도 하지 못한 일이었지요.

청문회가 고되고 곤혹스러운 자리라는 건 짐작하고 있었지만, 내 경우 제자들과 지인들, 비서실장으로 일할 때 자주 만나던 사람들에게 둘러싸여 있었던지라 더욱 그러했습니다. 가족 관계에서부터 군대며 재산 문제에 이르기까지 온갖 시시콜콜한 것들에 대해, 그것도 잘못된 정보에 입각한 의혹들이 제기되었고, 나는 굳이 알려야 할 필요가 없는 사실들을 마치 변명하듯 설명해야 했습니다. 그 자리가 불편한 건 나뿐만이 아니라 맞은편에 앉아 의무적으로 질문을 던져야 했던 사람들도 마찬가지였을 것입니다.

그날 저녁 청문회를 마치고 집으로 돌아가 일기를 썼습니다.

…… 자존심 같아선 그만두고 싶은 마음이 가득하다. 그러나 그렇게 되면 오늘 불거져 나온 부당한 지적들을 모두 인정하는 꼴

이 될 것이다. 따라서 부당한 지적들은 향후 분명히 해명하고, 나의 미흡한 점은 겸허한 자세로 받아들이자. 앞으로 과학기술의 발전과 성과로써 나의 미흡한 점을 보완해 나갈 것이다.

그리고 2006년 2월 부총리 겸 과학기술부 장관으로 임명되었습니다. 앞으로 사명감과 책임감을 갖고 정성을 다해 진인사盡人事해 보자는 결심을 했던 게 떠오릅니다.

장관이 되고 두어 달 지난 4월 21일은 과학의 날이었습니다. 과학의 날은 1968년에 과학기술의 진흥을 위해 제정된 이래 오늘날까지 매해 이어지는 큰 행사이지요. 모두가 한창 과학의 날 행사를 바쁘게 준비하고 있을 때, 문득 그런 생각이 들었습니다. '과학기술의 중요성에 대해서는 국민 모두가 알고 있을 것이다. 그런데 과학기술인에 대해서는 어떠한가. 과학기술업계에 종사하는 사람들에 대한 관심이나 인지도는 과학기술의 중요성에 대한 인식보다 한참 뒤처져 있지 않은가.'

돌이켜 보면 우리네 문화 자체가 과학기술인들을 존중하거나 우대하는 문화는 아닙니다. 조선시대만 하더라도 과학기술인들은 '~쟁이'로 불렸습니다. 우리 사회는 사법고시나 행정고시는 인정해 주면서 기술고시는 별로 쳐주지 않으려는 경향이 있고, 과학기술이 중요하다고 다들 말은 하지만 정부에서도 고위직으로 갈수록 이공계 출신은 드문 게 현실입니다. 많아야 한둘이지요. 하지만 대학의 행정 일을 하면서 내가 느낀 건 이공계 교수들이 가장 세심하면서도 가장 순수하다는 사실이었습니다. 나는 과학기술인들이 존중받고, 존경받는 사회, 실력 있는 과학기술인들이 이끄는 과학기술 강국을 상상하며 이런 표어를 만들었습니다.

과학기술 우리의 희망!
과학기술인 우리의 자랑!

그리고 모든 과학기술인들이 희망적 긴장을 잃지 말자는 뜻에서 '블루텐션 운동'을 시작했습니다. 과학기술부 산하의 직원들과 연구원들에게 "혁신, 곧바로 실천을Innovation, Just Do IT! 나부터From Me, 지금부터From Now, 여기부터From Here, 할 수 있는 것부터From What I Can Do, 신속하게In Timely Manner"라고 쓰여 있는 블루텐션 카드를 나눠 주고 늘 소지하게 했지요.

비서실장 일을 할 때 그랬듯 이번에도 나는 사람들을 많이 만나고 다녔습니다. 부총리 임명장을 받던 날엔 취임식도 하지 않은 상태에서 한국과학기술연구소KIST 행사에 참석했고, 그 후로도 시간이 날 때마다 연구원들을 만나러 다녔습니다. 어떤 연구소에서 어떤 연구원이 어떤 연구를 하는지 파악하고, 전도유망한 연구에 대해서는 격려해 주고, 또 불편한 점이 있는지 묻고 이야기도 나누며 국내에서 이루어지는 과학기술 연구의 구조와 동선을 파악하는 데

힘썼습니다.

한번은 대덕연구단지에 내려가 한 연구소 소장을 만났을 때, 이런 일이 있었습니다.

"소장님, 여기서 근무하신 지 얼마나 되셨습니까?"

"십오 년 되었습니다."

"아, 그러셨군요. 근데 이 연구소를 대표하는 연구가 뭡니까."

"네?"

"톱 브랜드 말입니다. 뭔가 가장 자랑할 만한 특화된 게 있을 거 아닙니까. 국민 앞에 내세울 만한 연구, 이 연구소의 주력 상품이라든가 자랑거리 같은 연구요."

그러자 소장은 별 망설임도 없이 "없습니다"라고 대답했습니다. 순간 그 대답이 왜 그리 뻔뻔하게 들리던지 나도 모르게 "부끄러운 줄 아세요!"라는 말이 입 밖으로 튀어 나갔습니다. 국가의 재원을 소비하며 십오 년을 연구했으면, 세계에서 1, 2위를 다투지는 못해도 적어도 국내 최고라고 자부할 만한 성과를 보였어야 할 거 아닌가 싶어 욱했던 것입니다.

우선 경쟁력은 2등, 3등이 아니라 1등에게서 나옵니다. 백화점에서 상품을 진열하듯 이것도 연구하고 저것도 연구하고 남이 하는 것도 연구했다가는 아무 결실을 보기 어렵습니다. 가장 잘할 수 있는 것을 골라 깊이, 독창적으로 파고들어 장기간 집중적으로 연구해야 경쟁력이 생기는 것이지요.

나는 과학기술부의 목표를 '특성화·효율화, 대중화·생활화, 세계화' 이렇게 세 가지로 정하고, 특성화·효율화의 일환으로 '톱 브랜드 프로젝트'를 제시했습니다. 그리고 각 연구소 및 단체에게 대표할 수 있는 톱 브랜드 계획안을 제출하도록 했습니다. 각자 자신들에게 걸맞는 톱 브랜드를 결정하게 하고, 그에 맞춰 예산을 배정하고, 모두가 모인 자리에서 각자 탑브랜드 진행 상황을 보고하고 피드백을 주고받는 자리를 만들었습니다. 효과적으로 건실하게 연구를 진행해 나가는 연구원에게는 별도의 추가 예산을 지원토록 했습니다.

각 연구소 및 단체별로 특화된 개별 연구를 진행하기 시작하자, 이를 총괄하는 부서는 과학 관련 영역 전체가 돌아가는 상황을 한눈에 일목요연하게 파악할 수 있는 그림이 있어야겠다는 판단이 섰습니다. 로봇, 항공, 원자력, 생명공학, 소재 등 각 분야별로 규모, 인력, 구조, 자본, 전망을 보여 주는 유기적인 틀 말이지요. '토털 로드맵'은 그렇게 해서 시작된 국가 R&D 사업 계획입니다.

산업 발전과 인력 활용은 상보적인 관계로, 상호 호환하는 체계가 있을 때 좀 더 효율적으로 작동할 수 있습니다. 토털 로드맵이 있으면 어느 분야에 어떤 규모의 인력이 수급되어야 하는지 파악할 수 있고, 이를 기반으로 교육부와의 협업이 가능합니다. 필요한 인력을 양성해 내기 위한 밑그림이 되기 때문이지요.

토털 로드맵과 함께 과학기술인을 양성하고 관리하는 생애 전주기 프로그램, '인력 관리 사이클'도 만들었습니다. 인력 관리 사이클은 과학 영재의 발굴에서부터 교육, 연구, 취업, 은퇴, 그 이후에 이르기까지 과학기술인의 삶을 보장하기 위한 프로그램입니다. 이공계 대학생들과 대학원생들에게는 장학금을 지원하고, 산학협동 연구를 통해 인턴 및 취업 기회를 제공하며, 정년을 65세로 연장시키고, 정년 이후에는 '리싯 프로그램reseat program'⁴이나 '테크노 닥터'⁵ 등을 통해 전문성을 살린 일상 업무를 계속해서 수행할 수 있게 하는 것입니다.

리싯 프로그램은 내가 과학기술부를 떠난 이후에도 순조롭게 진행되었던 모양입니다. 2015년 리싯 협회가 생겼다고 연락이 왔습니다. 과학기술인들의 삶을 걱정하고 배려해 주어 고맙다며 내게 표창장을 주는데, 나도 모르게 울컥했습니다.


과학기술부를 떠난 후 나는 창의공학연구원에 자리를 잡고, 여느 때와 마찬가지로 열정을 쏟아 일을 하고 있습니다. 그러나 내가 어디에 있든, 무슨 일을 하든, 과학기술이 국가의 희망이요 발전의 동력이라는 내 믿음은 변하지 않을 것입니다. 그리고 내 책상에는

---

4  정년 이후에 거처할 수 있는 사무실. 자신의 전문 분야에서 들어오는 외주 용역을 각자 자리에서 수행하고 급여를 받는다.
5  기업에 과학기술 관련 문제가 발생하면 찾아가서 진단·수리해 주는 닥터—과학기술인.

"과학기술인의 필수 소양: 평범을 비범하게 파고드는 탐구력, 좌절하지 않는 지구력, 창의적 상상력"이 내내 붙어 있을 것입니다.

그때도, 지금도 그리고 앞으로도, 나는 과학기술인입니다!

# 인재의 싹을 알아보고
## 물을 주며 키워 내는 일

어느 국가든 그 기초는 젊은이들의 교육이다.
– 디오게네스

"인도를 잃더라도 셰익스피어를 잃고 싶지 않다."

이 말은 영국의 비평가이자 역사가인 토마스 칼라일의 말이라고 합니다. 다소 오만함이 느껴지는 표현이긴 하지만, 한 명의 인재가 갖는 힘을 아는 사람이라면 충분히 공감할 수 있는 말입니다. 한 명의 빼어난 인재는 나라를 구할 수도 있고, 시대를 변화시킬 수 있습니다.

과학기술부 장관 시절, 나는 시간이 날 때마다 연구소에 들러 연구원들을 만났습니다. 한편으로는 국내 과학기술의 현주소를 파악하기 위해서였지만, 다른 한편으로는 인재를 관리하기 위해서였습니다. 지금 당장은 눈에 보이는 성과가 없더라도 잠재적으로 전도유망한 연구를 수행하는 이들, 아직은 명확한 연구 방향을 설정하지 못했지만 언젠가는 뭔가 해낼 것 같은 이들, 그런 될성부른 떡 잎을 알아보고 정성을 다해 길러 내는 건 즐겁고 흥분되는 일이 아 닐 수 없습니다.

그런데 언제부터인가 마음속으로 점찍어 둔 인재들이 하나둘씩 사라졌습니다. 어느 날 가 보면 대학 교수로 옮겨 갔다고 하고, 또 어느 때는 기업의 연구원 직을 얻어 떠났다고 하고……. 처음에는 그저 개인적인 이유이겠거니 생각하며 아쉬워하기만 할 뿐이었습니다. 사람을, 그것도 국가의 자산이 될 인재를 놓치는 것만큼 아쉬운 일이 또 있겠습니까.

그런데 비슷한 일이 계속 끊이지 않자 생각이 달라졌습니다. 개인의 문제가 아니라 구조에 문제가 있다는 걸 알게 된 것입니다. 그들이 국영기관을 떠나 학교나 기업으로 갈 때는 분명 이유가 있을 것입니다. 국가가 주지 않는 어떤 것을 학교나 기업이 준다거나, 여기에 없는 어떤 것이 거기에 있다거나.

연구원들의 근무 조건과 환경을 조사해 본 결과 그럴 수 있겠다는 생각이 들었습니다. 과학기술부 산하 연구원이 2만 명이 넘는데, 연금제도가 없었습니다. 그렇다고 해서 월급이 특별히 많은 것도 아니었지요. 오히려 실적수당에 보너스까지 챙겨 주는 몇몇 덩치 큰 기업들에 비하면 월급은 초라한 수준이었습니다. 더구나 정년은 60세 이하로, 학교보다 5년 이상 빨랐습니다. 대학에 가면 연금과 정년이 보장되고 자유롭게 연구할 수 있는 개인 공간도 주어지는데, 굳이 여기 남아 있을 이유가 없었습니다. 그러니 녹록치 않은 월급을 받으며 50대 중반까지 연구하다가 50대 후반쯤 되면 노후를 걱정하며 슬슬 그만둘 준비를 하는 것, 그것이 국영기관에 소속된 연구원들의 전형적인 삶이었습니다.

이대로는 안 되겠다 싶었습니다. 나는 일단 과기부 산하 연구원들의 정년 연장 문제를 공식적으로 제기했습니다. 그리고 무슨 수를 써서라도 연금제도를 만들기로 결심했습니다. 앞날에 대한 걱정과 불안이 맘 한구석에 도사리고 있는데 연구에 집중할 수 있는 사람이 몇이나 되겠습니까.

때는 10월 즈음이었습니다. 10월이면 내년도 예산을 이미 다 짜고 심의에 들어가는 기간입니다. 사실 연금을 위한 예산을 편성해 달라고 하기엔 너무 늦은 시간이었습니다. 그러나 현 정권이 이 년 남짓 남은 상태에서 이 일을 내년으로 미룬다면, 그건 더 늦을지도 모른다고 판단했습니다.

나는 대통령을 찾아가 상황을 설명 드린 다음 종자돈으로 우선 3천억 원이 필요하다고 말씀드렸습니다.

"3천억······이요?"

어안이 벙벙했는지 대통령께서는 한동안 말씀이 없으셨습니다.

"네, 종자돈을 만들려면 그 정도는 필요합니다."

"김 부총리, 그런 재원이 지금 어디 있습니까. 제가 알기로는 예산 편성도 다 끝났을 텐데요."

"좀 더 일찍 말씀드리지 못한 건 죄송합니다. 저로서도 이제야 상황 파악이 되어 그렇습니다. 하지만 사람이 맘 편히 일하려면 노년이 보장되어야지요. 연금은 기본 중에 기본이고요."

"부총리 뜻이야 십분 이해합니다만……, 어렵지 않을까요. 3천억이면 적은 돈이 아니잖습니까."

"그래서 이렇게 대통령께 말씀드리는 겁니다. 예산 편성이 끝났어도 예비비도 있고, 비상시를 대비해 떼어 놓은 돈도 있을 겁니다. 제가 기획예산처 장관을 만날 테니 대통령께서 저를 좀 엄호해 주십시오."

"예산은 민감한 사안이라 쉽지 않을 겁니다."

"지난 대선 때 대덕연구단지에서 강연하셨을 때 과학기술인들의 복지를 위해 최선을 다하겠다고 약속하신 걸로 알고 있습니다. 지금이 그 약속을 지킬 수 있는 좋은 기회고요."

다음 날 저녁 때 고급 양주를 한 병 들고 기획예산처 장관을 만났습니다. 서로 주거니 받거니 하면서 한담을 나누다가 연금 얘기를 꺼냈습니다. 그러자 기획예산처 장관은 '말도 안 된다, 3천억은 커녕…… 이제 와서 그게 무슨 소리냐'며 펄쩍 뛰었습니다. 다시 한 번 상황을 상세히 설명하고 설득하고 간청했으나 "지금으로선 어렵다"는 대답만 돌아왔습니다.

얼마 후 다시 대통령을 찾아갔습니다.

"예상대로 기획예산처 장관이 어렵다고 합니다. 대통령께서 직접 전화 좀 해 주셔야겠습니다."

"글쎄요. 제가 전화한다고 해서 잘될까요."

하지만 대통령은 수화기를 들었고, 기획예산처 장관에게 연금 건에 대해 고민을 좀 해 달라고 당부하셨습니다. 수화기 너머로 어렵다는 장관의 목소리가 들려왔습니다. 그 후 나는 다시 기획예산처 장관을 만났습니다. 나를 보자마자 대뜸 대통령 좀 찾아가지 말라며, 이번에는 장관이 지난 번 내가 가지고 갔던 것과 똑같은 양주를 꺼냈습니다. 속으로 웃음이 나오는 걸 간신히 참았지요.

"연금 건에 대해서는 내년에 생각해 보십시다. 저도 나름대로 고민해 봤는데, 아무래도 지금으로선 좀 어렵습니다."

내년에 생각해 보자는 말이, 마치 내년이 되어도 어렵다는 말처럼 들리더군요. 술맛이 확 떨어졌습니다. 나는 국가의 위기상황이라고 생각하고 예산을 편성해 달라며 거듭 부탁했습니다. 그러나 그날도 역시 장관은 어렵다는 말만 되풀이했습니다.

그 후로 나는 대통령을 두어 번 더 찾아갔고, 기획예산처 장관과도 두어 번 더 만났습니다. 될 때까지 찾아가서 만날 생각이었지요. 마지막엔 올해는 우선 2천억 원만 편성해 주고 나머지는 내년에 해달라며 한 발 양보하기도 했습니다. 그렇게 청와대와 기획예산처를 오가며 두어 주 정도를 실랑이했을까. 마침내 대통령에게 전화가 왔습니다.

"올해 천 억, 내년에 천 억을 편성하기로 했답니다. 결국 해내셨

네요."

그렇게 해서 과학기술인들의 안정적인 노년을 보장하기 위한 연금제도가 가동되게 되었습니다. 이제는 될성부른 인재들이 조금은 덜 떠나겠지 싶은 마음에, 지난 두 주간의 고단함을 잊고 그날은 푹 잠들었습니다. 그때의 2천억 원이 씨앗이 되어 지금은 몇 조에 이르고 참여하는 인원도 몇만 명이나 된다고 하니, 돌이켜 보면 참 감사한 일이 아닐 수 없습니다.

과학기술부 시절에 했던 일 중에 또 하나 기억에 남는 일로 〈금요일에 과학 터치〉를 꼽을 수 있습니다. 〈금요일에 과학 터치〉는 과학기술부의 목표 중 하나였던 '과학기술의 대중화·생활화'의 일환으로 기획한 대중 강연 프로그램입니다.

사람들은 흔히 과학기술이 어렵기 때문에 과학기술인들만 다룰 수 있다고 생각합니다. 한편 과학기술인들은 스스로를 과학기술 영역에 국한시키려는 경향이 있습니다. 과학기술을 다루면서도 경영경제나 문화 예술 등을 아우를 수 있는데, 자신을 그저 과학기술 '쟁이'로만 쉽사리 규정하곤 합니다. 〈금요일에 과학 터치〉는 이런 오해와 선입견을 깨고, 일반인과 과학기술인, 나아가 과학과 일상의 거리를 좁히자는 취지에서 출발했습니다.

매주 금요일 오후가 되면 서울역사 내부의 한 강의실에서 〈금요일에 과학 터치〉가 열렸습니다. 과학 분야의 교수나 연구자들이 강연자로 나서고, 어린아이부터 노인에 이르기까지 다양한 연령층이 참여할 수 있도록 눈높이를 조절했습니다. 주제도 일상생활에서부터 우주에 이르기까지 폭넓고 다채롭게 골랐습니다. 세포는 어떻게 이동하나, 왜 사람마다 약물의 효과가 다른가, 우주의 쓰레기를 어떻게 치우나, 지진으로부터 안전한 우리 집 만들기, 휴대용 두루마리 디스플레이, 진주보다 비싼 고분자 입자, 초소형 인공위성 …….

강연은 순조롭게 진행되었고 반응도 꽤 좋았습니다. 몇 주 지나자 매주 참석하는 고정 인원도 생겼고, 서울역을 오고가던 승객들이 아예 자리를 잡고 앉는 경우도 많았습니다. 입소문이 나면서 사람들이 몰려들자 대전역과 부산역, 대구역, 광주역에서도 〈금요일에 과학 터치〉를 열게 되었습니다.

눈이 반짝반짝 빛나는 어린 학생들이 매번 강연자에게 날카로운 질문을 던지는 걸 보면서, 문득 그런 생각이 들었습니다. '될성부른 떡잎은 도처에 있구나, 그저 떡잎으로 끝나고 꽃을 피우지 못해 그렇지.' 하는 생각 말입니다. 그런데 떡잎이 떡잎으로 끝나는 게 어찌 떡잎만의 문제이겠습니까. 될성부른 인재를 좀 더 일찍 알아보지 못하고, 각자의 개성에 맞게 잘 길러 내지 못하는 교육 환경과 시스템의 문제인 것을. 사실 인재는 그 잠재력이 구현되는 순간에야 비로소 되는 게 아닌가 말입니다.


칼라일의 말처럼 인도와도 맞바꾸지 않을 셰익스피어는 세상에

단 한 명뿐입니다. 그러나 셰익스피어가 될 수 있는 잠재력을 갖춘 떡잎들은 도처에 많이 있습니다. 그러니 그 떡잎들의 잠재력을 제대로 보지도 기르지도 못하는 우리는 이제껏 미래의 셰익스피어들을 잃어 온 것인지도 모릅니다. 앞으로도 두 눈 똑바로 뜨고 세상 도처에서 싹을 틔우는 어린 인재들을 발견하고, 그들에게 맞는 육성책을 찾아야 할 일입니다.

제4장

생각의
벽을 허물 때
길은 새로이
열리고

결국 산책의 목적은 딴생각을 통해 상상의 산책로로 접어드는 데 있는 것인지도 모른다. 열흘 가운데 아흐레는 실패하지만, 그럼에도 '오늘 저녁엔 상상의 산책로에 진입할 수 있을까?' 기대하며 산책을 나서는 순간이 좋다. 기도와 명상을 마치고 비로소 맞이하는 아침, '오늘은 당신의 뜻을 좀 더 깊이 알 수 있겠습니까?' 신의 응답을 기다리며 세상을 향해 내딛는 하루의 첫 발걸음이 산뜻하다.

# 생각의 궤적이자
# 삶의 설계도, 메모

나는 일상생활 도중 머릿속에 뭔가 떠오를 때면 그때마다
잊어버리지 않도록 만년필로 메모를 하고 골똘히 생각합니다.
그러니 내겐 메모하고 계산할 수 있는 만년필과 필요 없는
메모지를 버릴 수 있는 휴지통만 있으면 됩니다.
– 아인슈타인


신혼 초의 어느 겨울날이었습니다. 신세계백화점 근
처 육교를 건너고 있는데 문득 노상에서 파는 달력이 눈에 들어왔
습니다. 디자인도 깔끔하고 재질도 도톰한 것이 제법 마음에 들더
군요. 새해도 다가오고 아내에게 사다 주면 좋아할 것 같아서 아담
한 크기의 달력으로 하나 골랐습니다.

집으로 돌아와 잠자코 달력을 건넸는데, 별로 좋아하지 않는 눈
치였습니다. "마음에 안 들어?" 하고 묻자 아내는 실망한 기색이
역력한 얼굴로 한마디 하며 말꼬리를 흐리더군요.

"달력치고는 이쁘긴 하네요. 그래도 오늘이 첫 번째 결혼기념일
인데, 달력을 선물로 받게 될 줄은 몰랐어요……."

아차 싶었습니다. 실은 결혼기념일을 깜빡 잊었던 것이었습니다. 결혼기념일을 잊었다고 고백할 수도 없고, 그렇다고 선물이라고 할 수도 없는, 참으로 난처했던 기억이 납니다. 그때 일이 마음에 남았는지 아내는 지금도 새해 달력이 나올 때면 나를 놀리곤 합니다.

"결혼기념일 선물로는 달력이 제일이지요. 아니, 온갖 시시콜콜한 것까지 다 메모해 두는 양반이 어떻게 결혼기념일을 잊었나 몰라. 그것도 첫 번째 결혼기념일을……."

아내 말이 틀린 말은 아닙니다. 사실 나는 '온갖 시시콜콜한 것'들을 다 기록해 두는 소위 메모광입니다. 서재와 집무실 책상에는 다양한 종류의 메모지며 포스트잇이 일렬로 정돈되어 있고, 늘 수첩과 메모지를 휴대하고 다닙니다. 워낙에 메모하는 걸 좋아하다 보니 문구류에도 관심이 많지요. 해외여행을 가서도 주로 사오는 건 노트나 다이어리, 필기구 같은 것들입니다. 외국 도시에 있는 대학 캠퍼스를 둘러보고, 그 대학의 로고가 찍혀 있는 각종 문구류를 사는 것은 여행의 작은 즐거움 중 하나입니다. 아내한테 달력을 사다준 것도 알고 보면 내가 그런 것들을 좋아하기 때문일 테지요.

일주일 또는 한 달의 일정을 한눈에 파악할 수 있도록 수첩과 달력에 정리해 두는 것, 해야 할 일과 잊지 말아야 할 일, 여러 행사와 모임, 소소한 약속 등 거기에 기록된 일들을 지키고 수행하며 하루하루를 무사히 마감하는 것, 내게는 그것이 일상의 리듬이고 흐름입니다. 그리고 그러한 리듬과 흐름의 '속'을 이루는 것이 바로 메모입니다.

내 책상의 맨 윗부분을 넓게 차지하고 있는 갖가지 메모지에는 이런저런 시시콜콜한 것들이 빼곡히 적혀 있습니다. 각각의 메모지별로 다루는 영역도 다릅니다. 급하게 숙고해야 할 문제, 오래 두고 고민해야 할 문제, 조만간 연락해야 할 사람들, 문제 해결을 위한 단서나 실마리, 지인의 부탁, 신문에서 건진 유용한 정보나 조언, 강연이나 스피치에 인용할 만한 문구, 갑자기 떠오른 좋은 생각, 울림 있는 시의 구절, 보고 싶은 영화, 취소되었거나 미뤄진 약속, 아직은 명확하지 않은 구상, 기록해 두어야 할 것 같은 꿈 등 등과 같이 그야말로 '별걸 다 메모하는 남자'인 셈이지요.

이렇듯 메모를 통해 내 머릿속의 풍경들을 정리하는 습관이 몸에 밴 탓인지 실생활에서도 정리정돈이 되어 있지 않은 상태를 잘 견디지 못합니다. 이하윤의 수필 「메모광」에도 비슷한 구절이 나오는데, 절로 고개가 끄덕여지는 부분입니다.

나의 메모광적인 버릇은 나의 정리벽에도 많은 도움을 주었다. 서적이며, 서신이며, 사진이며, 신문, 서류 등의 정리벽은 놀랄 만큼 병적이다. …… 또, 수집벽도 약간 있어, 내 원고를 발표한 신문, 잡지들은 물론 하나도 빠짐없이 스크랩하고, 소용所用에 닿을

만한 다른 신문, 잡지도 가위와 송곳을 요한 후, 벽장 속에 쌓아
두는 것이다.

나 역시 마찬가지입니다. 선후배 교수들이 "보기 드물게 정리정
돈이 완벽한, 깔끔한 연구실"이라며 구경하러 온 적도 있습니다.
책과 강의 노트, 논문, 서류 등의 정리는 말할 것도 없고, 인터뷰를
비롯한 내 기사나 직접 쓴 원고가 실린 신문·잡지 스크랩, 가족이
나 지인에게 보여 줘야 할 정보 스크랩, 관련 부처별 보도자료 등
책상 뒤편의 서랍장에 각종 스크랩 파일들을 차곡차곡 쌓아 두었습
니다.

불을 끄고 자리에 누웠을 때, 흔히 내 머리에 떠오르는 즉흥적
인 시문詩文, 밝은 날에 실천하고 싶은 이상안理想案의 가지가지, 나
는 이런 것들을 망각의 세계로 놓치고 싶지 않다. 그러므로 내 머
리맡에는 원고지와 연필이 상비되어 있어, 간단한 것이면 어둠 속
에서도 능히 적어 둘 수가 있다.

나는 저녁마다 산책을 하는데, 한번은 메모지와 볼펜을 챙기는
걸 깜빡 잊고 집 밖으로 나섰습니다. 한참을 걸어 제법 먼 곳에 이
르렀을 때쯤, 그날따라 밤하늘이 아름다워서였는지 아니면 따뜻한
바람이 불어서였는지 한동안 속앓이를 하던 문제의 실마리와 해결

방안, 절차 등이 순식간에 떠오르더군요. '이거로구나!' 싶어 근처 벤치에 앉아 메모를 하려는데, 메모지와 볼펜이 없는 걸 깨닫고는 '하필 이런 날!' 하며 아쉬워했던 적이 있습니다. 그날 집으로 돌아가는 길이 어찌나 멀게 느껴지고, 또 생각난 많은 것들을 하나라도 잊을까 봐 어찌나 불안했던지……

또 부총리겸 과학기술부장관 임명을 받고 청문회를 준비하던 때는 그간의 메모 덕을 많이 봤습니다. 청문회 석상에서 잘못된 사실에 근거한 질문들이 쏟아져 나왔을 때 당황하지 않고 잘 대처할 수 있었던 건 메모하는 습관 덕분이었습니다. 매일 매일 적어둔 비망록과 종류별 메모들을 기반으로 청문회를 준비한 전략이 통했던 것이지요.

그리고 보면 메모는 책상 앞에 앉았을 때만 수행하는 습관은 아닙니다. 그것은 내 일상의 전체를 지배하는 규칙에 좀 더 가깝습니다. 골방 안에서 홀로 씨름해야 할 문제가 있을 때 나에겐 고민의 궤적을 기록해 줄 백지 한 장이 필요하고, 아침 명상을 마쳤을 땐 더해야 할 것과 덜어 내야 할 것을 표시해 줄 지표면紙表面이 필요합니다. 또 밥을 먹거나 길을 걷다가 문득문득 딴생각에 빠졌을 땐, 상상이라는 이름의 수천 가지 얼굴들을 명확하게 구분해 주는 메모리가 필요합니다.

이하윤의 말대로 메모는 "내 물심양면의 전진하는 발자취"이고, "나를 위주로 한 보잘것없는 인생 생활의 축도"입니다. 나아가 "소멸해 가는 전 생애의 설계도"인 셈입니다. 또한 그것은 하루에도 수십 번씩 내 안에 머물렀다 사라지는 숱한 생각들의 꼬리요, 나와 시간이 부딪치는 접점의 흔적이요, 매일 똑같은 듯하면서도 들여다보면 매일 매일이 새로운 나날들의 청사진인지도 모릅니다. "쇠퇴해 가는 기억력을 보좌하기 위하여, ……뇌수腦髓의 분실分室을 내지 않을 수 없"는 이들이 있는 것이지요.

마지막으로, 아내가 있는 남자들에게 무엇보다 중요한 메모 하나. 새해 달력과 다이어리를 처음 펼쳤을 땐 아내의 생일과 결혼기념일부터 표시해 두는 것이 좋을 것 같습니다.

# 자연은 내게 삶의 이치를
# 조근조근 속삭이고

사람은 늙어 가는 것이 아니라
좋은 포도주처럼 세월이 가면 익어 가는 것이다.
– S. 필립스

얼마 전에 아내와 함께 제주도에 다녀왔습니다. 제주도에 손바닥만 한 귤 밭이 하나 있는데, 어느덧 수확 철이 된 것입니다. 해마다 이맘때가 되면 우리 부부는 제주도에 이틀 정도 묵으면서 도와주시는 분들, 일손을 거들어 주는 친지들과 함께 귤을 땁니다. 그리고 그걸 상자에 담아 지인들과 고마운 분들에게 선물로 보내고 조금은 팔기도 합니다. 농약을 치지 않고 길러서인지 크기와 모양은 제각각이지만 맛과 향은 참으로 일품입니다.

서울로 올라오는 비행기 안에서 아내가 말하더군요.

"그래도 내 손으로 직접 따고 고른 걸 고마운 분들에게 보낼 수 있다는 게, 그게 고마운 일이에요, 여보."

올봄에 건강에 문제가 생겨 가까스로 큰 고비를 넘긴 아내는 요즘 들어 고맙다는 말을 부쩍 많이 합니다. 사실 귤 따는 일보다도 바닷바람도 좀 쐬고 신선한 공기도 마시라고 데려간 건데, 아내가 제일 열심이었습니다. 아내는 흥얼흥얼 콧노래를 부르고 땀을 흘리면서 마치 신바람 난 아이처럼 귤을 땄습니다.

제주도에 귤 밭을 마련하게 된 건 손주들 때문이었습니다. 첫 손주를 품에 안았을 때, 나는 자그마한 귤 밭이 하나 있으면 좋겠다는 생각을 했던 거지요. 손주들에게 할머니 할아버지가 손수 농사 지은 귤도 먹이고, 녀석들이 좀 더 자라면 같이 귤을 따면서 오손도손 이야기도 나누고요. 또 훗날 우리가 세상에 없을 때 녀석들이 와서 옛일을 떠올리며 위안을 얻을 수 있는 공간이 있으면 좋겠다 싶었던 것입니다. 말하자면 제주도의 귤 밭은 할아버지 할머니의 마음으로 준비해 둔 곳인 셈이지요.

그런데 이번에 아내가 어린아이로 돌아간 듯 즐겁게 귤을 따는 것을 지켜보면서 문득 그런 생각이 들었습니다. '먼 훗날엔 어떨지 몰라도 지금 이곳은 아내와 나를 위한 공간이구나, 지금까지는 내 시간에 맞추어 앞만 보며 그저 바쁘게만 살았는데, 남은 생은 자연의 언저리에서, 자연의 시간에 기대어 좀 더 여유롭게 사는 건 어떨까, 물론 전업 농부가 될 수는 없겠지만, 흙에서 시작되어 흙으로 돌아가는 인생이니 밭을 고르고 나무를 가꾸며 황혼기를 보내는 것도 그리 나쁘지는 않겠지…….'

그러고 보면 나는 어렸을 때부터 화단 가꾸는 일을 좋아했습니다. 어머니보다 또 누이들보다 내가 더 화단에 관심이 많았으니 말입니다. 강경에 살던 시절, 추위가 채 가시지 않은 초봄의 어느 날이었습니다. 군데군데 녹지 않은 지저분한 잔설과 뽑지 않아 누렇게 시든 겨울 채소, 이런저런 잡초가 뒤엉킨 채 얼어붙어 있는 화단을 아무 생각 없이 보고 있는데, 한순간 화단 한 귀퉁이에 있는 난초가 눈에 들어왔습니다. 추운 날씨에도 홀로 꼿꼿이 서 있는 모습이 어린 눈에도 무척 인상적이었습니다. 며칠 후 나는 난초 포기 옆에서 작고 새파란 어린잎들이 막 돋아나 있는 걸 보고 "아!" 하고 탄성을 내질렀습니다. 어쩌면 그 순간이 생명의 경이와 신비를 경험한 첫 순간이었을지도 모릅니다.

그때부터 나는 아무도 관심을 갖지 않는 손바닥만 한 화단을 가꾸기 시작했습니다. 몸이 약한 어머니가 아랫목에 누워 계시고 누이들이 학교에서 늦게까지 있는 동안 나는 호미를 들고 화단의 잡초를 뽑았습니다. 흙을 고르게 일구고, 벽돌을 가져다가 화단의 경계를 두르고, 붓꽃이며 채송화며 백일홍 꽃씨를 뿌렸지요. 누이들이 여기저기서 얻어다 준 이름 모를 꽃씨들도 가리지 않고 심었고요. 물을 주고 얼마 동안 지켜보자 파릇파릇한 새싹들이 하나둘씩 얼굴을 내밀더군요. 누가 도와주지도 않고 알아봐 주지도 않는데 제 스스로 고개를 들고 흙을 밀어 올리는 그 작은 생명들이 어찌나 신기했는지 모릅니다.

화단을 가꾸는 일에 재미를 붙인 나는 지나가다가도 어느 집이든 화단이 보이면 걸음을 멈추고 유심히 들여다보았습니다. 친구들과 놀다가도 언덕 위에 예쁜 꽃이 보이면 얼른 캐다가 우리 집 화단에 옮겨 심기도 했고요.

"우식아 놀자!"

"오늘은 못 나가!"

화단 일을 하는 날엔 친구들이 아무리 놀자고 불러 대도 나가지 않았습니다.

첫 해에는 꽃씨란 꽃씨는 생기는 대로 모조리 다 심어 화단을 발 디딜 틈 없는 꽃 천지로 만들었습니다. 그렇게 몇 해가 지나자 나름 디자인 감각이 생기더군요. 꽃의 키와 색깔을 고려해 자리를 정하기도 하고, 어느 정도의 간격과 여유를 두는 것이 좋은지 고민도 하게 되었습니다. 취향이란 게 생긴 것이지요. 색색의 물감을 마구잡이로 흩뿌려 놓은 것 같던 화단은 해가 갈수록 차분해졌고 세련되어졌습니다.

날이 따뜻해지고 화단의 꽃들이 만발하는 봄이 오면 나는 식구들이 '개다리밥상'이라고 부르는 작은 상을 화단 앞에 갖다 놓았습니다. 그 위에 공책을 펼쳐 놓고, 그 앞에 벽돌 두어 장을 방석처럼 깔아 놓은 다음 거기 앉아 뭔가 그럴 듯한 글이 한 줄 써지기를 기다리곤 했던 게지요. 그때도 지금처럼, 내 공책 위에 봄이 오고 시가 새싹처럼 저절로 돋아나길 바라고 있었으니, 생각해 보면 참 우스운 일입니다.

그렇게 한참을 앉아 있노라면 아랫목에 누워 계시던 어머니가 문을 열고 나를 바라보시며 "우식아, 너 화단에서 상 펴 놓고 뭐하냐" 하고 물으시곤 하셨지요. 그럼 "뭐 좀 써 보려고요" 하고 심드렁하게 대답하면 "숙제한다고?" 하고는 다시 자리에 누우시곤 하셨습니다. 따뜻한 바람결에 꽃향기는 살랑살랑 노니는데, 왜 시는 한 줄도 안 써지던지······.

연세대에 다니던 시절, 작은누이와 함께 한동안 외삼촌댁에서 지내던 때가 있었습니다. 외삼촌댁은 정원만 해도 족히 칠팔십 평은 되는 일본식 주택이었습니다. 외삼촌은 늘 바쁘고 무뚝뚝했으며 집안일에는 별로 관심이 없는 분이셨습니다. 나는 아무도 돌보지 않는 정원이 안타까워 자진해서 정원 일을 맡았습니다. 낙엽을 쓸고, 잡풀을 뽑고, 잔디를 깔고, 꽃을 심고, 나무를 가지치기하고, 제재소에서 나무판을 사다가 가장자리를 장식하고······. 그렇듯 정원 일을 할 때마다 외숙모는 기뻐하며 맛있는 스테이크를 만들어 주시곤 하셨지요. 당시만 해도 스테이크는 귀한 음식이었습니다.

총장 일을 할 때도 나는 캠퍼스 조경에 꽤 신경을 썼던 편입니다. 한번은 교무위원회의를 하는데 모 대학장이 건의 사항이 있다며 대뜸 꽃 얘기를 꺼내더군요.

"총장님, 공부가 잘 안 됩니다. 선비처럼 차분한 마음으로 공부해야 하는데 교내 이 곳 저 곳에 꽃들이 너무 많아서 정신이 산란합니다.”

그는 내가 꽃을 너무 많이 심어서 학교가 온통 붉어졌다고 했습니다. 이에 정색을 할 수도 없어서 이렇게 우스갯소리로 받아쳤습니다.

“내년에는 흰 철쭉을 많이 심겠습니다. 그동안 공부 많이 하셨으니 올봄엔 좀 참아 주세요.”

지금 사는 아파트에도 화분이며 꽃나무가 가득합니다. 분재에 일가견이 있는 아내는 실내 곳곳에 화분을 놓아 두고 기르고, 베란다에는 남작과 벤자민을 비롯해 비교적 덩치가 있는 관엽식물과 이런저런 채소들이 자라고 있습니다. 아내는 실내에 있는 식물들을, 나는 베란다에 만든 정원을 맡아서 보살피는 셈이지요. 베란다 한 귀퉁이에서 자라는 채소는 우리 식탁에 오르는 귀한 반찬이 되곤 합니다. 아내의 말로는 자기는 양띠고 나는 토끼(음력)띠여서 이렇게 풀을 좋아하는 거라고 하더군요.

홀로 일어나 명상을 하는 고요한 새벽 시간이면 베란다의 꽃이며 아파트 정원에 있는 나무들의 존재가 유달리 크게 느껴집니다. 봄이면 활짝 핀 요도가화가, 가을에는 잎새마다 물을 들인 남작이 내 명상 길의 말없는 벗이 되어 줍니다. 오늘 새벽에는 잎이 다 떨어진 남작의 마르고 삐죽한 가지를 바라보며 오래 전 강경에서 동네 어른들이 입버릇처럼 하시던 말을 떠올렸습니다.

“강변 갈대밭에 가지 마라. 강변 갈대밭에 가지 마라. 거기 가면 용천백이[6]가 나타나서 잡아먹는다. 용천백이가 나타나서 잡아먹는다.”

그럼에도 불구하고 춤추는 듯 흐느끼는 듯 하늘하늘 움직이는 갈대가 보기 좋아서, 갈대의 아름다움을 보고 싶은 욕구가 한 번도 본 적 없는 '용천백이'에 대한 두려움보다 더 커서, 나는 조심조심 강변 갈대밭으로 들어가곤 했습니다. 그때 그 갈대밭이 지금은 사라지고 없습니다. 어린 시절의 갈대밭이 생각날 때면 이따금 상암동의 하늘공원에 가서 억새풀을 만나곤 합니다.

어떻게 보면 화초와 식물을 기르고 좋아하는 건 인간의 천성이 아닌가 싶습니다. 나뭇잎에서 엽록소가 빠져나가 땅으로의 낙향을 준비하는 서글픈 과정이 단풍이건만, 우리는 엽록소가 빠진 나뭇잎을 두고 '곱게 물들었다'고 표현하며 단풍놀이를 다닙니다. 베란다의 남작에 한창 단풍이 들었을 때, 나는 '너도 늙는구나' 하는 생각이 들었습니다. 인간의 몸에서 청춘이 빠져나가듯 식물의 잎에서는 푸른 엽록소가 빠져나가니 말입니다. '하지만 늙어가는 인간이 아름답기란 쉽지 않은데, 너는 그렇게 아름다우니 참으로 부럽구나, 아름다운 나무야.'

제주도에서 올려 보낸 귤 택배가 친지들에게 도착한 모양입니

---

6   옛날 사람들은 나병을 용천병, 나환자를 용천백이라고 불렀다.

다. 아침부터 여기저기서 감사 문자가 들어옵니다. 나는 베란다의 남작에서 아파트 정원의 헐벗은 나뭇가지로 눈길을 돌려 한참을 바라봅니다. 저 나무들은 죽은 듯 보이지만, 그럼에도 봄이 오면 다시 새싹이 돋을 것입니다. 그러면 햇빛과 비, 바람으로 이루어진 또 다른 한 해가 저들에게 주어질 테지요. 그러나 우리의 삶은 저들과 다를 터. 우리에게는 지나가면 다시 못 오는 세월처럼 그 해의 한 번의 봄과 한 번의 푸르름, 한 번의 단풍과 한 철의 추위가 있을 뿐입니다. 그러니 내가 지금 어느 계절에 머무르고 있든, 어느 현자의 말대로 늙어가는 것이 아니라 익어가는 것이라 생각하며 매순간 최선을 다해 성숙한 자세로 살아 볼 일입니다.

# 더러는 현실에서 벗어나야
# 또렷이 보일 때가 있다

어떻게 해도 되지 않을 땐,
그저 가만히 두어라.

나는 영화를 즐겨 봅니다. 신문을 읽다가 괜찮아 보이는 영화 기사가 나오면 메모해 두고, 관련 광고나 영화평이 있으면 스크랩을 해 둡니다. 그리고 짬을 내어 영화를 보러 갑니다. 하지만 단지 영화를 좋아하기 때문에 영화관을 찾는 것은 아닙니다. 영화는 예상보다 좋을 때도 있고, 예상 외로 별로인 때도 있습니다. 그러나 적어도 스크린에 눈을 고정하는 있는 동안에는 세상의 현실을 잊을 수 있습니다. 복잡다단한 세속의 풍경은 눈에서 멀어지고, 머릿속이 깨끗이 비워지는 것입니다.

최근에 본 영화 중에서는 리처드 글랫저 감독의 〈스틸 앨리스〉가 꽤 괜찮았습니다. 보는 내내 다소 울적하긴 했지만……. 〈스틸 앨리스〉는 저명한 언어학자이자 교수인 중년 여성 앨리스가 이른 나이에 알츠하이머에 걸려 일과 가족으로부터 서서히 멀어져 가는 과정을 그린 영화입니다. 서글픈 내용을 잔잔하고 침착하게 다루는 영화의 시선이 일품이더군요.

앨리스는 학회에서 논문 발표를 하다가도, 강의실에서 학생들을 가르치다가도, 자신이 무슨 말을 하려 했는지 잊어 버립니다. 언어학자라서 그런지 말을 잊거나 더듬는 앨리스의 모습이 더더욱 도드라져 보이더군요. 알츠하이머는 그렇게 하나하나 기억을 가져가고, 남편과 자녀들을 알아보지 못하게 하고, 결국엔 자기 자신이 누구인지조차 잊어 버리게 만듭니다. 어쩌면 알츠하이머는 암보다 더 무서운 병일지도 모릅니다. 기억도, 자기 자신도 잃은 채 몸만 살아 가족과 주변 사람들에게 폐를 끼치기 때문입니다. 사람이 병으로 인해 자신을 다스리지 못하고 남을 헤아리지 못하게 된다면 그처럼 비참한 일이 어디 있겠습니까.

지금이야 한 달에 한두 번 영화관을 찾지만, 한때는 하루 종일 영화관에 틀어박혀 지내던 시절도 있었습니다. 대학시절, 학부 1학년 하반기 즈음이었을 겁니다. 백양로의 가로수가 앙상한 가지를 드러낸 채 추위에 떨던 무렵, 나는 깊은 고민에 빠져 있었습니다. 부푼 꿈을 안고 서울에 올라와 대학이라는 큰 세계에 진입했는데, 막상 대학에 들어와 보니 내가 기대했던 것과는 사뭇 달랐던 것입니다. 내가 무엇을 기대했던 건지는 정확히 알 수 없었지만, 그럼에도 불구하고 이건 아니라는 생각이 자꾸 들었습니다.

입학 후 일 년간 화학공학과에서 배운 지식은 내가 피부로 직접 느끼는 현실과는 무관한 것처럼 보였습니다. 서울 학생들은 각 고등학교별로, 지방 출신은 또 자기들끼리, 끼리끼리 어울리는 과 분위기에도 쉬 적응할 수 없었습니다. 무엇보다도 마음이 공허했습니다. 이런저런 문학 작품을 찾아 읽기도 하고, 여기저기서 열리는 '문학의 밤' 같은 행사에도 찾아가 보고, 홀로 청송대에 앉아 사색에 잠겨 보기도 했지만 허전한 마음은 채워지지 않았습니다. 마음속 깊은 곳에는 '백두산에 태극기를 꽂아야 한다'는 어머니의 말씀이 메아리처럼 울리고 있었으나, 내가 안개 속에서 헤매는 탓에 울림은 더 이상 맑지도, 깊지도 않았습니다. 오히려 점점 더 희미해지는 것 같았고, 어떤 방법으로든 이곳에서는 태극기를 꽂는 방법을 배우지 못할 것만 같았습니다.

학기가 끝나갈 무렵 나는 춥고 어두운 백양로를 터벅터벅 걸어내려오며 학교를 더 다녀야 할지, 아니면 다른 길을 찾아야 할지 고민하기 시작했습니다. 저 멀리 정문까지 일직선으로 뻗은 백양로가 마치 표지판이 없는 갈림길인 듯 느껴졌습니다.

얼마 후 나는 한 교수님을 찾아갔습니다. 답도 없이 혼자 고민하느니 교수님께 조언이라도 구해 보자는 심산이었지요. 똑똑똑, 문을 두드리자 한참 후에야 들어오라는 교수님 목소리가 들렸습니다. 문을 열고 연구실 안으로 들어갔을 때……, 그때 내 눈 앞에 펼처진 광경을 나는 아직도 잊을 수가 없습니다. 석유난로 냄새가 나는 썰렁한 공간 한가운데 덩그러니 놓인 책상, 그 위에 딱딱하게 굳은 몇 개의 식빵 조각, 맹물이 담긴 유리컵, 교수님의 헐렁한 옷매무새와 말하기조차 귀찮은 듯 흘러내린 안경 너머로 '왜 나를 찾아왔지?'라고 묻는 듯한 피곤한 눈빛……. 교수님의 그 피로한 시선을 마주하는 순간, 형언할 수 없는 감정이 나도 모르게 왈칵 솟구쳐 올라왔습니다. 나는 할 말을 잃은 채 주춤주춤 뒤돌아서서 꾸뻑 인사만 하고 물러 나고야 말았습니다.

그때 나를 울컥하게 만든 것이 무엇이었는지 지금의 나로서는 알 길이 없습니다. 내 고민보다 훨씬 더 무거운 중년의 권태와 맞닥뜨려서 그랬던 건지, 아니면 타성에 젖은 일상의 초라한 모습을 목도하게 되어 그랬던 건지. 그러나 되짚어 보면 그건 제자 앞에서 보여서는 안 될 스승의 무기력한 얼굴이었을 테고, 또 지금의 이 혼란을 잘 견뎌 내지 않으면 나이가 들어서도 방황이 끝나지 않으리라는 어떤 예감, 그때의 방황은 지금과는 달리 추하거나 초라할 수도 있다는 막연한 깨달음이었을 것입니다.

교수님의 연구실에서 도망치듯 나온 뒤 나는 정처 없이 걸었습니다. 한참을 걷다 보니 서대문 로타리였고, 극장 앞이었습니다. 나는 극장 안으로 들어가 앞날에 대한 고민과 불안을 스크린 앞에 내려놓은 채 날이 저물도록 거기 앉아 있었습니다. 어두컴컴한 극장 안은 아늑했고, 시끄러우면서도 고요했습니다. 나를 압박하는 것은 아무것도 없었습니다. 그곳에서는 나 자신조차 나를 몰아세울 수 없었습니다. 그날부터 나는 자주 극장 안에 틀어박혔습니다. 조조할인에서부터 심야상영까지, 극장 안에 앉아 거대한 스크린을 응시하며 해가 언제 기우는지, 시간이 어떻게 가는지도 모른 채 내 삶의 이방인이 되어 갔습니다.

눈앞의 스크린에서는 현실보다 더 현실 같은 영상이 생생하게 펼쳐지고 있었습니다. 어떤 날엔 곳곳에서 활개 치는 악당과 무법자를 통쾌하게 물리치는 서부활극이 시야를 메웠고, 또 어떤 날엔 사랑에 빠진 행복한 남녀가 눈밭에서 뒹구는 장면이 감미로운 음악과 함께 이어졌습니다. 외계인이 등장하는 우주의 낯선 현실이 상상력을 자극할 때도 있었고, 모험을 즐기는 방랑자의 여행기를 한껏 부러워하던 날도 있었으며, 현실을 우스꽝스럽고도 잔혹하게 풍자하는 코미디가 간담을 서늘하게 하던 날도 있었습니다.

그렇듯 스크린 속의 숱한 세계를 마주하는 동안 방학의 절반이 지났습니다. 극장 밖에서는 한파가 몰아치고 있었지요. 같은 영화를 보고 또 보는 생활이 지겨워질 무렵, 문득 그런 생각이 들었습니다.

'어쩌면 내가 대학에서 경험한 한 해가, 내가 안다고 믿었던 것들이 전부가 아닐지도 모른다. 아직 보지 못하고 겪지 못한 다른 것들이 훨씬 더 많이 있는 게 아닐까. 스크린 속에서 펼쳐지는 현실이 다채롭듯 대학 안에도 무수한 현실들이 있을 것이고, 나는 그저 몇 개의 진부한 현실에서 헤매고 있었던 건 아닐까. 훗날 이곳에서 더는 견딜 수 없어 대학을 떠나게 된다 할지라도 적어도 그때 후회하지 않으려면 한 학기 정도는 좀 더 적극적으로 대학 생활을 해봐야 하지 않을까. 좀 더 역동적인 현실이 펼쳐지는 세계를 찾아 그곳을 경험한 후에 떠날지 말지를 고민해도 늦지는 않겠지. 과감한 결단을 내리기엔 나는 아직 미숙하지 않은가.'

다음 학기에 나는 한 학기만 더 다녀 보자는 굳은 각오를 다지고 '연세춘추'에 들어갔습니다. 공대생이 신문사에 지원한 것이 이상했던지 선배 기자들이 고개를 갸웃거리더군요. 그러나 나는 춘추 기자가 되었고, 신문사 일이 바빠서 고민할 겨를 자체가 아예 없었습니다. 화공과 수업을 듣고, 선배들 틈에 끼어 교정교열을 배우고, 원고를 받거나 원고료가 든 봉투를 전달하기 위해 교내 각처에 계신 교수님들을 찾아다니고, 현장을 취재하고 기사를 작성하고, 일주일에 하루는 서대문 로터리 동아출판사 공무부에서 잉크 냄새를 맡으며 밤늦도록 일하고……. 그해 봄, 대학의 일주일치 현실을 매주 지면 위에 찍어내는 『연세춘추』 사무실에서 나는 그렇게 삶의 돌파구를 찾았습니다. 그리고 대학이라는 세계에 작은 뿌리를 내렸습니다. 그것이 인연이 되어 훗날 춘추의 주간이 되고 편집인에, 나중에는 그 예가 드문 발행인까지 되었으니, 인연은 인연이었던 모양입니다.

당장은 답이 보이지 않는 고민에 휩싸일 때 영화관을 찾는 습관은 그 후로도 이따금 지속되었습니다. 물론 그때처럼 하루 종일 영화관에 앉아 있지는 않습니다. 어떤 고민은 좀 더 묵혀 둬야 할 필요가 있고, 때로는 인내심을 발휘해 한없이 시간을 견뎌야 할 때도 있으니까요. 어떤 영화 속 대사에서처럼 "어떻게 해도 되지 않을 땐 그저 가만히 두어야" 한다는 걸 깨달은 거지요. 또 가끔은 현실로부터 벗어나야 현실이 또렷이 보이기도 합니다. 영화가 친구가되는 건 그런 때가 아닐까 싶네요.

　인생의 변변찮은 고민들이 지나간 지금, 깨끗한 물 한 컵과 책한 권이 놓인 책상 앞에 앉아 〈스틸 앨리스〉의 마지막 장면을 곱씹어 봅니다. 봄, 마침내 기억을 모두 잃은 앨리스가 막내딸과 함께분홍색 꽃이 흐드러지게 핀 나무 아래 앉아 가만히 하늘을 응시하던 장면. 한때는 앎을 향해 줄기차게 달렸던 그녀의 총기 어린 눈빛은 어느새 텅 비어 있었습니다. 그러나 어쩌면 텅 빈 눈이어야비로소 먼 하늘이 담길 수 있는 건지도 모릅니다. 〈스틸 앨리스〉의마지막 장면을 보며 나는 스크린만이 유일한 위안이었던 시절을 떠올렸고, 또 「방황」이라는 유안진의 시 한 구절을 떠올렸습니다.

　"빈 가슴을 채우고도 남을 한마디를 찾고 싶었다."

　온갖 장면들이 투사되었다가 사라지는 스크린이야말로 빈 가슴과 가장 닮아 있는 게 아닌가 생각하면서 말입니다.

# 새벽엔 명상을,
# 저녁엔 산책을

---

운명은 그 사람의 성격에 의해서 만들어진다.
그리고 성격은 그 사람의 생활 습관에서 만들어진다.
그러기 때문에 오늘 하루 좋은 행동의 씨를 뿌려서
좋은 습관을 거두어 들이도록 하지 않으면 안 된다.
– 토마스 데커

내게는 오래된 습관이 있습니다. 하루를 시작하기 전 새벽에 명상과 기도를 하고, 하루를 마치기 전 저녁에 산책을 하는 습관이 그것입니다. 새벽에 눈을 뜨면 나는 우선 서재로 가서 내 가족들과 사랑하고 존경하는 사람들을 위해 기도를 올립니다. 이어서 창밖의 고요한 풍경을 바라보며 명상의 시간을 갖습니다. "하루의 가장 달콤한 순간은 새벽에 있다"고 말한 이가 윌콕스였던가요. 새벽 여명이 동틀 녘의 빛으로 바뀌는 순간은 하루 중 내가 가장 좋아하는 시간입니다.

사전에 찾아보면 명상冥想은 '고요히 눈을 감고 깊이 생각함'이라고 적혀 있습니다. 오늘 새벽에는 하늘이 어찌나 깊고 고요한지, 새벽이 나와 더불어 명상에 잠긴 듯 보일 정도였습니다. 고요히 눈을 감고 깊이 생각하는 새벽 하늘을 바라보며 명상 노트를 꺼내 몇 자 적어 봅니다.

창문 밖 먼 우면산을 바라보며
오늘도 살아 있음에 감사한다.
검은 산자락 속 보이지 않는 삶의 불빛
나무들은 밤새 우면산 심실에서 물을 길어 올렸다.

짙푸른 명상에 잠긴 새벽 하늘
우주는 잠도 없이 새 날을 빚는데
아파트촌에는 아직 불 켜진 집이 없다.

오늘은 시를 흉내내 봤지만 대개는 명상 중에 떠오른 생각이나 문득 깨달은 것, 어제의 반성과 새로운 다짐, 소소한 실천 계획 등을 간단히 기록해 둡니다. 평소 책을 읽다가 옮겨 적어 둔 좋은 구절이나 명문明文들을 찬찬히 읽어 볼 때도 있고요.

하루의 정해진 일정을 모두 소화한 뒤 저녁에 집으로 돌아오면, 식사를 마치고 천천히 산책을 하러 나섭니다. 메모지와 볼펜을 챙겨 들고 한 시간 정도 근린공원 언저리를 때로는 빠르게, 때로는 느리게 걷습니다. 더운 날이나 추운 날에도 산책을 거르지 않습니다. 매일 같은 시간에 같은 곳을 산책하다 보니 자연스레 익숙해진 얼굴들도 있습니다. 그런 이웃들과는 눈인사를 하거나 "잘 지내십니까" 하고 안부를 묻기도 하지요.

산책에 관한 예찬은 오래전부터 있어 왔지만, 내가 생각하는 산책의 묘미는 '딴생각'에 있습니다. 딴생각은 말하자면 샛길로 접어든 생각, 삼천포로 빠져 버린 생각일 테지요. 정해진 길에서 살짝 비껴 나는 바람에 목적지가 달라진 생각, 이끌리는 대로 스스로를 놓아주며 한껏 방랑하는 생각, 그리하여 정신을 차려 보면 엉뚱한 곳에 도달해 있는 생각 말입니다. 아내는 내가 멍하니 딴생각에 빠져 있을 때마다 "아이고, 또 어디 멀리 가 계시는구면" 하며 혀를 차는데, 흥미롭게도 그 엉뚱한 목적지에서 간혹 귀한 것들을 발견할 때가 있습니다.

산책을 할 때는 무거운 업무나 이런저런 걱정거리를 잊고 가벼운 마음으로 나서게 됩니다. 머릿속은 잠시 백지 상태가 되고, 정신은 규칙적으로 걷는 두 발의 리듬에만 초점을 맞춥니다. 그렇게 한동안 걷다 보면 낮 동안 업무의 무게에 눌려 갇혀 있던 딴생각이 빗장을 열고 슬그머니 빠져나오지요. 그것은 목적도, 방향도 없이 자유자재로 움직이며, 사물의 여러 측면을 입체적으로 헤아리게 하고, 이따금 답이 보이지 않던 문제의 실마리를 언뜻 보여 주기도 합니다.

"아 그렇구나!"

"그렇지, 그런 방법을 미처 생각하지 못했네!"

산책 도중 무릎을 탁 치게 되는 건 그 때문입니다. 처음엔 걷는데 집중하지만, 결국엔 딴생각이 두 발의 리듬을 사로잡아 산책을 이끄는 중요한 동력이 되는 것이지요.

그러나 딴생각이 가장 빛을 발하는 순간은 그것이 상상력과 마주칠 때입니다. 상상력은 관습적인 행보를 따르지 않는 딴생각 앞에 종종 모습을 드러내고, 그것이 좀 더 자유롭게 움직일 수 있도록 날개를 달아 줍니다. 그런 때 딴생각은 갖가지 영감과 창의적인 아이디어들이 번뜩이는 '원더랜드'로 나를 이끕니다. 마치 웬디를 네버랜드로 이끄는 피터팬처럼 말이지요. 어떻게 보면, 그간 내가 기획했던 창의적인 일들의 대부분은 딴생각이 상상의 날개를 달고 가져다준 것이라 해도 과언이 아닙니다.

얼마 전에 세계적인 패션 디자이너이자 아티스트인 헨리 빕스코브의 전시회에 다녀왔습니다. 그는 런웨이에 후각을 자극하는 장치를 도입하고, 패션과 아트의 장르를 넘나들며 다양한 실험적 시도를 해온 놀라운 작가입니다. 그의 작업들을 보면서 이 사람이야말로 상상력의 날개를 타고 도달할 수 있는 최고의 원더랜드에 이르렀구나 하는 생각이 들더군요. 빕스코브는 "새로운 무언가를 원할 때 먼저 일상적인 생각의 틀을 부수고 …… 다시 생각하고, 그것을 위해 뇌에 힘을 가한다"고 합니다. 또한 실수가 두렵지 않다고 합니다. "실수는 재미있는 것들을 만들어" 내고, "창의성에는 그 어떤 한계도 없기 때문"이랍니다.

나는 주어진 환경과 조건에 대해서 너무 많이 생각하지 않는다. 필요한 '창의성'을 미리 설정하거나 '공식'을 세우지도 않는다. 잘 모르는 세계에 스스로를 던져 놓는 것을 즐기며, 새롭게 적응해 나가는 것을 좋아한다.

빕스코브 같은 천재들은 뛰어난 영감과 상상력을 갖고 태어나지만, 우리 같은 범인凡人들은 상상력을 얻기 위해 나름의 훈련을 해야 합니다. 오랜 기간 지속해 온 나의 두 가지 습관, 새벽 명상과 저녁 산책은 그런 훈련의 일환인 셈이지요. 물론 최선을 다해 노력하고 훈련한다 하더라도 천재들처럼 될 수는 없겠지만, 상상력과 창의성은 비단 전문적인 영역에서만 발현되는 것은 아닙니다. 그것은 일상의 모든 영역에서 고루 발현되는 신비한 능력입니다. 사람들에게 건네는 한 마디 말, 업무상 작성하는 한 통의 이메일, 식단을 짜거나 과제를 하거나 선물을 고르거나 일의 결과를 가늠하는 등 우리가 매일같이 하는 일들을 더욱 조화롭고 아름답게 만드는 것, 그것이 바로 상상력이 지닌 힘이요 탄성입니다. 결국 산책의 목적은 딴생각을 통해 상상의 산책로로 접어드는 데 있는 것인지도 모릅니다.

열흘 가운데 아흐레는 실패하지만, 그럼에도 '오늘 저녁엔 상상의 산책로에 진입할 수 있을까?' 기대하며 산책을 나서는 순간이 좋습니다. 기도와 명상을 마치고 비로소 맞이하는 아침, '오늘은 당신의 뜻을 좀 더 깊이 알 수 있겠습니까?' 신의 응답을 기다리며 세상을 향해 내딛는 하루의 첫 발걸음이 산뜻합니다.

# 모든 것을
# 새롭게 바라보는 눈,
# 창의성

대나무를 그리려면
마음속에 대나무가 있어야 한다.

　총장 일을 맡은 지 이 년쯤 지난 어느 봄날, 나는 창의
성이라는 보물을 발굴하게 되었습니다. 그 무렵 나는 까닭 모를 허
전함과 압박 같은 것을 느끼고 있었습니다. 총장 임기 사 년 중 딱
절반이 지날 때였지요.

　학교는 그럭저럭 잘 운영되고 있었습니다. 각 단과대마다 특성
화 사업을 하느라 분주했고, 새로 분리·독립시킨 경영대학에서는
새로운 건물을 짓기 위한 모금이 한창이었습니다. 신축공사가 진
행되고 있는 신과대학 건물은 다음 해쯤엔 완공될 예정이었습니
다. 공사를 추진하는 과정에서 다른 단과대학 교수들과 정면으로
부딪치기도 했고, '폭력 총장 물러나라'는 현수막이 걸리기도 했지

만, 결국엔 잠잠해졌습니다. 일이 되어가는 과정 중엔 언제나 작은 소란이 개입하는 법. 그러니 이정도면 대부분의 일들이 계획대로 순조롭게 진행되는 편이었습니다. 그러니 한쪽 어깨를 짓누르는 듯한 압박감과 허전함이 어디서 비롯되는 건지 그 까닭을 알 수가 없었습니다. 학교도 집도 특별히 문제될 게 없는데, 만물이 소생하는 계절에 따르는 음영 탓인지, 아니면 까닭 없이 울적한 기분 탓인지 심란한 상황이 한동안 지속되고 있었습니다.

나는 우두커니 총장실 창가에 서서 창밖 풍경을 내려다보았습니다. 캠퍼스에는 새 학기 특유의 긴장과 활기가 넘쳐흘렀습니다. 정원의 아름다운 나무들, 학생들의 분주한 발걸음, 떠들썩한 웃음소리, 동아리 구호를 외치는 활기찬 목소리……. 문득 '해 아래 새 것이 없다'고 했던 솔로몬 왕의 말이 떠올랐습니다. 오래전에 친구들과 함께 앉곤 했던 벤치에 그 무렵의 우리와 모습이 비슷한 또 다른 젊은이들이 앉아 있는 것이 눈에 들어와서 그랬을까요. 솔로몬 왕은 이미 있던 것이 계속 있을 뿐이라고, 새로운 것은 아무것도 없다고 했습니다. 나는 가만히 고개를 끄덕였습니다.

지나간 계절은 다시 돌아오고, 역사는 되풀이됩니다. 그리고 사람들은 대개 비슷비슷한 모양으로 살아갑니다. 지금 피어 있는 꽃들은 이듬해에도, 그 다음 해에도 똑같은 모습으로 피어 있을 테지요. 나는 한동안 같은 자리에 서서 멍하니 창밖을 내려다보며 어제와 오늘과 내일이 크게 다르지 않다는 생각에 잠겼고, 삶은 그저 변함없는 세계의 한 시절을 잠시 메우는 부품 같은 것인지도 모른다는 데까지 생각이 미치더군요. 마음의 틈새를 비집고 한줄기 스산한 바람이 불어오는 듯한 느낌이었습니다.

돌이켜 보면 그 무렵 나는 뒤늦게 중년의 위기를 겪고 있었던 게 아닌가 싶습니다. 물론 그때는 알아차리지 못했지만 말입니다. 중년의 위기는 통상적인 위기와는 달라서 가랑비처럼 소리 없이 스며듭니다. 삶이 어느 정도 안정권에 접어들었을 때, 일상이 별다른 문제없이 매끄럽게 순환하는 듯 보일 때, 사고의 근육이 이완되고 긴장의 고삐가 살그머니 풀렸을 때, 중년의 위기는 그런 때에 찾아오는 모양입니다. 그런데 처음에는 알아차리기가 쉽지 않지만, 일정한 잠복기가 지나면 무서운 위력을 발휘하며 일상의 기반을 뒤흔드는 경우가 많습니다.

그러나 나는 내 안에 위기가 잠복해 있는 줄도 모른 채 그 계절을 지났습니다. 총장으로서의 책무에 열중한 나머지 나 자신의 내면을 제대로 들여다볼 겨를이 없었던 게지요. 나는 스산한 바람에 실려 오는 인생의 헛헛한 질문들을 리더의 막중한 책임감에 따르는 부산물로 여겼고, 어깨를 짓누르는 압박감은 백지 상태로 남아 있는 임기 이 년의 무게라고 판단했습니다. 그리고 그 이 년을 알차게 채우기 위해 필요한 새로운 연장과 도구가 없는 까닭에 마음에 허기가 든 것이라 결론 내렸지요.

지금까지야 학교가 잘 운영되어 왔지만, 다가올 이 년을, 또한 먼 미래까지 고려한다면 무언가 새로운 것이 필요한 시점이었습니다. 연세대가 한 단계 더 발전할 도약판이 될 차별화된 전략이, 시대에 어울리면서도 시대를 뛰어넘는 영속성을 지닌 어떤 고유한 가치가, 학문들 간의 경계와 실생활과의 간극을 허무는 '진리·자유'(연세대의 모토)의 새로운 이름이 간절하다 생각했습니다. 나는 그러한 것들이 연세대의 앞날을 여는 연장과 도구가 되어 줄 것이라 믿었고, 그것들을 찾아내기 위해 머리를 쥐어짜며 고민하기 시작했습니다. 그 고민이 학교의 앞날을 위한 것일 뿐만 아니라 남은 인생 동안 내가 일구어야 할 가치를 찾기 위한 노력이었다는 것을 그때는 알지 못했습니다.

새벽마다 서재에서 고민하고 있는데, 한순간 무엇인가가 번개처럼 머리를 스쳤습니다. 나는 무릎을 치며 외쳤지요.

"그래, 그거다! 새로운 아이디어! 나만의 아이디어! 창의성!"

그제야 속이 뻥 뚫리는 것 같았습니다. 아르키메데스는 자기 몸의 무게만큼 넘쳐흐르는 욕조의 물을 보고 순금의 무게를 측정하는 방법을 깨달았고, 뉴턴은 사과나무에서 사과가 떨어지는 것을 보고 만유인력의 법칙을 발견했습니다. 그들은 해 아래 새로울 것 없는 세계를, 남들과는 다른 눈으로 바라보았던 게지요. 그것은 늘 있는 것들을 마치 처음 보는 것처럼 보는 눈이었고, 늘 있던 것들을 새로운 것으로 인식하게 만드는 눈이었습니다. 그들은 관습과 타성에 젖지 않은 창의적인 눈을 갖고 있었던 것입니다.

나는 백지 위에 창의성이라는 세 글자를 적은 뒤 모처럼 편안한 마음으로 아침이 오는 것을 지켜볼 수 있었습니다. 오늘 여기 우리의 현실에 맞게 창의성을 해석하고 응용할 수 있다면, 창의성이 열쇠가 되어 주리라는 확신이 들었습니다. 얼마 후 나는 철학, 심리학, 자연과학 등 몇몇 분야의 교수들을 모아 창의성에 관해 연구하는 팀을 꾸렸습니다. 창의성은 흔히 사용하는 단어이지만, 막상 들여다보면 볼수록 어려운 용어입니다. 일단 창의성은 뚜렷한 형상이 없고, 손에 잡히지도 않습니다. 그러나 그렇기에 무한한 범주와 탄성을 지녔고, 실생활에서부터 상아탑에 이르기까지 적용되지 않는 영역이 없습니다. 그것은 예측할 수 없는 시간에 나타나며, 어떤 분야든 자유자재로 넘나들면서 새로운 것을 보게 만드는 촉매제 역할을 합니다. 감각의 한계를 뛰어넘어 한순간에 전체를 조망하게 하는 놀라운 힘을 지녔으나, 무턱대고 노력한다고 해서 창의성을 얻을 수 있는 것은 아닙니다. 또한 평생에 걸쳐 연구한다 해도 그 실체와 깊이를 다 파악하기는 어렵습니다.

나는 틈틈이 창의성에 관해 연구하고, 창의성을 접목시킨 프로젝트를 시도하면서 학교를 운영해 나갔습니다. 그렇게 시작된 창의성 연구는 총장 임기를 마친 후에도 계속되었습니다. 청와대에서 일하는 동안 나는 연구의 맥이 끊이지 않도록 '창의공학연구센터'를 발족시켰고, 청와대에 이어 과학기술부 일을 마치고 돌아온 2008년에는 '사단법인 창의공학연구원'으로 연구센터를 개편했습니다. 그리고 이듬해에 '창의성아카데미'를 열었습니다. 그 무렵에는 창의성에 관한 이해가 어느 정도 이루어졌으므로, 그것을 활용해서 창의적인 인재를 길러 내야 할 때가 되었다고 판단한 것입니다.

2009년 봄, 창의성아카데미 제1기 수강생들의 첫 수업이 시작되었습니다. 그 첫 수업이 있던 날 새벽, 나는 앞으로 사회를 이끌어갈 훌륭한 인재들이 이곳에서 나오게 해달라고 간절히 기도했습니다. 창의성에 관한 배움이 그것의 온전한 습득을 보장하지는 못하지만, 두드리는 자에게 문이 열릴 확률이 큰 법입니다. 창의성의 원리를 익히고, 역사를 바꾼 창의성의 사례들을 살펴보고, 오늘날 사회의 각 분야에 응용된 다채로운 창의성을 실습하다 보면 창의성에 좀 더 친숙해지고, 그러다 보면 어느 순간 창의성에 반응하는 감각과 사고의 근육이 발달하기 시작할 테지요. 아카데미를 마치고 다시 자신의 업무와 일상으로 돌아갔을 때, 그간 너무도 익숙해서 보지 못했던 무엇인가를 새로이 발견하게 된다면, 그것으로 소기의 목적은 이루는 셈입니다.

어느덧 창의성아카데미의 문을 연 지 8년이 다 되어갑니다. 나는 창의공학연구원을 세웠고, 정부에 나가 있는 동안은 GS칼텍스의 허동수 회장이 초대이사장으로 많은 수고를 하다가, 다시 2009년부터 내가 이사장으로 일해 오고 있지만, 마음은 늘 맨 앞줄에 앉아 있는 학생과도 같습니다. 창의성을 붙들고 사는 동안 나도 모르게 배움과 앎에 갈급한 청년 시절로 돌아간 듯한 느낌이랄까요. 살아 있는 한 배움의 끈을 놓지 말아야 한다는 것, 창의성을 배우고 익히는 사람은 나날이 새로워지기 때문에 늙지 않는다는 것, 이것이 창의성을 연구하며 내가 얻은 깨달음입니다. 그러고 보면 창의성 연구의 혜택을 가장 많이 받은 사람은 나 자신인지도 모릅니다. 그것은 관습적인 사고와 가치에 함몰될 위기에 처해 있던 나를 일으켜 세워 주었고, 반복되는 일상을 새롭게 가꾸어야 할 과업이 매일 아침 우리에게 주어진다는 것을 깨닫게 해 주었습니다. 또한 그것은 교육자로서의 소명을 충실히 이행할 수 있는 계기를 마련해 주었습니다. 이곳을 거쳐 간 수강생들이 창의성 공부를 한 것이 큰 도움이 된다며 감사를 표할 때, 또 그들이 친구와 지인에게 창의성 수업을 권할 때마다 나는 큰 보람을 느낍니다. 교육자로서 배우고 익히고 깨달아 이룬 것을 다른 이들과 나누는 것만큼 뿌듯한 일이 또 어디 있겠습니까.

창의성아카데미의 새 학기가 시작될 때마다 가슴이 뜁니다. 이번에는 어떤 수강생들이 찾아올지, 창의성 교육을 받아 놀라운 변화를 가져 올 빼어난 인재가 있을지, 하는 기대에 가슴이 콩닥거립니다. 해 아래 새 것은 없으나, 창의적인 눈과 마음을 가진 이에게는 꽃도, 공기도, 바람도 새로운 아름다운 계절이 지속적으로 찾아옵니다. 오늘도 선물처럼 주어진 하루의 소명을 신비로운 창의성을 접목시켜 더욱 아름답고 뜻 깊게 잘 감당해 가기를⋯⋯.

# 마지막 뒷모습이
# 아름다운 지도자를 꿈꾸며

보스는 '가라'고 말하지만 리더는 '가자'고 말한다.
– 더글러스 맥아더

나는 한 학기에 한 번 모대학의 학부생들을 대상으로
리더십 특강을 합니다. 리더십은 내가 오래전부터 관심을 가져온
주제이기도 합니다. 아마도 마음 한편에 믿고 따를 만한 지도자를
갈구하는 마음이 늘 있었던 까닭일지도 모르겠습니다. 젊은 시절
엔 위대한 지도자가 나오는 책이나 영화를 볼 때면 나 또한 저런 인
물이 되리라 다짐하기도 했었지요. 좀 더 자라서는 이 시대의 참된
지도자가 누구인지를 고민하며 번민의 밤을 보내기도 했습니다.
시간이 흘러 강단에서 학생들을 가르치는 입장이 되자 뛰어난 지도
자를 직접 길러 내고 싶다는 욕심이 생기더군요. 친구나 선후배에
게 인정을 받거나 지도자의 자질이 엿보이는 학생이 있으면 특별히
관심을 갖고 살펴보곤 했습니다. 그때의 제자들이 사회 곳곳에서

존경받는 어른이 되어 사는 모습을 보면 참으로 뿌듯합니다.

참된 지도자상은 시대에 따라 달라지기도 합니다. 전쟁이 나면 전략과 전술에 능한 장군이 참된 지도자가 되고, 빈곤한 시대에는 굶주린 이들을 궁휼하는 이가 참된 지도자가 됩니다. 부정부패가 창궐하는 때엔 혁명가가 새로운 시대를 열고, 태평한 시절이 오면 문화를 부흥케 하는 지도자가 시대를 꽃피우게 만듭니다. 빈곤한 시대에 문화를 운운한다면 몽상가라고 낙인찍힐 것이요, 태평한 시절에 혁명을 거론한다면 과대망상이라고 비웃음당하기 십상일 테지요. 어제의 '참된' 지도자가 곧 오늘의 '참된' 지도자가 된다는 법은 없는 것 같습니다.

2002년에 창의성의 중요성을 깨달으면서부터 나는 리더십에 창의성을 접목시켜 '창의적인 지도자'에 관해 관심을 갖고 공부해 오고 있습니다. 창의적인 리더십이야말로 지금 이 시대가 필요로 하는 지도자의 덕목이라고 생각하기 때문입니다. 우리는 유례없이 빠르게 변화하는 시대에, 감당하지 못할 정보의 홍수 속에서, 숱한 익명의 사람들과 피상적인 관계를 맺으며 살아갑니다. 이 시대를 평가하는 기준으로 변화의 속도와 정보의 양, 인간관계의 질, 이 세 가지를 꼽는다면, 오늘날의 지도자에게는 빠른 변화에 대처할 줄 아는 순발력과 융통성, 두려움 없이 새로운 것을 흡수하는 열린 마음가짐이 요구될 것입니다. 뿐만 아니라 취해야 할 정보를 순식간에 가늠하는 판단력, 주어진 정보를 토대로 앞날의 비전을 설계하는 상상력, 피상적인 관계 속에서도 인간성을 자아내고 상대의 마음을 움직이는 공감과 소통의 능력이 필요할 테지요. 이러한 능력들을 아우르고 종합하는 힘이 바로 창의적인 리더십 아닐까 생각합니다.

사실 리더십 특강을 하는 것은 그간 해온 연구를 후속 세대와 나누기 위해서이지만, 그럼에도 그것을 매번 즐겨 하는 까닭은 어떤 막연한 기대감 때문인지도 모릅니다. 어쩌면 미래의 지도자를 발굴할 수 있을지도 모른다는 나만의 기대감 말입니다. 대학에서, 정부에서, 그리고 사회의 곳곳에서 크고 작은 지도자들이 등장하고 물러나는 과정을 지켜본 사람으로서, 지금 내게 남은 소망은 이런 것들입니다. 미래의 지도자가 탄생하는 순간을 지켜보는 것, 그의 충만한 가능성을 응원하고 또 후원하는 것, 그리고 그럴 수 있다면 든든한 버팀목이 되어 주는 것.

그러다 보니 리더십 특강을 할 때 유독 강의를 듣는 학생들을 한 명 한 명 들여다보게 됩니다. 그런데 우습게도 눈에 확 띄는 건 출중한 학생들이 아니라 딴청을 피우는 학생들일 때가 많더군요. 한번은 유난히 산만한 한 학생에게 왜 집중하지 못하느냐 물은 적이 있습니다. 그랬더니 자기는 지도자가 되는 일에는 소질도 없고 관심도 없다고 하더군요. 왜 관심이 없냐고 물었더니, 스펙에 한 줄 보탬이 된다거나 자격증이라도 준다면 모를까 지도자까지 되는 건

무리라는 겁니다. 지도자는 남의 안위를 살펴야 하는데, 자기 앞가림을 하면서 살기도 빠듯하다는 것이었습니다. 순간 나도 모르게 헛웃음이 나오더군요. 장차 사회를 짊어지고 갈 젊음들이 내일을, 가능성으로 충만한 희망이 아니라 해결해야 할 빚으로 여기는 게 안타까웠습니다. 그건 명백히 나를 포함해 우리 어른들의 잘못입니다.

어찌 됐든 그 학생에게 나는 '지도자란 무엇인가'라는 근본적인 질문을 던져 보았습니다. 사실 지도자란 큰 집단이나 조직을 이끄는 사람을 일컫는 것만은 아닙니다. 지도자가 갖춰야 할 가장 중요한 덕목은 우선 자기 자신을 다스리는 능력입니다. 그것은 내 안에 존재하는 수많은 자아들, 나 자신조차 일일이 알기 어려운 그 무수한 자아들을 통솔하고 조율하는 능력으로, 그것을 갖추지 못하면 인생에 시련이 들이닥칠 때마다 중심을 잡지 못하고 흔들리기 마련입니다. "나를 구할 수 있는 가장 큰 힘도 나 자신 속에 있고, 나를 해치는 무서운 칼날도 나 자신 속에 있다"고 웰만이 말하지 않았던가요. 그런 의미에서 우리는 모두 뛰어난 지도자가 되어야 합니다. 매일 밤 잠자리에 들기 전에 '오늘 하루 나는 나 자신을 잘 이끄는 지도자였는가' 스스로에게 물어야 합니다. 한 치 앞도 알 수 없는 자기 인생의 앞가림을 제대로 하기 위해서라도 리더십 훈련을 받아야 하는 것이지요.

자기 자신을 다스리는 능력 외에도 지도자가 갖추어야 할 필수 덕목들이 있습니다. 공자는 이상적인 인물에 관해 역설하면서 '노인들이 안심하는 사람, 친구들이 신뢰하는 사람, 후배들이 추종하는 사람'을 언급했습니다. 오랜 세월 동안 경륜을 쌓은 노인들이 안심할 수 있다면, 그 사람은 도덕적이고 책임감 있는 사람일 확률이 높을 테지요. 또한 서로의 됨됨이와 흉허물을 잘 아는 친구들이 신뢰한다면, 그는 정직하고 사려 깊은 사람일 것입니다. 마지막으로 후배들이 따르는 사람이라면, 포용력도 있고 베풀 줄도 아는 넉넉한 인물임에 틀림없을 것입니다. 결국 공자가 말하는 이상적인 인물은 각 세대가 추구하는 가치를 모두 충족시키는, 말하자면 보편적인 선善을 갖춘 인물을 가리킵니다. 모든 세대를 아울러 화합하게 만드는 이 '보편 선善'을 나는 '인화人和'라고 부릅니다. 인화하지 못한다면, 시대의 요구에 부합하는 능력을 다 갖추었다 할지라도 지도자가 되어서는 안 됩니다. 그렇지 않겠습니까. 지도자란 무릇 시대를 이끌지만, 시대는 결국 사람과 더불어 일으켜지고 사람과 더불어 저물어 갈 테니까요. 실패하지 않는 리더십, 처음과 끝이 매한가지로 아름다운 리더십은 대개 인화에 뿌리내리고 있습니다. 인화에서부터, 인화를 통해, 인화를 향해 나아가는 리더십.

청와대와 과학기술부에서 일하고 난 뒤 이제는 참된 지도자가 될 법한 청년들을 찾아서 기르는 일에 봉사해야겠다는 결심 하에 나름대로 실천하고 있습니다. 인화의 성품과 창의적 리더십을 고루 갖춘 잠재적인 지도자들을 발굴해서 육성하는 일이 우리 사회를

위한 가장 바람직한 희망이라는 생각이 들었기 때문입니다. '신사
新思리더스포럼'은 그 무렵에 만들어진 모임입니다. 나는 연세대 동
문들 백오십여 명과 함께 신사리더스포럼을 만들고, 이 사회에 대
해 우리가 느끼는 위기의식을 내일의 지도자들을 육성하는 소명의
식으로 뒤바꾸자는 취지를 내세웠습니다. 연세대를 세운 언더우드
선교사 같은 지도자가 연세대에서 지속적으로 배출되기를 바라는
마음으로 거듭 모임을 갖고, 정치·경제·문화 등 사회의 각 영역에
부합하는 리더십의 종류와 성격, 실천 사례 등을 주제로 포럼을 열
고, 장년 세대와 청년 세대가 서로의 계획과 경험을 나눌 수 있는
만남의 장을 마련하고⋯⋯.

그렇게 움직이다 보니 어느덧 신사리더스포럼을 꾸린 지도 칠
년이 지났습니다. 이 안에서 일과 삶의 동기를 부여받은 이들, 경
험에서 우러나온 조언을 듣고 현명한 결정을 내린 이들, 좋은 인연
으로 맺어진 이들을 보면 마음이 흐뭇합니다. 그럼에도 창의적인
리더십의 소양을 가진 젊은 친구들을 어떻게 발굴하면 좋을지, 각
기 다른 그들의 잠재력과 가능성을 어떤 방식으로 실현시킬지, 어
느 지점까지 개입하는 것이 적당한지는 앞으로도 두고두고 고심해
야 할 문제입니다.


요즘 들어 지도자의 말로에 관한 생각이 부쩍 많아졌습니다. 능
력 있다고 하는 지도자들은 많아도, 마지막 뒷모습이 아름다운 지

도자는 그리 많지 않습니다. 그리하여 선하고 아름다운 지도자의 황혼이 어떤 풍경인지는 이제부터 심도 있게 고민해 볼 일입니다.

오늘 새벽에는 광야에서 메뚜기와 석청을 먹고 살며 이스라엘 백성에게 세례를 주던 지도자 세례 요한에 대해 묵상했습니다. 자기 뒤를 이을 지도자를 알아보고, 그에 관해 이렇게 언급한 것은 참으로 아름답게 느껴졌습니다.

"나보다 더 능력 있는 분께서 내 뒤에 오시나니 나는 몸을 굽혀 그분의 신발 끈을 풀 자격도 없노라."

이렇듯 혜안을 갖추고 겸허한 자세로 황혼을 맞이하는 지도자들이 많아졌으면 하고 간절히 바랄 뿐입니다.

# 제5장

# 한쪽 가슴은
# 비워야 산다

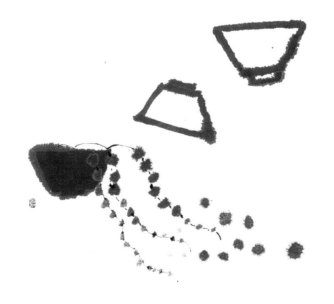

내가 베풀 수 있는 것은 기꺼이 베풀고, 즉시 잊자. 내가 베푼 호의에 대해 상대방이 고마워하지 않는다고 실망하지 말자. 베풀 수 있다는 사실 자체를, 이미 신으로부터 입은 은혜라 여기자. 그리고 내가 받은 은혜는 잊지 않기 위해 노력하자. 오랫동안 기억하고, 거듭 감사하자.

# 나눌수록 빛나는 생명의 깃발, 사랑의 닛시운동

인간의 가치는 다른 이들에게
얼마나 베풀며 살았는가로 측정된다.

좀 건방진 말 같습니다만, 살아온 길을 되돌아볼 때 마음먹은 일은 어느 정도 경험하면서 살아오지 않았나 싶습니다. 좀 더디게 진행되거나 예상과는 다른 방법으로 매듭이 풀릴 때도 있었으나, 고맙게도 내 분수에 맞게 뜻한 바는 어느 정도 이루지 않았나 생각이 듭니다. 앞서 말했듯 나는 '뜻이 있는 곳에 길이 있고, 그 길을 향해 하늘이 감동할 정도로 정성을 기울이면 이루어지지 않는 일은 없다'고 믿는 사람입니다. 물론 살다 보면 나의 뜻과 정성만으로는 해결되지 않는 일들도 많지요. 대부분의 일이 사람들과의 관계 속에서 이루어지기에 더욱 그럴 터입니다.

그렇듯 나 혼자의 힘으로는 어찌할 수 없는 문제에 봉착하거나 생각했던 대로 일이 잘 풀리지 않을 때, 나는 내 작은 골방으로 들어갑니다. 책상 위에 백지를 한 장 꺼내놓고 두터운 침묵 속에서 한동안 시간을 보냅니다. 간혹 떠오르는 것들이 있으면 백지 위에 메모를 하기도 하고, 지금 처해 있는 상황을 간략하게 그려 보기도 합니다. 마치 내가 상황 밖에서 지켜보는 사람이 된 것처럼. 또 어려운 선택지 앞에서 고민하고 있거나 앞이 잘 보이지 않는 상황이면 무릎을 꿇고 하나님께 간구합니다.

골방 안에서 홀로 사투를 벌이다 보면 결국 어떤 식으로든 해결의 실마리를 찾게 됩니다. 어느 순간 '그렇구나! 이렇게 하자!' 하면서 무릎을 치는 때가 오는 것입니다. 그런 깨달음의 순간은 골방 안에서뿐만 아니라 일상을 영위하는 가운데 갑자기 찾아올 때도 있습니다. 그러나 그건 거저 오는 것이 아니라 골방 안에서 자신과의 싸움을 감내한 대가가 뒤늦게 주어지는 것뿐입니다.

이런 내게도 어떻게 해볼 도리가 없는 일이 있었습니다. 바로 친손주가 문제였습니다. 아들과 며느리가 혼례를 치른 지 육 년이 지나도록 아이 소식이 없었습니다. 당시 아들 내외는 미국에 있었지요. 아들은 박사후연구원으로 일하고 있었고, 며느리는 박사 과정을 밟는 중이었습니다. 삼 년쯤 지나자 자기들도 답답했던지 방학이 되면 한국으로 나와 이런저런 검사도 받아 보고 시험관시술도 시도하곤 했습니다.

플루트를 전공한 며느리는 예술가들이 그렇듯 워낙 예민하고 섬

세한 아이였습니다. 가냘픈 몸으로 외국에서 자기 공부하면서 남편도 챙기고 또 살림도 하며 분주하게 살아가는 것이 그저 기특할 따름이었습니다. 그런데 거기에 아이 문제까지 신경 쓰느라 방학이 다 가도록 쉬지도 못하고, 시험관시술이 잘 안 된다며 실망하는 모습을 보니 딱하고 안쓰럽기 그지없었습니다.

그 주 일요일 예배 때였습니다. 그동안 특별한 감흥 없이 불러오던 찬송가의 평범한 가사 한 구절이 문득 큰 울림으로 마음에 와 닿았습니다.

"받은 복을 세어 보아라."

나는 찬송가를 부르다 말고 그 가사를 찬찬히 읽어 보았습니다. "근심하거나 낙심될 때에, 네가 이미 받은 복을 헤아려 보아라. 앞만 보며 실망하지 말고 뒤를 돌아보며 감사하여라."

그날 오후 나는 다시 골방에 들어가 앉았습니다. 이번에는 막힌 문제를 풀기 위해서가 아니었습니다. 깨끗이 포기하기 위해서였습니다. 그동안 살아오면서 내가 입은 은혜를 떠올렸고, 그걸 백지 위에 쭉 적어 내려갔습니다. 적다 보니 백지 한 장이 금세 채워지더군요. 훌륭한 부모님과 따뜻한 형제자매를 만났고, 학교에 품은 뜻도 어느 정도 이루었고, 사랑하는 가족들과 단란한 가정도 꾸렸습니다. 어디 그뿐이겠습니까. 주위의 좋은 사람들이 더해준 따뜻한 도움과 사랑 덕분에 분에 넘치는 선한 결실들도 많이 보았습니다. 그날 오후 단숨에 빼곡히 채워진 백지는 내가 잊고 지냈던 것을 일깨워 주기에 충분했습니다. 그것은 내 삶이 오래전부터 내 그릇에 넘치는 은혜로 채워져 있다는 사실을 보여 주고 있었습니다.

개구리 올챙이 적 생각 못한다고, 삼십여 년 전만 해도 제 막내 아들은 아내의 몸이 안 좋아서 하마터면 세상에 나오지도 못할 뻔했던 생명이었습니다. 그 녀석이 무사히 태어나 건강하게 자라고 한 가정을 이루어 사는 것만도 감사한 노릇인데, 내가 아들의 아들까지 바라고 있다니, 과한 욕심이 아닐 수 없었습니다.

그날 이후 나는 며느리에게 시험관시술은 그만하는 게 좋겠다고 설득하기 시작했습니다. "그러다가 몸 상하면 큰일 난다, 너희 부부만 행복하면 그걸로 된 거 아니냐"며 며느리를 다독여 다시 미국으로 보냈습니다. 그리고 손주 욕심을 접었습니다. 물론 내 마음이 늘 내 마음 같지는 않아서 간혹 손주 사진을 보여 주며 자랑하는 친구들을 보면 괜히 심술이 나기도 했지만 말입니다.

그러던 어느 날 며느리에게서 전화가 걸려 왔습니다. 박사학위 논문이 통과되었다는 소식이었습니다.

"잘했구나! 대견하다. 고생 많았다."

그런데 기쁜 소식이 하나 더 있다고 했습니다.

"그래? 이보다 더 좋은 소식이 있어?"

며느리는 한동안 말이 없더니 왠지 목이 메는 듯한 목소리로 간신히 말을 이었습니다.

"아버님, 저…… 임신했어요."

세상에, 이럴 수가!

"여보, 우리 애가 임신을 했대!"

"뭐라고요? 뭘 했다고요?"

"이 사람아, 당신이 할머니가 된다고!"

생각지도 못했던 반가운 소식에 우리 부부는 얼싸안고 기뻐했습니다. 공부하느라 수년간 스트레스에 시달리던 며늘아기가 논문을 마치고 마음에 여유가 생기니 아이가 들어선 것입니다.

마침 크리스마스가 가까워오고 있었습니다. 거리에는 캐럴이 울려 퍼졌고, 크리스마스를 겨냥한 각종 광고가 홍수처럼 쏟아져 나오고 있었습니다. 사람들이 이천 년 전에 말구유에서 태어난 아기를 기리며 떠들썩한 나날들을 보내는 동안 나는 내년이면 품에 안아볼 손주 생각에 한껏 들떠 있었습니다. 마냥 좋기만 하던 시간이 지나고 새로운 한 주가 시작될 때쯤이었습니다. 동이 트지 않은 이른 새벽, 여느 때와 마찬가지로 골방에서 묵상기도를 하고 있는데 예전에 감사한 일들의 목록을 적었던 메모지가 눈에 들어왔습니다. '맞아, 그랬지. 이렇게 감사한 일들이 많은데 또 감사할 일이 생겼구나.' 이어 그런 생각이 들었습니다. '이렇게 많은 은혜를 받았으면, 좀 나누고 살아야 하는 게 아닌가.'

나는 차 안에서 거리를 오고가는 사람들을 바라보았습니다. 바쁜 걸음, 상기된 얼굴, 반가운 포옹. 사람들은 즐거워 보였습니다. 그러나 과연 얼마나 많은 사람들이 이 계절을 기쁘게만 보내고 있을까? 생각이 거기에 미치자 마음이 무거워지기 시작했습니다. 즐겁고 따뜻하게 보내야 하는 이 계절에도 어딘가에는 주리고 고통받는 이들이 있을 것이고, 크리스마스의 온기로부터 멀리 떨어진 채 추위에 시달리는 이들도 있을 테니까요.

어린 시절, 어느 겨울날 꼭두새벽부터 우리 집 대문을 두드리던 녀석이 있었습니다. 눈을 비비며 문을 열어 보니 친구의 어린 동생이 밖에 서 있었습니다.

"우리 형이 주래요."

추워서 양 볼이 빨갛게 얼어붙은 아이가 쪽지 한 장을 내밉니다. 그 안에는 어제 저녁부터 동생들이 굶고 있는데 혹시 밀가루를 조금 보내줄 수 있겠느냐는 친구의 글이 적혀 있었습니다.

서둘러 부엌으로 가서 쌀과 밀가루를 되는 대로 챙겨 담아 아이의 손에 들려 보냈습니다. 아침이 되면 야단맞을지도 모르지만 상관없었습니다. 평소 어머니 몰래 볶은 찹쌀을 한 움큼씩 챙겨가지고 친구들에게 나누어 줄 때면 "나도!" "나도!" 하고 손을 내밀던 녀석들과는 달리, 그 친구는 멀찍이서 나를 바라보기만 했던 게 떠올랐습니다. 그리 친하지 않아서였을까. 그 친구의 그늘지고 핏기 없는 얼굴을 유심히 들여다본 적이 없었습니다. 이 쪽지를 동생 손에 들려 보내기 위해 얼마나 망설였을까 생각하니 콧마루가 시큰해졌었습니다.

그 친구와 같은 얼굴을 한 사람들이 지금도 많이 있을 거라는 생각이 들었습니다. 나는 그런 이웃들에게 내가 받은 복과 기쁨을 조금이라도 나누기로 결심했습니다. '이번에는 찹쌀과 밀가루보다 더 좋은 것을, 내 손으로 직접 전해 주자. 한두 명이라도 좋으니 그들이 단 한 번도 누려 본 적 없을 것 같은 따뜻한 크리스마스를 선물하자.' 그렇게 해서 큰돈은 아니지만 성의를 담은 돈 봉투를 준비해 예고 없이 집으로 직접 찾아가는 '사랑의 닛시운동'이 시작되었습니다.

나는 지인인 우병하 목사와 함께 노원구청을 찾아갔습니다. 노원구에 극빈층이 많다는 걸 알고 있었고, 마침 구청장이 제자였던 지라 그쪽에서 시작하는 게 좋을 것 같았습니다. 나는 노원구청에 소속된 사회복지사에게 편부모 아래 자라거나 부모 없이 조부모 손에 맡겨진 가난한 초중고 학생들 두어 명을 소개해 달라고 부탁했습니다. 그리고 소개받은 학생의 집으로 직접 찾아갔습니다. 첫 해와 그 다음 해에는 두 명의 아이를 만났고, 셋째 해부터는 세 명으로 늘렸습니다. 여섯째 해가 될 2016년 올 크리스마스에는 좀 더 많은 아이들을 만날 계획입니다.

주소를 받아들고 처음으로 찾아가던 집이 떠오릅니다. 옹색하고 차디찬 지하 쪽방에서 한 남학생이 거동이 불편한 할아버지, 할머니와 함께 살고 있었습니다. 부모는 아이가 어렸을 때 집을 나갔다고 합니다. 할아버지와 할머니는 크리스마스에 대해선 도통 관심이 없었습니다. 세상을 구원할 귀한 분이 태어나셔서 다들 기뻐하는 날이라고 했더니, 자기들하고는 상관없는 얘기라며 손사래를 치시더군요.

나는 그 학생에게 갖고 싶은 게 있느냐고 물었습니다. 쉽게 대답을 하지 않았습니다. 괜찮으니 딱 하나만 말해 보라고 하자 쭈뼛거리며 "축구화요"라고 하더군요. 보아하니 부모도 없이 가난하게 자란 설움을 나름대로는 축구를 하며 풀었던 모양입니다. 나는 그 학생에게 축구화를 사 주고, 살림에 보태시라고 할머니에게 봉투를 건넸습니다. 오늘 하루만큼은 다 같이 맛있는 저녁을 드시고 기쁜 성탄 맞으시라고 말이지요.

한번은 지체부자유아 동생을 둔 고등학생 집을 찾아간 적이 있습니다. 아버지는 오래 전에 집을 나가고 어머니와 함께 살고 있는데, 방 한구석에 누워 있는 동생은 말도 못하고 움직이지도 못했습니다. 그런데 그 학생이 성적이 매우 우수해서 카이스트에서 운영하는 과학영재학교에 다닌다는 이야기를 들었습니다. 나중에 물리학자가 되는 게 꿈이라고요.

그날 그 학생이 잠시 자리를 비웠을 때 학생의 엄마가 유방암에 걸렸다는 사실을 알게 되었습니다. 다행히 구청에서 지원받아 치료를 받고 있는데, 아들이 알아서는 절대 안 된다고 하시더군요. 그럼 공부를 관두고 아르바이트하겠다고 나설 거라면서요. 어렵지만 참 반듯한 어머니와 아들이구나 싶어 행복한 가정이 되기를 간절히 기도하며 나섰던 기억이 있습니다.

그 다음 해 겨울, 그 아주머니를 다시 만났습니다. 내가 그 동네에 또 온다는 소식을 사회복지사한테 전해 들은 아주머니는 방문해야 할 다른 집 앞에서 찹쌀떡을 들고 나를 기다리고 있었습니다. 어찌나 반갑던지요. 그녀는 찹쌀떡을 내 손에 쥐여 주며 고맙다며 거듭 인사를 했습니다. 물어 보니 유방암 치료는 계속 받고 있고, 아이는 서울대에 들어갔다고 합니다. 그날 다른 아이들을 만나고 집으로 돌아가는 길에 나는 딱딱하게 언 찹쌀떡을 따뜻한 마음으로 오래오래 씹어 먹었습니다.

이 사랑의 닛시운동을 시작한 후로 그밖에도 여러 아이들을 만났습니다. 당뇨합병증에 시달리는 어머니와 교통사고 후유증에 시달리는 아버지 밑에서 기초 수급자로 생활하면서도 밝고 명랑하던 여학생, 지적장애인인 어머니를 둔 똑똑한 초등학생, 아버지는 지체장애인이고 본인은 백혈병에 걸렸는데도 피아노를 배우고 싶어 하던 여고생 등등. 크리스마스가 지나고 새해가 되면 지금까지 찾아가 만났던 아이들 모두를 덕수궁 옆 달개비 식당으로 불러 떡국을 대접했습니다. 고맙게도 총장 시절부터 인연이 있던 달개비 식당의 함순효 사장은 음식값도 받지 않고 매해 정성스러운 밥상을 차려 주었습니다.

이따금 나는 반문해 봅니다. '혹시 이 일을 자기만족을 위해 하는 건 아닌가. 사랑의 닛시운동을 하면서 베푸는 자의 우월감에 빠져 있지는 않은가. 연민에 젖어 상대방의 수치를 헤아리지 못하는 일은 없는가…….' 때로는 이 일에 대해 걱정이 될 때도 있습니다. 나를 비롯해 우리 네댓이 누군가를 돕는다고 해봤자 조족지혈일 뿐입니다. 더 많은 아이들을 도우려면 뜻 있는 독지가도 더 모으고, 사랑의 닛시운동 또한 법인화해서 운영해야 하는 것 아닌가 하는 걱정 말입니다. 그러나 그렇게 되면 국가가 운영하는 복지기관과 무엇이 다르겠습니까. 우리처럼 직접 찾아가서 한 사람, 한 사람, 얼굴을 맞대고 손도 잡아 주고 이야기도 들어 주며 위로와 격려를 전하는 게 더 중요하다 싶습니다.

이제까지 확실한 해결책을 찾지는 못했지만, 그럼에도 불구하고 한 가지 분명한 건 있습니다. 주리고 슬퍼하며 고통 받는 우리 이웃을 외면할 수는 없다는 사실입니다. 물론 가난은 나라님도 구제하지 못한다고 했습니다. 그러나 그렇다고 해서 두 손 놓고 모르는 척하면서 내 자식, 내 삶에만 급급해서는 안 되지 않겠습니까? 한 인간의 가치는 다른 이들에게 얼마나 베풀며 살았는가로 측정된다는 말이 있습니다. 그러니 내 몸을 움직이며 사는 동안 조금이라도 더 베풀고 나누기 위해 노력하려 합니다.

'닛시'는 헤브라이어로 '깃발, 신호용 장대'를 뜻합니다. 은유적으로는 승리와 소망을 나타내지요. 사랑의 닛시운동을 시작하던 첫해에 나는 평생에 걸쳐 저 높은 곳에서 나를 향해 손짓하던 태극기를 떠올렸고, 총장이 되었을 때 태극기 옆에 교기가 없는 게 눈에 밟혀 교기를 세워 휘날리게 했던 일을 떠올렸습니다. 나는 이제 내 삶의 마지막 깃발이 될 세 번째 깃발을 세운 셈입니다. 이것은 좁고 어두운 집으로 직접 걸어 들어가 눈물겨운 이들의 가슴에 꽂아 주어야 하는 사랑의 깃발이요, 나누면 나눌수록 더욱 빛나는 생명의 깃발이라 믿습니다.

내가 골방 안에서 회의와 반문을, 고민의 기도를 거듭 이어가는 이 순간에도, 주리고 상한 자들이 희망 없는 오늘을 살아가고 있다는 사실은 변하지 않습니다. 그들 모두에게, 다가올 크리스마스는 작년보다 더 따뜻한 시간이 되기를 빕니다.

우리 인간은 따뜻한 정을 먹고, 정을 쌓으며, 정을 나누면서 사는 존재들입니다. 정이 없는 인간 세상, 그것은 춥고 얼어붙은 암흑의 세상입니다. 정이 가득한 세상, 아름답고 따뜻한 삶을 위해서는 내가 먼저 정을 베풀고 나누는 것이 가장 중요합니다. 그러면서 베푼 것은 즉시 잊고, 받은 것은 감사한 마음으로 오랫동안 잊지 않고 사는 것이 아름다운 삶의 큰 비결이라고 생각합니다.

# 한꿈학교,
# 분단과 이산의 아픔이
# 낫는 날까지

위대한 행동이라는 것은 없다.
위대한 사랑으로 행한 작은 행동들이 있을 뿐이다.
– 테레사 수녀

경기도 의정부시에 (사)한꿈이라는 유사 대안학교가 있습니다. 이 학교가 다른 대안학교와 다른 점은 탈북 청소년들을 위한 곳이라는 점입니다. 한꿈학교는 북한을 탈출한 청소년들이 머물며 우리 사회에 적응하여 고등학교와 대학교에 진학할 수 있도록 교육시키는 일을 하고 있습니다. 나는 십여 년 전부터 한꿈학교의 후원자로 활동하다가 2014년부터 이사장을 맡아 본격적으로 운영에 참여하기 시작했습니다. 지금은 비교적 안정된 기반을 갖추고 운영되고 있지만, 그렇게 되기까지는 숱한 고비와 어려움이 있었습니다.

총장 시절 나는 교내에 있는 상남경영관의 단골손님이었습니다.

상남경영관은 식재료가 신선하고 음식이 정갈하기로 소문난 곳이 었습니다. 나는 외부의 손님을 모시거나 각종 연회를 치러야 할 때 마다 상남경영관을 찾았습니다. 그곳의 경영을 위탁받은 함순효 사장은 소문대로 음식 솜씨가 빼어난 사람이었고, 알고 보니 사회 봉사와 자선사업에도 관심이 많은 독실한 크리스천이었습니다.

함 사장은 그 무렵에도 이미 한꿈학교의 후원자였습니다. 나는 함 사장을 통해 한 청년 목사가 탈북 청소년 십여 명을 데리고 있다 는 얘기를 전해 들었습니다. 아이들을 먹이고 재우며 자원봉사자 로 나선 몇몇 선생님들과 함께 검정고시 공부를 도와주는데, 재정 상황이 좋지 않아 어려움을 겪고 있다 했습니다.

"끼니나 제대로 해결하고 있는지 모르겠어요. 멀지만 않으면 음 식이라도 좀 싸다가 갖다 줄 텐데…… 참, 총장님도 좀 후원해 주 시겠어요? 워낙에 형편이 어려워서 조금만 도와주셔도 큰 힘이 될 거예요."

함 사장의 요청에 나는 선뜻 그러겠노라고 대답했습니다.

사실 연세대에도 점심을 굶는 학생들이 꽤 있습니다. 연세대 같 은 사립대학엔 밥 굶는 학생이 없을 것 같지만, 실상은 그렇지 않 습니다. 드러나지 않을 뿐 끼니를 거르는 학생들은 언제나, 어디에 나 있습니다. 당시만 해도 교내 대학교회에서 봉사하는 목사님들 이 끼니를 해결하기 어려운 학생들에게 조용히 점심을 대접하는 프 로그램을 운영하고 있었습니다. 하물며 북한에서 위험을 무릅쓰고 탈출해 낯선 땅으로 넘어온 아이들이 굶고 있다는데, 몰랐다면 모를까 알게 된 이상 어떻게든 밥은 먹여야겠다는 생각이 들었던 것입니다.

당시 한꿈학교는 경기도 양주군 별내면의 면사무소 지하에 위치해 있었습니다. 좁고 어두운 지하방에서 젊은 목사와 자원봉사자 선생님들, 십여 명의 탈북 청소년들이 살아보겠다고 안간힘을 쓰고 있었습니다. 청년 목사는 대안학교 허가와 재정 지원을 받기 위해 분주히 움직였고, 선생님들은 떠나온 땅이 그립고 딛고 선 땅은 낯선 학생들을 데리고 하나라도 더 가르쳐 보겠다고 열심이었습니다. 어느 교회의 여전도회에서 가끔 먹거리며 생필품을 가져다주었고, 함 사장을 비롯한 후원자들이 조금씩 생활비를 지원해 주었습니다.

여기에 적을 수는 없지만, 한꿈학교의 학생들이 북한에서 이곳으로 넘어온 사연은 눈물 없이는 들을 수 없는 이야기였습니다. 아이들은 저마다 영화에나 나올 법한 사연을 가슴에 품고 있습니다. 북쪽에 두고 온 가족이나 친지를 그리워하며 낯선 환경에 적응하기 위해 필사적으로 노력합니다. 그런 절박함과 그리움 탓인지, 아니면 선생님들이 매일 기도하며 아이들을 사랑으로 보살펴서인지, 이제껏 큰 문제를 일으킨 아이는 없습니다. 사춘기에 겪을 법한 자잘한 방황이야 있지만, 대부분의 아이들은 학교 프로그램을 성실하게 따라오는 편이었습니다.

시간이 흐르면서 나는 한꿈학교에 좀 더 깊이 관여하게 되었습니다. 그러나 총장 임기가 끝나갈 무렵 청와대에 들어가면서부터 상황이 달라졌습니다. 대통령의 측근에서 나랏일을 하는 사람이 전면에 나서서 탈북 청소년들을 돕는 것은 적절한 처사가 아니라는 생각이 들었습니다. 그랬다간 북한의 표적이 되기 십상일 터. 더구나 내게는 한국전쟁 때 가족들과 헤어져 홀로 북한으로 가게 된 큰형이 있습니다. 아직 살아 있는지는 모르겠으나 내가 알기로 형은 국영기관 소속의 학자로 꽤 알려져 있는 인물이라고 들었습니다. 말하자면 나는 남한의 대통령 비서실장이자 북한에 형을 둔 이산가족이었던 셈이지요.

그렇다고 해야 할 일을 하지 않을 수는 없는 노릇이었습니다. 나는 함 사장을 통해 조용히 한꿈학교를 도왔습니다. 공식적으로 한꿈학교를 후원할 수는 없었지만, 긴 안목으로 보자면 나라의 앞날을 위해 한꿈학교를 도와야 했습니다. 베를린 장벽이 한순간에 무너졌듯 언젠가는 남과 북이 통일되는 날이 올 것이고, 그때는 남북의 현실을 고루 경험한 한꿈학교 출신의 아이들이 각자 고향으로 돌아가 사회적 혼란을 잠재우고 민주 사회로의 이행을 촉구하는 데 큰 역할을 할 것이라 믿었기 때문입니다.

청와대 생활에 적응하느라 정신없이 지내던 어느 날, 한꿈학교의 젊은 목사가 나를 찾아왔습니다. 무슨 일이냐고 묻자 목사는 아무 말 없이 나를 보더니 갑자기 눈물을 뚝뚝 흘리기 시작했습니다.

"왜 그러세요, 목사님. 대체 무슨 일이 생긴 겁니까? 말씀 좀 해 보세요."

목사는 한동안 아무 말 없이 눈물만 흘리더니, 이윽고 울먹이는 목소리로 더는 못 하겠다고 털어놓았습니다.

"엊그제부터 어제 점심까지 애들한테 계속 라면만 먹였습니다. 면사무소 앞에 있는 슈퍼에서 외상으로 갖다 먹였는데, 어제 저녁 때 슈퍼에 갔더니 더는 외상으로 라면을 줄 수 없다고 해서……. 애들이 계속 굶고 있습니다. 제 딴에는 한다고 했는데, 애를 써봐도 방법이 없고, 여기저기 알아봐도 묵묵부답이고, 아이들은 굶고 있고, 이제 정말 더는 못 하겠습니다."

나는 목사에게 당장 필요한 돈이 얼마냐고 물었습니다. 몇 번을 다그쳐 물었더니 150만 원이면 당장 급한 불은 끌 수 있다고 하더 군요.

"오늘 당장 필요한 돈은 제가 드리겠습니다. 이 카드로 뽑아서 가져오세요. 하지만 앞으로 제 앞에서 그만두겠다는 말은 절대로 하면 안 됩니다. 목사님이 못 하겠다고 하면 누가 합니까. 아이들 저렇게 내버려두고 정말 가실 수 있습니까? 못 하겠거든 기도하세 요. 도와달라고 매달리세요. 처음부터 목사님이 소명 받아 꾸린 일 아닙니까."

다그치고 달래서 목사를 보낸 뒤, 나는 한꿈학교를 살리기 위해 나름대로 이런저런 방책을 강구하기 시작했습니다. 통일부와 교육부에 부탁해 정식으로 지원을 받는 방법을 찾고, 기업의 복지재단으로부터 정기적으로 지원금을 제공받도록 절차를 밟아나갔습니다. 또 사회복지 차원에서 건물의 지하 공간을 무료로 빌려주는 LH공사의 프로그램에 지원했고, 대학에 진학한 아이들이 장학 혜택을 받을 수 있도록 노력했습니다.

그로부터 십 년이 지난 오늘, 한꿈학교는 서른 명에 달하는 청소년들이 남녀 기숙사로 사용하는 아파트 두 채와 교실, 음악실, 컴퓨터실, 식당을 갖춘 교육시설, 교장 선생님을 비롯해 급여를 받고 일하는 일곱 명의 선생님을 갖추고 안정되어 가는 모습을 잡아 가고 있습니다. 대학 진학률도 제법 높은 편입니다.

이런저런 고비를 하나하나 넘기며 여기까지 왔는데, 분명 예전에는 꿈꾸지도 못했던 것들을 하나둘 이루어왔는데, 이 또한 사람의 일인지라 막다른 골목을 피하고 나니 사람 간의 분쟁이 끼어들고, 산을 하나 넘을 때마다 또 다른 산이 나타나더군요. 얼마 전에는 새로운 교장을 구하느라 꽤 애를 먹었습니다. 실력 있고, 소명도 있고, 조화도 이룰 줄 아는 사람을 구하기란 쉬운 일이 아닙니다. 또 얼마 전에는 대학을 졸업한 아이들이 취업이 안 된다며 상담을 해왔습니다. 탈북 학생들을 바라보는 사회의 시선이 아직은 따뜻하지 않은 까닭인 것 같습니다. 이 아이들의 취업난을 어떻게 해결해 가야 할지 아직은 답이 잘 보이지 않습니다.

앞으로도 크고 작은 문제들은 계속해서 발생할 테지요. 십 년 전에 나를 찾아온 청년 목사가 그랬듯 이제 그만 손을 놓고 싶은 순간이 내게도 찾아올지도 모릅니다. 분단국分斷國이라는 현실을 안고 사는 이 땅의 국민으로서 누군가는 마땅히 해야 할 일이지만, 내가 한꿈학교에 애착을 갖는 건 어쩌면 돌아가신 어머니와 만날 수 없는 큰형 때문일지도 모릅니다. 살아생전 큰아들 때문에 가슴앓이를 하셨던 어머니의 고통을 아직 잊지 못하고 있어서, 생사를 확인할 길 없는 큰형을 포기하지 않고 있어서……

전쟁통에 큰아들을 잃은 어머니는 명절 때마다 대문 밖을 바라보며 하염없이 우셨습니다. 그리고 한평생 잃어 버린 아들을 애절하게 기다리시다가 끝내 그 아들을 보지 못하고 세상을 떠나셨습니다. 아직 형이 살아 있을까, 통일이 되는 그 날까지 살아 있을까, 나로서는 알 길이 없습니다. 어쩌면 형은 벌써 어머니 곁으로 갔는지도 모릅니다.

그럼에도 나는 꿈꾸고 기다립니다. 언젠가는 형을 볼 수 있기를. 그리고 어머니의 기다림을 기억하고 또 위로하기 위해, 오늘도 한꿈학교를 위한 기도를 빠짐없이 바치고 있습니다.

# 결국엔
# 사람이 남는다

내가 행복해지고 싶다면
먼저 남을 행복하게 해야 한다.
– 법정 스님

 

살면서 저절로 터득한 진리가 하나 있습니다. 희노애락의 중심에는 사람이 있다는 아주 단순한 사실이 그것입니다. 인생의 기쁨과 노여움, 슬픔과 즐거움은 사람과 더불어 생겨나고, 사람으로 인해 잠잠해집니다. 삶은 사람들과의 관계로 이루어진 피륙과도 같습니다. 다시 말해 관계를 잘 맺고 돈독한 정을 쌓다 보면 피륙이 촘촘해져 삶이 탄탄해집니다. 하지만 본인의 실속만 차리다 보면 올이 하나둘 풀어지면서 결국에는 삶 전체가 틀어지고 맙니다. 그러니 길게 보자면 당장의 이익이나 성과보다는 사람을 먼저 살피는 게 현명한 처사인 게지요.

맹자는 왕도론王道論을 전개하면서 "천시불여지리 지리불여인화

天時不如地利 地利不如人和"라고 했습니다.[7] 이는 "하늘의 때는 땅의 이득만 못하고, 땅의 이득은 사람의 화합만 못하다"는 뜻으로, 인화人和의 중요성을 강조한 말입니다. 풀이하자면, 전쟁시 날씨나 시일의 길흉(하늘의 때)은 요새와 수비의 견고함, 지리적 우세(땅의 이득)를 능가하지 못하며, 또한 땅의 이득을 가진다 해도 그것을 지키려는 사람들의 정신적 교감과 단결을 넘어서기는 어렵다는 뜻입니다. 맹자의 또 다른 가르침도 눈여겨볼 만합니다.

"도道를 얻는 사람은 돕는 사람이 많고, 도를 잃은 사람은 돕는 사람이 적다. 돕는 사람이 적은 것이 극단에 이르면 친척까지 배반하고, 돕는 사람이 많은 것이 극단에 이르면 천하天下가 나에게 순종한다."

젊은 시절, 나는 맹자의 가르침에 공감하여 '인화'를 내 삶의 큰 목표로 삼았습니다. 뜻을 품되 더불어 사람을 품고, 인화를 통해 이루리라 다짐한 것이지요. 돌이켜 보면, 인화의 마음으로 자랄 법한 씨앗은 어린 시절부터 있었던 것 같기도 합니다. 어머니 몰래 볶은 찹쌀을 주머니에 넣어 가지고 다니면서 배고픈 친구들과 함께 나눠 먹는다거나, 동네 친구들과 모임을 만들어 철없는 목표를 세우고 함께 노는 걸 즐긴다거나, 우리 가족들뿐만 아니라 선후배나 제자들과 주변 사람들에게 도움이 되는 일이면 내 몸이 다소 귀찮

---

7 『맹자』, 「공손추公孫丑」 하

더라도 선뜻 나서서 해결하려 노력한다거나……. 알고 보면 그런 인화의 잠재적 씨앗들은 누구에게나 있을 것입니다. 그것을 어떻게 발견하고 발현시키느냐에 따라 자질이 달라질 뿐이겠지요.

내 경우 그런 씨앗은 시간이 흐르면서 리더십으로 발아했습니다. 반장에서 과대표로, 학과장으로, 학장으로, 총장으로, 실장으로, 장관으로, 부총리로, 조직이나 단체의 회장이나 이사로, 내게는 크든 작든 사람들과 조직을 이끄는 임무가 늘 주어진 것 같습니다. 사회인이 되어 활동하는 영역이 점점 더 넓어지자 인간관계 또한 다채로워지고 복잡해졌지요. 그러나 어느 곳에서 누구와 일하든, 또 누구를 대하든 나는 매한가지로 인화 정신을 중심에 놓고 관계를 맺으려고 노력했습니다. 그러다 보니 인맥의 가지가 뻗어나갔고, 그로부터 몇몇 귀한 인연들도 생겼습니다. 말하자면 그런 인연들은 모두 인화가 피워 낸 꽃인 셈입니다.

물론 좋은 관계만 있었던 건 아닙니다. 다른 이들이 모두 내 마음 같지는 않을 터. 때로는 내 선한 의도를 오해하는 이도 있었고, 그것을 이용하거나 곡해하는 이도 있었습니다. 터무니없는 주장을 하는 사람, 앞에서는 웃고 뒤에서는 말을 지어내는 사람, 제 이득을 취한 뒤 등을 돌리는 사람……. 생판 남이었다면 그런가 보다 했겠지만, 그들은 대부분 내가 가깝게 생각하는 사람들이었습니다. 사실 사람으로 인해 얻은 기쁨과 유익보다는 사람으로 인한 상처와 아픔이 더 많은 게 우리네 인생이 아닐까 싶습니다.

한번은 이런 일이 있었습니다. 삼십대 후반 즈음 학과의 책임을 맡고 있을 때였죠. 큰 국영기업의 고위간부로 일하는 선배에게서 반가운 연락이 왔습니다. 마침 좋은 기회가 생겼다며 연구비를 지원해 주겠다는 것이었습니다. 당시는 연구비 구하기가 가뭄에 콩 나듯 어려웠던 시절인지라, 도와주겠다는 선배의 마음이 참으로 고마웠습니다. 더구나 상당히 큰 액수였으니까요. 전화를 받고 나서 어찌나 기분이 좋던지 밤에 잠이 오지 않을 정도였습니다. 그 정도 연구비면 내 연구 시설을 잘 꾸미고 제법 성과물을 낼 수 있을 만한 돈이었습니다.

그런데 문득 다른 교수들의 얼굴이 떠올랐습니다. 당시는 모두가 어려운 시절이었습니다. 늘 예산이 부족해 허덕였고, 연구 환경은 열악했으며, 누구 하나 맘 편히 연구하는 사람이 없었지요. 그런 상황에서 나 혼자 그 연구비를 지원받는다면 그들의 심정은 어떨까……. 마음이 썩 개운치가 않았습니다. 한편으로는 내가 얻은 특혜가 부럽기도 할 것이고, 또 다른 한편으로는 소외감이 들기도 할 테니까요. 무엇보다 학과 내부에 불화를 조장하는 분위기가 생길까 염려스러웠지요.

며칠을 고민한 끝에 나는 그 연구비를 전체 학과에 풀기로 결심했습니다. 그리고 선배에게 전화를 걸어 연구비 수혜자를 학과로 지정해 달라고 부탁했습니다. 선배는 "모처럼 김 교수를 도와주는 건데 다시 한 번 생각해 보세요."라며 재고를 당부했습니다. 그러나 내 결심은 확고했습니다.

"다들 어려운 상황인데, 연구비를 혼자 받자니 제 마음이 불편해서요. 제가 마음 불편한 것보다 편하게 연구하는 게 더 좋습니다."

그렇게 해서 나는 지원받은 연구비를 학과 교수들과 나누었습니다. 다들 기뻐했고 또 고마워했습니다. 그날만큼은 잔칫날 같았습니다.

그러나 시간이 흐르자 그 일은 시나브로 잊혔고, 예전처럼 연구비에 민감한 분위기로 돌아갔습니다. 그리 크지 않은 연구비 앞에서 예민해지는 모습을 보면서, 그것이 밥줄이라 어쩔 수 없다는 생각을 하면서도 한편으로는 마음이 무거웠습니다. 특정한 사람에 대해서가 아니라 사람의 습성이나 본질 같은 것들에 대해서 말입니다.

사람들은 쉬 잊습니다. 나를 포함해서 대부분의 사람들은 대체적으로 남에게 받은 은혜는 쉽게 잊고, 자기가 베푼 것은 오래도록 잊지 않습니다. 그리고 내심 그만큼 돌려받기를 기대하는 게 아닐까……. 저마다의 머릿속에서 자기만의 방식대로 계산기를 두드리는 그 골치 아픈 '셈' 때문에 "어떻게 네가 나한테 이럴 수가 있느냐"는 말이 오가고, 종국에는 사이가 틀어지기까지 합니다.

나는 맘 편히 살기 위해 더 이상은 그런 '셈'을 하지 않고 살기로 결심했습니다. 그리고 사람들의 '셈'으로 인해 상처받지 않기 위해, 나아가 인화를 향해 한 걸음 더 가까이 가기 위해 인간관계의 원칙을 하나 만들었습니다.

"베푼 것은 즉시 잊고, 받은 은혜는 오래오래 기억하고 감사하자."

그 무렵의 내 일기에는 다음과 같은 말이 적혀 있습니다.

내가 베풀 수 있는 것은 기꺼이 베풀고, 즉시 잊자. 내가 베푼 호의에 대해 상대방이 고마워하지 않는다고 실망하지 말자. 베풀 수 있다는 사실 자체를, 이미 신으로부터 입은 은혜라 여기자. 그리고 내가 받은 은혜는 잊지 않기 위해 노력하자. 오랫동안 기억하고, 거듭 감사하자.

살아 있는 한 사람으로 인해 받는 상처는 계속해서 생길 수밖에 없습니다. 나 또한 의도치 않게 다른 이들의 마음에 생채기를 낼 수도 있을 테지요. 그러나 우리는 모두 태초부터 아담과 이브에게서 난 죄인의 후손들이 아니던가요. 인간 존재에 새겨진 그런 못난 속사정까지 헤아리고 아우르며 끝까지 사람을 품는 일, 그 어려운 과제가 아마도 인화일 것입니다. "백두산에 태극기를 꽂으러 가는 길은 이렇듯 매일매일 나를 낮추며 인화를 향해 나아가는" 걸음걸음에 있는지도 모릅니다.

인화는 뭇사람들을 모으는 꿀이요 향기입니다. 물론 정성껏 꿀과 향기를 주어도, 대게의 사람들은 잊습니다. 그래도 결국에는 사람이 남습니다. 인화의 꿀과 향기를 맛본, 사람이 남습니다. 나는 그렇게 믿습니다, 굳게.

# 내 마음 같은 사람?
# 그건 욕심!

인생의 낙은 과욕에서보다 절욕에서 찾아야 한다.
올바른 마음을 가지고 욕심을 제어하면
그 속에 절로 낙이 있으며 봉변을 면하게 되리라.
—『예기』

내게는 개인적인 용도로 만들어서 소지하는 전화번호부가 하나 있습니다. 이 년에 한 번씩 업데이트해서 수첩 형태로 두 권을 인쇄해 한 권은 주머니에 넣어 가지고 다니고, 다른 한 권은 서재에 둡니다. 사실 전화번호부보다는 인간관계 수첩에 좀 더 가까울 테지요. 그 수첩 한 권에 지난 몇십 년간의 인간관계가 고스란히 담겨 있으니 말입니다.

수첩에는 그간 인연을 맺은 수많은 사람들의 연락처가 가나다순으로 정리되어 있습니다. 각자의 주소와 직업, 소속 모임도 적혀 있고, 나와 관련된 각 기관과 단체, 자주 가는 국내외 레스토랑과 편의시설 등의 연락처와 소재지도 기재되어 있습니다. 그 다음에는 가족과 지인들의 생일이 날짜별로 표시된 생일 달력이 나오고, 특별한 행사나 기념일에 기억해야 할 사람들과 그들에게 보내야 할 선물 목록이 이어집니다. 스승의 날에는 은사님께 화분, 크리스마스엔 직원들에게 케이크, 명절 때는 건물 관리인들에게 간단한 선물 등 사람들이 통상 챙기는 기념일에서부터 개인의 특성을 고려해 특별히 신경 써야 하는 각자의 기념일까지 다양하기도 합니다.

예전에 한 기자가 인터뷰를 하면서 "마당발로 알려져 있는데 특별한 인간관계 노하우가 있느냐"고 물어온 적이 있습니다. 나는 이 수첩을 꺼내서 보여 주며 대답했습니다. 특별한 노하우는 없고, 인생의 다른 모든 것들과 마찬가지로 공을 들이고 노력해야 한다고요. 물건 하나도 공짜로 얻을 수 없는데 하물며 사람의 마음을 얻는 일이 어디 쉽겠느냐고요. 틈틈이 수첩을 들여다보며 연락이 뜸한 사람이 있으면 먼저 전화해서 안부를 묻고, 잘 지내고 있는지 살펴야 한다고 말입니다.

한 번 인연을 맺으면 끝까지 저버리지 않는다는 것이 나의 신조입니다. 상대방이 먼저 등을 돌린다면 어쩔 수 없지만, 설령 그런 일이 있다 하더라도 나는 그러지 않으려고 노력합니다. 물론 믿었던 사람이 배신하면 당장은 화도 나고 마음도 아프지만, 어쩌겠습니까, 우리는 인간인 것을. 내가 헤아리지 못하는 다른 사정이 있겠지, 상황의 지배를 받아 그랬을 테지, 시간이 지나면 다시 제 자리로 돌아오겠지, 스스로 마음을 다독이려 애씁니다. 누군가를 미워하는 데 쓰는 마음과 시간만큼 아까운 것은 없기 때문입니다.

나이가 들수록 더욱 확실히 깨닫는 것은 모든 인간이 실제로는 거의 비슷하다는 사실입니다. 그렇게 높이 우러를 인간도, 그렇게 낮추어 볼 인간도 없습니다. 정도의 차이가 있을 뿐 우리 모두에게는 흠이 있습니다. 명망이 있고 학식과 덕을 갖추었다고 칭송받는 이에게도 '이건 아닌데……'라고 여겨지는 면이 있는 것이지요. 그러니 '저 사람이 어떻게 저럴 수가……' 하고 놀라는 일은 해가 갈수록 줄어듭니다.

간혹 지인들이 이런저런 실수를 하거나 잘못을 저질러서 공공연한 비판을 받을 때가 있습니다. 그런 때면 나는 귀를 막고 그를 비방하는 말을 듣지 않으려 합니다. 그리고 그가 가진 좋은 점들을 떠올려 봅니다. 그 좋은 점이 길을 잘못 들어서는 바람에 실수와 잘못이 되었다고 생각하려 합니다. 그 어떤 좋은 점에도 음영은 있기 마련이니까요. 부富에 능한 자에게 부가 덫이 되고, 칼에 능한 자가 칼에 상하기 쉽듯이…….

오늘에 이르기까지 '결국엔 사람이 남는다'는 마음으로 인연을 귀히 여기며 살아왔건만, 그럼에도 이따금 허전함이 밀려올 때가 있습니다. 소란 속의 정적이랄까요.

며칠 전에도 그랬습니다. 바쁜 업무와 모임의 소용돌이 속에서 정신없이 보내고 있는데, 어느 한순간, 알 수 없는 외로움이 들이닥치더군요. 시계바늘이 째깍째깍 움직이는 소리, 온풍기의 팬이 돌아가는 소리가 갑자기 크게 들리면서 마치 내가 고립된 섬에 있는 것처럼 쓸쓸함이 엄습했습니다. '오늘 저녁엔 마음 맞는 사람과 밥이라도 먹고 들어가야겠구나.' 온풍기의 전원을 끄며 생각했습니다. 와인도 한 잔 하고, 함께 담소도 나누면서 즐거운 시간을 보내면 기분이 좀 나아질 테니까요. 가만 있자, 그럼 누구와 저녁을 먹는 게 좋을까…….

나는 전화번호부를 꺼내 뒤적거려 보았습니다. 몇몇 얼굴이 떠올랐지만 막상 전화를 하자니 망설여지더군요. 당장 만나자고 하면 실례가 되지는 않을까, 부담스러워하지는 않을까 싶어서였습니다. 다시 전화번호부를 처음부터 한 장씩 넘기면서 인쇄된 이름들을 하나하나 들여다보았습니다. 어느덧 마지막 페이지인데, 같이 저녁 먹자고 전화할 데가 없었습니다. 이렇게나 많은 이름들이 있는데, 쉬 부를 만한 이름이 하나도 없다니…….

툭하니 전화번호부를 책상 위에 내려놓고 창문 앞에 서서 물끄러미 밖을 내다보았습니다. 남들에게 없는 두꺼운 개인용 전화번호부를 갖고 있은들 무슨 소용이겠습니까. 이렇게 마음이 흐리고 헛헛한 날, 맘 편히 누를 전화번호 하나가 없는 것을.

창밖은 스산한 겨울 풍경이었습니다. 요 며칠 강추위가 계속되고 있었습니다. 운동장 너머로 헐벗은 나무들이 적당한 간격을 유지한 채 서 있는 게 눈에 들어왔습니다. 나무들은 이리저리 가지를 휘둘리며 매서운 바람을 견디고 있었습니다. 문득 그런 생각이 들더군요. '사람은 그저 돌보고 달래며 사랑해야 할 존재인데, 오히려 그런 존재를 통해 인생의 헛헛함을 채우려 하다니, 내 욕심이 과하지 않은가.' 쉽게 갈라지고 찰나에 흩어지는 온갖 인간관계의 참상을 그렇게 보고도, 나 편한 때 내 마음에 딱 들어맞는 사람을 바라는 어린애 같은 욕심이 나도 모르는 내 안 어딘가에 아직도 남아 있었던 모양입니다. 백 퍼센트, 그건 욕심이라는 걸 잘 알면서. 내 마음을 채우려 할 게 아니라 다른 이들의 필요를 채워 주는 사람이 되겠노라고 이미 오래전에 결심했으면서. 그걸 또 잊고 혼자 이렇게 쓸쓸해하다니……

오래전부터 알고 있는 '수처위주'라는 말을 떠올려 봅니다. 따를 수隨, 곳 처處, 할 위爲, 주인 주主 자로 이루어진 이 성어는 '어떤 곳에서도 경우에 좌우되지 않고 독립 자재한다'는 뜻입니다. 나는 이것을 어디서든 꼭 필요한 사람이 되라는 뜻으로 해석합니다. '위주'란 주인이 되라는 의미인데, 어디서든 주인이 되라는 말이 내게는 좀 건방지게 느껴지기 때문입니다. 내가 있음으로 해서 누군가가 도움을 받고, 내 수고로 인해 사람들이 좀 더 편안해지고, 내 힘을 빌어 무언가가 이루어진다면, 그것으로 나는 충분합니다. 언제 어디서든 매한가지로 필요한 사람, 그리하여 다른 이들을 통해 자주 불리는 이름, 보람 있는 삶을 가늠하는 척도란 그런 게 아닐까요.

전화번호부를 다시 주머니에 집어넣으며 집으로 전화를 걸었습니다. 수화기 너머로 들려오는 아내의 친근한 목소리.

"이 시간에 웬일이에요?"

"웬일은, 그냥 했지. 오늘 저녁에 매생이국이나 끓여 먹을까?"

# 나의 외로움과 마주하는
# 혼자만의 방

외로움은 옆구리를 스쳐가는 마른 바람과 같다.
그런데 그 바람을 쏘이면 사람이 맑아진다.
– 법정 스님

쳇바퀴처럼 돌아가는 바쁜 일상의 한가운데서도, 수
많은 사람들과 어울려 지낼 때에도, 문득문득 우리는 외로움을 느
낍니다. 아름다운 자연 풍광을 마주 대하거나 나뭇가지 끝에서 계
절의 미묘한 변화를 느낄 때에도, 또 인생의 오묘한 섭리를 깨닫는
순간에도, 외로움은 우리 곁에 꼭 붙어 있습니다. 때時가 주는 외
로움, 사람이 주는 외로움, 죽어 가는 것들 사이에서 느끼는 외로
움……. 정호승 시인은 "외로우니까 사람이다"라고 했습니다. 홀로
외로움을 직면하는 순간에 비로소 사람다워진다는 뜻일 테지요.

주위를 둘러보면 인생의 쓸쓸함에 대해 토로하는 이들이 갈수록
많습니다. 자식들을 다 키워 내보내고 부모로서의 소임을 어느 정
도 마치고 나니 허전하다거나, 평생을 함께 보낸 배우자와 사별한

이후에 혼자 불을 켜고 집 안으로 들어가는 게 힘들다거나, 실직을 당하거나 퇴직한 후 더 이상 쓸모가 없어졌다는 생각이 들어 서글 프다거나…….

인생의 단계를 거치면서 누구나 겪게 되는 그런 쓸쓸함은 사실 통과의례적인 것인지도 모릅니다. 그리하여 시간이 지나면 점차 누그러지기도 합니다. 갑자기 생겨난 인생의 빈자리에 어느 정도 익숙해질 무렵엔 자기도 모르게 다른 할 일, 다른 사람, 다른 소소 한 즐거움이 눈에 들어오기 시작하고, 지인과 술잔을 주고받으며 '너도 그랬냐? 나도 그랬다! 그 친구는 이랬다더라' 얘기를 나누면 서 위안을 받는 날도 올 테지요.

그러나 앞서 말한 외로움은 그와는 좀 다른 종류의 것입니다. 그 것은 나를 둘러싼 상황의 변화와는 상관없이, 때로는 아무런 이유 없이, 불청객처럼 그리고 도둑처럼 우리를 찾아옵니다. 한번은 친 한 후배가 사석에서 이렇게 묻더군요.

"우울증인지 뭔지는 모르겠지만 아무런 이유 없이 외로움이 느 껴지는데, 이럴 땐 어떻게 해야 합니까?"

그때 나는 '자네도 모르는 자네 속을 내가 어찌 알고 해결책을 내 겠느냐'고 답했습니다. 그리고 조언했습니다.

"알 수 없는 외로움이 찾아오거든 쉬 쫓아 버리려 하지 마시고, 외로움의 끝까지 한번 겪어보시게. 기왕지사 피할 수 없다면 차라 리 외로움에 철저히 젖어 보는 것도 좋은 방법이 아닐까."

내가 보기에 그 친구는 충분히 그럴 수 있는 사람이었습니다. 살아가는 동안 외로움과 겨루어 이기지 못한다면, 홀로 세상을 떠나야 하는 마지막 순간에 어찌 자유로울 수 있겠습니까.

나는 사람의 마음속 깊은 곳에 빛이 들지 않는 어두운 방이 하나 있다고 생각합니다. 좁고 컴컴한 그 방은 누구도 들어올 수 없는 '혼자만의 방'입니다. 아무리 가까운 사이라 해도, 연인이나 배우자, 부모자식이라 해도 그 안에 들어올 수 없습니다. 그 방은 날 때부터 죽을 때까지 오직 자기 자신의 입장立場만을 허락하는 고독한 공간입니다.

누구나 그 방을 가지고 있지만, 모두가 그 방을 아는 건 아닙니다. 그 방의 존재도 모른 채 살다 죽는 이가 있는가 하면, 우연히 그 방에 들어갔다가 나오지 못해 우울증에 시달리는 이도 있습니다. 알면서 모르는 척 회피하는 이들도 있고, 자기 안에는 그런 고독한 방이 없노라고 호탕하게 부정하는 이들도 있습니다. 그러나 의식하지 못하는 것일 뿐, 그 방을 경험해 보지 않은 사람은 없을 터입니다.

별다른 문제없이 삶이 지속되다가 문득 나와 세상 사이에 유리벽이 가로놓인 것처럼 느껴질 때, 어떤 본질적인 외로움이 내 존재를 점령하듯 사로잡는 그 순간에 우리는 자기 안의 심연에 있는 그 방 가까이에 가 있는 것입니다. 쳇바퀴를 굴리며 살아온 수많은 날들의 피로가 한꺼번에 몰려오고, 손으로 꽉 움켜쥐고 있던 것들, 결코 놓아선 안 될 것으로 느꼈던 그것들이 무용지물처럼 여겨질 때, 떠나간 이들의 행렬에 동참하고 있는 모든 인생의 애착이며 욕망이 새삼 덧없게 느껴지고, 내가 과연 올바른 방향으로 나아가고 있는 것인지 하나도 모르겠는 그 순간에, 우리는 자기 안의 고독한 방의 문고리를 잡고 있는 것입니다.

자칫 우울증이나 허무주의로 빠지기 쉬운 그런 감정들은, 방 안으로 들어가 외로움에 직면하려 들지 않고 근처에서 마냥 배회만 하는 통에 생겨나는 것인지도 모릅니다. 문을 열고 방 안으로 들어가 어둠 속에서 똬리를 틀고 있는 외로움과 사투를 벌이다 보면, 깨달음이 번개처럼 어둠을 가르는 순간이 옵니다. 그런 때 우리는 다시금 각성하게 되지요.

'삶이 아무것도 아닌 허무에 불과하다면, 도리어 그렇기에 최선을 다해 의미 있는 것으로 만들어야 할 과제가 되는 것이구나. 내게 주어진 모든 순간순간들이 신의 선물이었거늘, 그걸 제대로 개봉하지도 않은 채 허비해 버렸구나. 결국엔 잎이 지고 땅으로 스러질 것이기에, 한 송이 꽃은 피어 있는 그 자체로 아름다운 것이로구나……'

현자들은 자기 안에 가로놓인 심연을 뚫고 깨달음의 세계로 나아갔습니다. 예수가 사십 일을 금식하며 기도하던 광야와 석가모니가 해탈하기 위해 왕좌를 버리고 선택한 세속은 사실 그들 내면의 심연과도 같은 공간이었습니다. 그들은 어두운 방 안으로 들어가 고독 속으로 침잠했고, 온힘을 다해 존재의 근원적인 허무와 겨루었습니다. 그들은 자기 자신을 넘어섬으로써 자기 안의 심연에 창窓을 내었고, 스스로 빛이 되어 그 밖으로 걸어 나갔습니다. 그렇게 예수는 진리가 되었고 부처는 성불에 이르렀습니다.

물론 우리는 그분들과는 다릅니다. 그분들처럼 되기 어려운 것은 불문가지입니다. 그러나 세상을 구원할 진리를 발견하지는 못한다 할지라도, 적어도 나의 외로움을 통해 다른 이들의 외로움을 헤아려 짐작할 수는 있을 것입니다. 한마디 위로의 말도 건넬 수 있습니다. 정호승 시인이 「수선화에게」라는 시에서 썼듯 한 떨기 꽃처럼 떠는 이들에게 '울지 말라'고, '외로우니까 사람'이라고 말할 수 있고, 네가 홀로 외로울 때 너의 방 밖에서 불침번을 서주겠노라고 위로할 수도 있습니다.

울지 마라
외로우니까 사람이다
살아간다는 것은 외로움을 견디는 일이다.

문득문득 불청객처럼 나타나는 외로움은 어쩌면 타성에 젖어 오염된 우리의 정신을 정화시키기 위해 찾아온 귀한 손님일지도 모릅니다. 그 외로움이 우울증이나 허무주의로 변질되도록 방치할 것인지 아니면 그것을 다시금 삶을 충실히 작동시킬 원동력으로 삼을 것인지는 각자에게 맡겨진 선택의 몫입니다.

불현듯 알 수 없는 외로움에 시달린다며 하소연하던 후배의 얼굴이 떠오릅니다. 그 친구는 외로움을 잘 이겨내고 있을까. 며칠 전에 비망록에 옮겨 적어 둔 법정 스님의 문장을 문자로 보내 줘야겠습니다.

"외로움은 옆구리를 스쳐가는 마른 바람과 같다. 그런데 그 바람을 쏘이면 사람이 맑아진다."

# 내 삶의 원칙,
## 그리고 떠남의 원칙

어제 맨 끈은 오늘 허술해지기 쉽고, 내일은 풀어지기 쉽다.
나날이 다시 끈을 잡아매야 하듯 결심한 일은
나날이 거듭 조여야 변하지 않는다.
- J. S. 밀

얼마 전에 작은형이 암 수술을 받았습니다. 팔십여 년을 건강하게 살아온 형이 쇠잔한 몸으로 병원 침대에 누워 있는 모습을 보니 가슴이 미어지는 것 같더군요. 형의 수술 소식을 듣고 캐나다에서 날아온 작은누이는 자기 손으로 동생을 돌보는 것도 이번이 마지막일 거라며 정성껏 형을 간호했습니다. 쉬지 않고 움직이는 누이의 주름진 손에 애틋함이 담겨 있었습니다. 거동이 불편한 몸을 이끌고 병원에 온 큰누이는 당신보다 먼저 몸져누운 동생이 안쓰러운지 자꾸만 고개를 돌려 눈가를 훔쳤습니다.

형은 참 무던한 사람이었습니다. 위로는 큰형과 누이들이, 아래로는 막내인 내가 있어 자라는 동안 이리저리 치이기도 했으련만, 불평하거나 불만을 표한 적은 단 한 번도 없었습니다. 오히려 성질

급한 나에게 늘 먼저 양보하곤 했고, 있는 듯 없는 듯 내 등 뒤에서 묵묵히 나를 지켜봐 주었습니다. 지금까지 한 직장을 다니며 성실하게 삶을 꾸려 왔고, 교통사고로 다 큰 자식을 잃는 슬픔을 겪으면서도 언제나 그랬듯 매일 새벽기도를 나갔습니다. 주치의로부터 형에게 주어진 시간이 반년에서 일 년 정도라는 선고를 들으며, 나는 형과 함께 아버지의 임종을 지키던 순간을 떠올렸습니다. 병원을 향해 달리는 차 안에서 형과 내 품에 안긴 채 평온하게 세상을 떠나신 아버지……. 그래도 우리 형제의 품안에서 아버지를 보내드렸으니 감사한 일이라며 형이 나를 위로해 주던 그 밤, 둘 다 말은 안 했지만 속으로는 똑같이 오래전에 헤어진 큰형을 떠올렸을 터입니다. 이십여 년 전의 그날 밤이 바로 엊그제 같은데, 어느덧 또 한 번의 헤어짐을 준비해야 할 때가 온 것입니다.

다행히도 형의 얼굴은 편안해 보였습니다. 나와 누이들을 바라보는 형의 시선은 평소보다 더 따뜻했고, 말없이 창문 밖을 바라보는 옆모습에는 길지 않은 생에 대한 담담한 여유가 배어 있었습니다. 내 차례가 되면, 내 순서가 오면 나는 과연 고요한 마음으로 하늘의 부름에 응할 수 있을까. 그 어떤 미련도 아쉬움도 없이, 환하게 웃으며 사랑하는 이들에게 작별인사를 건넬 수 있을까. 아직은 몸이 건강하고 하는 일이 많아서인지 그다지 자신이 없습니다.

그렇다고 해서 내 장례에 대한 계획이 없는 건 아닙니다. 일흔 살 생일을 맞이하던 날 새벽, 나는 내 죽음에 관해 생각해 보았습니다. 그 즈음부터 떠날 준비를 어떻게 해야 하는가, 어떻게 떠나는 것이 아름다운가 하는 물음이 머릿속을 파고들었던 까닭입니다. 태어날 때야 준비 없이 태어나지만, 죽음은 누구에게나 예정되어 있는 까닭에 우리는 살아 있는 동안 자신의 죽음에 대해 미리 준비해 두는 것이 좋습니다. "아름다운 이 세상, 소풍 끝내는 날 가서 아름다웠다고 말하리라"던 천상병 시인처럼, "찬 이슬 색동 보석 맺히는 / 풀섶 세상 / ─참 다정도 하다"며 세상을 떠난 김영무 시인처럼, 기왕이면 손님을 맞이하듯 넉넉하게 죽음을 맞이하는 것이 좋을 듯합니다.

장례식은 한 사람의 생이 사회적으로 마감되는 자리입니다. 더불어 그의 삶에 관한 최종적인 평가가 은밀하게 이루어지는 자리이지요. 살아생전에 눈부신 업적을 남겼다 할지라도, 그의 장례식에 체면치레를 위해 오고가는 사람들만 있다면 그 삶은 성공한 것이라 보기 어려울 것입니다. 당신이 이 땅에 계셔 주셔서 참으로 감사했노라고 가슴 속 깊이 애틋한 마음을 가져 주는 이가 있을 때, 당신의 빈자리는 가슴속에 그대로 남겨 두겠노라고 진심 어린 애도를 표하는 이가 있을 때, 그제야 비로소 떠난 이의 인생은 값진 것이 될 테지요. 그러니 아름답게 떠나기 위해서는 우선 남아 있는 날들을 아름답게 보내야 할 일입니다.

내 나이 일흔이 되던 새벽, "나는 앞으로 어떻게 살아갈 것인가?" 방향을 제시해 달라고 간절한 기도를 드렸습니다. 지금까지의 삶이 오르막길이었다면 이제부터는 내리막길일 터. 내리막길을 추인하는 가치와 원칙은 오르막길의 그것과는 분명 다를 것이고, 나는 그 길이 아름다운 하강 길이 되도록 도와줄 무엇인가를 찾고 싶었습니다. 남은 나날들에 나를 단단히 동여매 주면서도 그로부터 자유롭게 만들어 줄 가치, 고이지 않는 채움과 비움으로 일상을 끊임없이 순환하게 해 줄 원칙……

그러나 답은 쉬 구해지지 않았습니다. 난관에 부딪칠 때면 늘 그랬듯 백지 한 장을 펴놓고 장시간 씨름해 봐도, 다시 기도와 명상에 집중해 봐도, 책을 읽거나 산책을 하며 주의를 환기해 봐도 벽을 마주하고 있는 것처럼 그저 갑갑할 뿐이었습니다. 그렇게 두어 주를 보내고 유난히 눈이 일찍 떠진 어느 새벽, 욕실에서 아무 생각 없이 양치를 하고 있을 때였습니다. 거울 속의 내 모습이 문득 낯설어 보였습니다. 듬성듬성 빠지기 시작한 머리, 선명한 이마의 주름, 푹 꺼진 두 볼. 그날따라 거울 속의 내가, 내가 아닌 다른 사람처럼 생경하게 느껴지더군요.

그 순간 거울 속의 낯선 자신에게 '나는 누구인가?' 하는 물음을 왜 던졌는지는 나도 잘 모르겠습니다. 거울 속에서 양치하고 있는 늙은 사내가 낯설어서 그랬을 수도 있고, 일순간 자기 자신으로부터의 멀어짐이, 평소에는 보여도 보이지 않던 자아의 얼굴을 찰나적으로 보게 해 주어 그랬을 수도 있습니다. 어찌 됐든 그 순간 나는 스스로의 정체성에 관해 물었고, 거울을 통해 늙어 가는 한 인간의 얼굴을 보았습니다. 앞날을 위한 원칙, 떠남의 원칙이 번쩍 내 머릿속에 떠오른 건 바로 그 순간에 일어난 일이었습니다.

기도의 응답이었습니다.

배우고 익힌다.
깨닫고 이룬다.
나누고 떠난다.


그간의 갑갑함이 단번에 해소되는 순간이었습니다. '그렇지!' 나는 속으로 쾌재를 불렀습니다. 흩어져 있던 생각들이 순식간에 꼬리를 물고 정렬되기 시작하더군요. 인생이라는 수업 앞에서 우리는 모두가 무지한 학생입니다. 그러니 강단에 서서 학생들을 가르치며 살아온 숱한 세월은 접어 두고, 이제부터는 맨 앞줄에 앉아 수업을 경청하는 학생의 마음으로 죽는 날까지 열심히 배우고 익혀야겠다 싶었습니다. 거기서 멈추지 말고, 작은 것이라도 깨닫고 이루자고 다짐했습니다. 실천의 열매가 따르지 않는 깨달음은 무용지물에 지나지 않습니다. 나아가 깨달아 이룬 것을 사람들에게 나누어 주고 떠나는 것을 목표로 삼아야겠다 다짐했습니다. 내가 무엇인가를 깨달았다고 해서 그것이 나의 것이라 주장할 수는 없는 법. 인생 수업을 통해 얻은 것은 더불어 수업을 듣는 다른 학생들과 나누고, 빈손으로, 가난한 마음으로, 왔던 곳으로 조용히 돌아가야겠다고 다짐을 했습니다.

그렇게 떠남의 원칙을 세운 뒤 나는 우리 가문의 조상들을 모신 경기도 덕소의 가족공원 안에 큼직한 주목나무를 한 그루 심었습니다. 양지바른 곳에 나무를 심고 그 앞에 내 이름을 새긴 비석을 세웠습니다.

"내가 죽거든 뼛가루를 깨끗한 한지에 싸서 이 나무의 뿌리 근처에 묻거라."

비석을 어루만지며 나는 아들에게 일러두었습니다.

"네 어머니도 같은 자리에 묻어라. 나중에 네 자식들이 할머니 할아버지를 찾거든 이 나무로 데려와서 쉬었다 가거라."

사후에 아름다운 나무의 비료가 된다면 그것은 유익한 일입니다. 그렇게 나무의 일부가 되어 자손들에게 시원한 그늘을 마련해 줄 수 있다면 그것은 더더욱 유익한 일이 될 테지요.

남은 삶의 원칙을 정하고, 누울 자리를 마련하고 난 후로 나를 둘러싼 주위의 모든 것들이 새삼스러워지는 것을 느낍니다. 이미 알고 있던 것들이, 도처의 사소하고 평범한 것들이 문득문득 가슴에 쿵 하고 울림을 남기는 느낌이랄까요. 작은누이가 캐나다로 돌아가기 전날 밤 사진이라도 한 장 남기자며 투병 중인 형 주위로 나와 큰누이를 끌어당겼을 때, 나도 모르게 왈칵 눈시울이 붉어진 건 그 때문인지도 모릅니다. 그저 한 장의 가족사진이었을 뿐인데, 찰칵 하는 그 순간에 어린 시절부터 먼 훗날에 이르기까지 우리 가족의 기나긴 인생 앨범이 눈앞에서 주마등처럼 넘어가고 있었습니다. 한 이불 안에서 웃고 떠들었던 우리의 배고픈 어린 시절, 험난했던 피난살이, 먹어도먹어도 줄지 않던 아버지의 눈물 담긴 완두콩과 평상마루에 앉아 전쟁통에 잃어버린 아들을 하염없이 기다리던 어머니의 뒷모습, 그 여름 강변의 갈대밭을 스쳐가던 바람 소리, 코끝에 진동하던 청포도 내음, 그리고 결국에는 한 장의 사진 외에는 아무것도 남아 있지 않을 가까운 미래의 어느 날……

작은누이를 배웅하고 공항에서 돌아오는 길은 꽤 쓸쓸하더군요. 작은누이의 뒷모습에 어머니의 뒷모습이 겹쳐 보여 그랬을까요. 차창을 열자 한 줄기 차가운 바람이 옷깃 속으로 파고들었습니다. 그것은 겨울 끝자락의 추위를 머금은 매서운 바람이었으나, 그 속에는 다가올 봄의 체취가 희미하게 어려 있었습니다.

바람이 분다 살아야겠다
바람이 분다 살아야겠다

그 어느 때보다 간절한 희망을 품고 다가오는 봄을 기다리는 일, 오늘이라는 선물을 감사히 여기며 가치 있게 시간을 채워가는 일, 설령 바람이 불지 않더라도 그것까지 감사하며 최선을 다해 살아가는 일, 그것은 어쩌면 하강하는 계절을 보내는 이에게만 주어진 특별한 은총일지도 모릅니다.

# 아침을 여는 기도

사랑의 하나님!

오늘 아침 이렇게 기도드리고
건강하게 살게 하여 주셔서 감사합니다.
주님, 저를 용서하여 주시옵고,
주님의 아들로 받아주시옵소서.
저와 제 아내, 제 가족과 친척들 모두 건강하게
주님의 은총 속에서 행복하게 살게 하여 주시옵소서.
주님! 저희들, 항상 주님을 공경하고 찬양하며,
서로 사랑하고 돕고 살게 하여 주시옵소서.
올바른 인간, 성숙한 인간이 되게 인도하여 주시오며,
이 세상, 보다 대범하고 담대하게 살며,
잘 인내하고 진실되게 살게 하여 주시옵소서.
그리고 이 세상 활기차고 적극적인 자세로
살아가게 인도하여 주시옵소서.

우리 주 예수 그리스도 이름을 받들어 기도하였습니다.
아멘

**에필로그**

# 나의 사랑하는
# 손님들을 위한 기도

사춘기 무렵, 처음 이육사 시인의 시 「청포도」를 읽고서 그 맑고 아
름다움에 흠뻑 빠졌습니다. 그때부터 이 시를 무척 좋아합니다. 예
나 지금이나 이 시를 읽으면 마음이 시원해지거든요. 청포도 내음
이 배어 있는 청량한 한줄기 바람이 마음을 식혀 주는 것 같은 기분
이랄까요.

……

내가 바라는 손님은 고달픈 몸으로

청포를 입고 찾아온다고 했으니


내 그를 맞아 이 포도를 따먹으면

두 손은 흠뻑 적셔도 좋으련

아이야, 우리 식탁엔 은쟁반에
하이얀 모시 수건을 마련해 두렴

얼마 전에 이 시를 다시 읽는데, 문득 그런 생각이 들었습니다. '내가 바라는 손님'은 누구일까. 고달픈 몸으로 청포를 입고 찾아온 다고 한 손님은 과연 누구일까. 어린 시절 어머니가 일깨워 준 나의 과업, 백두산에 꽂아야 하는 태극기가 나의 손님일까. 아니면 누구에게나 찾아오는 죽음이 그 손님일까.

어쩌면 일흔 살 생일 때 거울 속에서 나를 물끄러미 응시하고 있던 한 늙은 사내가 내 손님인지도 모릅니다. 또 내 가족과 내가 사랑하는 여러 사람들이, 나아가 나를 둘러싼 이 세계가, 두 손이 흠뻑 젖도록 함께 포도를 맛보고 함께한 나의 소중한 손님들인지도 모릅니다.

나는 지금 즐거운 마음으로 포도향이 진동하는 계절이 오기를 기다리고 있습니다. 그리고 간절히 기도합니다. 올해는 나의 손님들에게 알알이 여문 풍성한 나날들이 주어지기를. 좀 더 많은 배움과 익힘이, 깨달음과 이룸이, 그리고 나눔이 이루어지기를. 훗날 내가 세월을 다해 하늘나라에 이르러 있을 때, 먼저 떠난 부모님과 가족들 그리고 반가운 사람들과 큰 절을 나누고 "은쟁반에 하이얀 모시 수건"을 정성껏 마련해서 뒤따라오는 이 세상에서 사랑했던 내 가족과 귀한 인연 속에서 같이 살던 여러 사람들을 반갑게 기다릴 수 있게 되기를……

# 세월이 내게 가르쳐 준 것들

**초판 1쇄 발행** 2016년 6월 10일
**초판 6쇄 발행** 2021년 2월 15일

**지은이** 김우식
**발행인** 이재진 **단행본사업본부장** 신동해
**마케팅** 이현은 문혜원 **홍보** 최새롬 박현아 권영선 최지은 **제작** 정석훈

**브랜드** 웅진윙스
**주소** 경기도 파주시 회동길 20 웅진씽크빅
**문의전화** 031-956-7351(편집) 02-3670-1024(마케팅)

**홈페이지** www.wjbooks.co.kr
**페이스북** www.facebook.com/wjbook
**포스트** post.naver.com/wj_booking

**발행처** ㈜웅진씽크빅
**출판신고** 1980년 3월 29일 제406-2007-000046호.

ISBN 978-89-01-21293-7  03810